KB048515

땅돼지의 눈

땅돼지의 눈

제시카 앤서니
최지원 옮김

청미래

ENTER THE AARDVARK

by Jessica Anthony

역자 최지원(崔智媛)
연세대학교 신문방송학과를 졸업하고 미국 에머슨 대학에서 미디어 아트를 전공했다. 미국에서 문화산업과 관련된 일을 했으며 영화, 드라마, 다큐멘터리 등 다양한 영상을 번역해왔다. 현재 번역에이전시 엔터스코리아에서 출판기획자 및 전문 번역가로 활동 중이다. 옮긴 책으로는 『한나 아렌트, 세 번의 탈출』, 『나는 초민감자입니다』, 『웨스 앤더슨의 영화』, 『어벤저스』, 『로키』, 『옥자』, 『몬스터홀릭 1, 2』, 『셜록 홈즈 두뇌 게임』 등 다수가 있다.

편집, 교정_이예은(李叡銀)

땅돼지의 눈

저자 / 제시카 앤서니
역자 / 최지원
발행처 / 도서출판 청미래
발행인 / 김실
주소 / 서울시 용산구 서빙고로 67, 파크타워 103동 1003호
전화 / 02 · 739 · 1661
팩시밀리 / 02 · 723 · 4591
홈페이지 / www.cheongmirae.co.kr
전자우편 / cheongmirae@hotmail.com
등록번호 / 1-2623
등록일 / 2000. 1. 18
초판 1쇄 발행일 / 2020. 11. 12

값 / 뒤표지에 쓰여 있음
ISBN 978-89-86836-72-1 03840

이 도서의 국립중앙도서관 출판예정도서목록(CIP)은 서지정보유통지원시스템 홈페이지(http://seoji.nl.go.kr)와 국가자료종합목록시스템(http://www.nl.go.kr/kolisnet)에서 이용하실 수 있습니다. (CIP 제어번호 : CIP2020045064)

토머스 시어먼 앤서니와
수전 테럴 앤서니에게

차례

진실한 사람이 절대 피할 수 없는 불행 중의 하나는
대중의 목구멍으로부터 무수히 분출되는 웅변과 찬송이다.
그것들은 당신의 모든 사유를 순식간에 잠식하고,
이제 사악하고 근심 많고 어리석은 시대가 닥쳐왔으니
나 역시 체념하고 그것에 합류해야 한다는 비통함만을 안겨준다.

_토머스 칼라일(1850)

—빙빙 맴돌던 증기 덩어리가 돌연 평정을 잃고 외부 공간으로 무한히 분출되다가, 이대로 놔주지 않으려는 압축의 힘에 부딪힌다. 중력에 붙잡혀 끌려왔다가 도망치기를 반복하다가, 마침내 자신의 운명을 받아들인 뜨거운 구름이 차갑게 식어 하나의 맨틀로 굳어진다. 군데군데 갈라진 맨틀 사이로 용암이 흘러나오지만, 분출이 여의치 않은 구역에서는 (용암이) 스스로 맨틀을 밀고 올라와서, 짜잔, 산맥이 솟아난다. 새로운 증기가 맨틀 표면을 뚫고 올라가 공기를 들이받으면, 별안간 물로, 그것도 어마어마한 양의 물로 변하고, 이 어마어마한 양의 물이 뜨거운 용암과 맞부딪치면 수증기가 기둥처럼 솟구쳐 오르며, 이 물기둥이 치솟았다가 까마득히 오랫동안 떨어져내린 결과, 해양이 탄생한다. 해양 밑으로 깊게 파인 도랑을 따라 줄줄이 섬이 늘어서는데, 섬이란 뜨거운 용암에 의해 변형된 물질들이 맨틀 위로 난잡하게 흘러내리다가 식으면서 생성된 암반층으로, 경사암과 규질암이 형태를 알아볼 수 없을 만큼 뒤섞여 그 자체로 하나의 온전한 세계

를 이룬 것이다. 햇볕이 바다에 쨍쨍 내리쬐면 얕은 기슭과 산호섬, 대륙붕에 따뜻한 해류가 넘실거리고, 이끼류와 완족동물, 불룩한 해면동물로 뒤덮인 바다 밑바닥에, 우후죽순 생겨난 편모충과 플랑크톤, 식물성 플랑크톤이 꿈틀꿈틀 기어다니기 시작한다. 여기에 크릴, 해파리, 게 유생, 익족류, 살파류, 이족류, 그리고 벌레들—맙소사, 화살벌레, 저 징그러운 화살벌레를 누가 어떻게 좀 해줬으면—이 생겨나고 얼게돔이 등장하고 갯가재와 넙치, 샛비늘치, 도끼고기가 등장하며, 작은 오징어가 등장하는데, 그중 일부에게서 꼬리가 자라나고, 모두에게 외피와 입이 생기며 온갖 것들을 잡아먹고 살이 쪄서 물고기가 된다. 이 통통한 물고기가 길쭉하게 자라 헤엄까지 치게 되자 여러 바다를 돌아다니며 해양을 마구 뒤흔들어놓고, 이런 물고기들 중 일부는 해변을 알짱거리며 육지에 주둥이를 몇 번 찔어보고는 축축한 물속이 아닌 지상으로 진출할 마음을 먹었으니, 자, 이렇게 '위대한 걸음'이 시작되며 변온성 네발 척추동물이 출현한다!

이제 데본기의 괴짜들이 나가신다! 틱타알릭과 툴레르페톤들이 납작한 머리를 뒤로 젖히고 축축한 호흡기를 통해 산소를 들이마시다가, 결국 공기 중에서 호흡하기 위해 피부에서 아가미를 탈락시킨다. 하지만 움직이는 지각판 위를 이 미숙한 척추동물들이 터덜터덜 헤매고 다니다가 마침내 아프리카 남부의 카루 분지에 정착하는 것은 또다시 무한의 시간이 흐른 후이다. 다리가 구부러지고 팔꿈치가 위로 불쑥 올라오면서 이중 분절의 달인이 된 파충류들은 몸통을 정렬하면서 훨씬 더 빨리 움직일 수 있게 되고, 그러다가 순간, 두개골 안에 골구개가 형성되면서 음식과 공기를 완전히 분리할 전조를 보이다가 수궁류가 되고, 여기서 임시로 생긴 구멍이 두개골의 꼭대기로 옮겨가며 시상능과 뇌머리뼈, 이마뿔이 생겨나는데, 이것이 바로 초기의 포유류이다. 얼마 지나지 않아 그 안에서 아프로테리아로부터 진화된 생물 분류군이 나타나며 셍기와 텐렉, 땃쥐와 바위너구리 같은 작은 동물들이 등장한다. 그들의 자그마한 주둥이에 단단하게 힘이 들어간다. 부드러운 가죽이 엄청나게 두꺼워지고, 튼튼한 가죽을 자랑하기 위해 털은 가늘어진다. 분홍빛이 도는 노르스름한 가죽이 햇살 아래 반짝인다. 먹이가 필요하지만 먹을 것이 하나도 없고, 어떻게든 먹이를 찾아야만 하기 때문에 땅을 판다. 그렇게 그들에게는 발굽이 생긴다.

그러나 발굽으로 땅을 파는 데는 아무래도 한계가 있다. 그것이 세 갈래로 쪼개지니 훨씬 편하다! 엄지발가락이 탈락하고 넓적한 숟가락처럼 보이는 발톱이 등장한다. 길고 부드러운 관 모양의 귀가 등장한다. 주둥이가 등장한다. 돼지 주둥이보다 두 배나 길고, 개미핥기 주둥이의 절반 길이이다. 하지만 개미핥기와는 다르게 이 주둥이에는 후각 신경구가 아홉 개나 있다. 뜨겁고 메마른 열대초원을 우르르 몰려다니는 동물들 중에서 후각 신경구가 가장 많다—그리고 또다시 무한의 시간이 흘러, 평행 진화를 통해 훨씬 덜 튼튼한 포유류인 현대 인류가 탄생하고, 그중 한 명의 이름이 리처드 오슬릿 경인데(하지만 이름이 무슨 대수겠는가), 리처드 오슬릿 경은 1875년에(하지만 시기가 무슨 대수겠는가) 그들을 "이빨이 없는" 빈치목으로 분류하지만, 나중에 그것이 틀렸다는 것을 알게 된다. 사실 이들은 관치목이다. 이빨이 입안 깊숙이 목구멍 쪽에 나 있다. 이런 대롱 모양의 상아질 이빨은 혀를 돕는 역할을 하는데, 가늘고 길게 늘어나는 혀에는 걸쭉하고 끈적끈적한 물질이 덮여 있어 개미나 흰개미들이 기어올라왔다가 꼼짝없이 달라붙어 오도 가도 못하게 된다.

"탐사 일지에 오리크테로푸스(*Orycteropus*)라고 기록하게." 오슬릿이 조수에게 지시하며 동물의 발톱을 자세히 살핀다. "그리스어로 된 단어지. 무슨 뜻인지 아나?"

젊은 청년은 고개를 젓는다.

"땅을 파는 발." 오슬릿이 말한다. "귀는 토끼 같고 주둥이는 돼지 같아. 그렇다면 뭐라고 불러야 할까?" 그는 주변을 서성이기 시작한다. "'산토끼 돼지'라고 기록하게. 귀와 코로 봤을 때 청각과 후각에 의존하는 게 분명해—아니, 잠깐. '개미곰'이라고 기록하지.” 그가 말한다.

그러나 여전히 마음에 들지 않는다.

그는 아프리카인 사냥꾼에게 여기서는 저 동물을 뭐라고 부르는지 묻는다.

사냥꾼은 동물을 가리키며 “아르데 바르케(Aarde vaarke : 네덜란드어로 ‘땅돼지’라는 뜻/옮긴이)”라고 답하는데, 이 잘생긴 흑인 남자는 몇 세기 전에 네덜란드인 식민지 개척자들이 붙인 이름을 자기 민족이 그대로 사용하고 있다는 사실을 알지 못한다.

오슬릿은 힘차게 고개를 끄덕인다. 그가 “‘땅돼지’라고 기록하게”라고 말하자, 에든버러 대학교 박물학과의 제자인 젊은 조수가 그 단어를 순순히 받아 적는다.

1

8월이다. 의회는 휴지기에 들어갔다. 하지만 당신은 쉴 수 없다. 버지니아 주의 제1 선거구 하원의원으로 재선을 노리며 선거운동 중이기 때문이다. 경쟁 후보의 이름이 낸시 비버스라는 것을 들은 순간, 당신은 지금부터 단 하루도 허투루 보내지 않겠다고 결심했다. 다른 사람도 아니고 여자한테 져서 의원직을 잃을 수는 없으니까. 그것도 이름이 낸시인 여자한테. 낸시. 비버스. 나부랭이한테.

그래서 오늘 빈둥거릴 생각은 추호도 없었지만, 아침부터 폭염이 기승을 부렸다. 시 곳곳에서 전력 공급에 차질이 빚어지고 있다. 당신의 집도 정전 사태를 피하지 못했다.

에어컨이 먹통이 되었다. 인터넷도 먹통이 되었다. 텔레비전도 먹통이 되었다. 모든 것이 먹통이 되었다. 당신도 먹통이 되었다.

보좌관이 사흘 전에 길거리의 골동품 시장에서 1,900달러에 구해다준 빅토리아풍의 샛노란색 소파에 드러누워 『위대함의 형

상 : 로널드 레이건 대통령의 일상』이라는 책을 넘겨보다가 당신이 찾고 있던 페이지에서 멈춘다. 기퍼(레이건이 영화배우 시절에 연기했던 배역 이름. 훗날 그의 별칭으로 사용됨/옮긴이)가 빅토리아풍의 샛노란색 벨벳 소파에 몸을 기대고 있는 사진이다.

그의 가슴팍에는 중요해 보이는 서류가 놓여 있다.

당신이 이미 수십 번도 더 본 사진이다 — 이 사진을 보고 소파를 구했고, 이제는 소파를 손에 넣었으며 로널드 윌슨 레이건과 똑같은 소파에 똑같은 자세로 누워 있다.

페이지를 넘긴다.

더치(레이건의 어린 시절, 아버지가 그에게 붙여준 별명/옮긴이), 즉 기퍼가 자신의 목장에서 말을 타고 있고, 얼룩덜룩한 사냥개들이 그를 줄줄이 뒤따르는 사진이다. 그가 입은 연청색 카우보이 셔츠 밑으로 불룩한 아랫배가 도드라져 보이는데, 당신은 아까 그 골동품 시장에서 이것과 똑같은 셔츠를 구입했고, 황갈색 승마 바지의 늘어진 바지 자락이 승마 부츠의 위쪽에서 물결 모양을 이루는 것을 보며 보좌관을 다시 시장에 보내 이 부츠도 찾아보게 할까 고민하고 있을 때, 초인종이 울린다.

이 집의 초인종은 버저가 아니라 좀더 구식이다. 이를테면 1980년대식. 여태껏 누가 집으로 찾아온 적은 한번도 없었는데 대체 누군지 의아해진다. 당신을 만나려는 사람들은 다들 집무실로 찾아온다. 잠깐, 모든 기기가 먹통인데 초인종은 어떻게 울린 것일까. 그러다가 초인종은 배전망에 연결되어 있지 않다는 사실을 번뜩 깨닫는다.

그러자 갑자기 오싹해진다.

러틀리지나 올리오크일지도 모른다는 생각이 든다. 두 의원은 의회가 개회한 동안 주중에는 의사당 근처에 있는 당신의 타운하우스의 빈 방에서 묵고 있지만, 그들일 가능성은 희박하다. 윌리엄 "빌리" 러틀리지 의원(민주당)은 부인과 다섯 아들이 있는 농장으로 내려갔다. 이틀 전에 떠났고 9월에나 돌아올 터였다. 솔로몬 "새미" 올리오크 의원(공화당)은 부인과 다섯 딸이 있는 시골집에 갔다. 어느 너저분한 호숫가에 있는 너저분한 시골집으로 돌아간 것인데, 그는 집 안에 자신의 물건을 너저분하게 늘어놓고 정리정돈을 하지 않는 데다가, 로드아일랜드 주 출신에 벌써 4선 의원이라서, 같은 공화당이기는 해도 당신은 올리오크가 영 마음에 들지 않는다.

다시 한번 초인종이 울린다.

당신은 부인도 자녀도 없다. 러틀리지 의원과 마찬가지로 젊고 잘생긴 백인이지만, 미혼이라는 점에서 차이가 난다. 당신은 거기에 아무런 불만도 없다. 첫 선거 때는 그 점이 (낙태법과 함께) 당신의 트레이드마크가 되어주었다. 당신은 그것을 바탕으로 인지도를 쌓았다. 하지만 재선을 앞둔 지금, 참모들은 그 부분을 걱정하고 있다. 당신의 선호도는 현재 52퍼센트에서 제자리걸음을 하고 있는데, 물론 무난한 수치이지만 최선은 아니기에, 최근 들어 참모들은 '신붓감을 찾으라'고 성화이다.

'신붓감을 찾으면' 선호도가 올라간다는 것이 그들의 주장으로, 당신과 접전 중인 낸시 비버스 나부랭이가 비록 무쇠 프라이팬 두 개를 나란히 붙여놓은 것 같은 엉덩이에 무지막지하게 큰 정장 바지를 걸치고 다니는 중년 아줌마일지언정, 염병할 싱글은 아니다. 그녀에게는 염병할 자녀들이 있다. 당신의 간판이 '미혼남'이라면, 그녀의 간판은 '자녀'이다. 당신을 지지해야 마땅할 다수의 유권자가, 지역 시장 선거에서 간발의 차로 떨어져본 것이 정치 경험의 전부라는 사실은 깡그리 무시한 채, 단순히 자녀를 여럿 두었다는 이유만으로 낸시 비버스 나부랭이를 당신보다 더 신뢰할 거라는 사실에 당신이 골머리를 앓고 있을 때, 세 번째로 초인종이 울린다.

당신은 위층으로 올라간다. 그리고 목욕 가운을 걸친다.

짙은 남색 바탕에 빨간 끈이 달린 398달러짜리 가운이다. 가슴 쪽에 있는 주머니에는 당신의 이니셜 "APW"를 하나로 조합한 무늬가 자수로 있다. 로널드 레이건이 사랑한 디자이너 브랜드 빌 블라스에서 이집트산 면화로 만든 제품이다. 『위대함의 형상』

에는 총격을 받고 쓰러졌던 레이건이 회복 중에 이 가운을 입고 있는 사진도 들어 있다. 당신은 이 가운을 입으면 왠지 기분이 좋아져서, 바깥 날씨가 무덥다는 사실을 알면서도 가운을 걸친다.

안에는 옥스퍼드 셔츠를 입었다. 레이건처럼. 그는 총상을 입고도 옥스퍼드 셔츠를 갖춰 입었다.

당신이 로널드 레이건보다 남성미가 부족하다는 사실은 당신 자신도 잘 알고 있다. 그러나 당신이 원대한 포부를 품고 있다는 사실만큼은 누구도 부정하지 못할 것이라고 자신하며, 아래층으로 내려가 현관문을 연다.

1875

풍성한 콧수염을 자랑하는 리처드 오슬릿 경은 올해로 나이가 쉰 살인 동물학자로, 훗날 나미비아로 불리게 되는 남아프리카의 카루 분지에서 고향인 영국으로 운반해갈 기이한 포유동물들을 탐사하고 있다. 땅돼지라는 이름의 이 독특한 동물은 오슬릿 경이 태어나기 수천 년 전부터 이 땅에서 살아왔다는 사실에도 불구하고 그의 마음에 꼭 든다.

오슬릿은 이 동물이 마치 누군가의 장난, 혹은 실수로 빚어진 듯한 모습이라고 생각한다. 토끼와도, 돼지와도, 심지어 캥거루

와도 비슷한데, 실제로는 이런 동물들과 아무런 연관도 없다. 오슬릿이 고용한 두 명의 아프리카 사냥꾼에게 땅돼지는 전혀 낯선 동물이 아니다. 그들은 재미 삼아, 혹은 식용으로 이 짐승들을 정기적으로 사냥하고 있으며, 지금 이 순간에는 지난밤 깊은 모래굴에서 포획해온 상태 좋은 세 개의 땅돼지 표본을 오슬릿에게 내밀고 있다.

세 개의 표본 중 하나가 곧바로 오슬릿의 눈길을 끈다. 엄청난 곱사등에 발톱이 깊숙이 박혀 있는 이 암컷 땅돼지는 나이가 많은 덕분에 셋 중에서도 덩치가 가장 큰데, 그 모습을 본 오슬릿은 어떤 것이 떠오르지만 그것이 뭔지 딱 꼬집어 말할 수 없다. 뭔지는 잘 모르겠지만, 노르스름한 분홍빛을 띠며 털이 듬성듬성하게 있는 살가죽이나 흙처럼 칙칙한 색을 하고 있는 네 다리—앞다리는 척행(발바닥 전체로 지면을 딛는 방식/옮긴이), 뒷다리는 지행(발가락 끝으로 지면을 딛는 방식/옮긴이)—와는 관련이 없다. 유제류처럼 발굽이 있는 포유류에서 흔히 볼 수 있는 둥그스름하고 쭈글쭈글한 두피도, 실크처럼 접혀 있는 길쭉한 귀도, 콧속을 가득 채운 굵은 털이 콧구멍 사이를 뒤덮고 심지어 뺨 근처에도 털이 나 있는 돼지처럼 삐죽 튀어나온 주둥이도 아니다. 아마도 눈 때문이라고 오슬릿은 생각한다. 긴 속눈썹이 달린 부드러운 눈매가 영리한 강아지처럼 매혹적이면서도 품위 있는 인상을 풍긴다.

오슬릿은 다른 사람들이 식사를 하러 인근 텐트로 옮겨간 후에도 죽은 땅돼지를 물끄러미 바라보고 있다가, 그 얼굴에서 일종의 우울감을 발견하고 깜짝 놀란다. 몇 년 만에 느껴보는 깊은 슬픔이 갑작스럽고 묵직하게 가슴을 짓눌러오자, 우선 본능적으로 이 감정을 나누고 싶고, 누군가에게 덜어내고 싶다는 충동이 든다.

그러나 이곳에는 그의 짐을 덜어줄 사람이 없다.

조수에게 "심판의 날과 같은 애수라고 기록하게"라고 하거나 아니면 "서리가 융기하는 것과도 같은 불안감이라고 기록하게" 라고 할 수는 없는 노릇이다. 그런 연유로 계획이 하나 세워진다. 이 땅돼지는 선택받았다. 방부 처리된 후 가죽과 뼈와 메모와 스케치 전부가 영국 귀환선에 실려, 오슬릿의 절친한 친구인 로열 레밍턴 스파의 박제사 티투스 다우닝에게, 이 땅돼지에게 합당한 예우를 해줄 수 있는 유일한 사람에게 전달될 것이다.

땅돼지는 레밍턴 타운으로 갈 것이다.

그러나 오슬릿은 갈 수 없다.

그는 얼마 전 리베카라는 이름의 늘씬하고 아리따운 식물학자와 결혼식을 올렸고, 불과 몇 개월 전, 런던에서 가장 아름다운 공원으로 손꼽히는 홀랜드 공원과 하이드 공원 사이에 자리한 글로스터 워크라는 아름다운 구역에 있는 아름다운 신축 아파트를 구해 임대 계약을 맺었다. 그는 미들랜드 연합회나 요크셔 박물학자 연합회는 물론 회원들에게 캐러웨이 씨앗이 들어간 케이크와 샴페인을 제공하는 명망 높은 코츠월드 클럽까지, 사교적인 "연구 모임"은 빼놓지 않고 참석하는 사람이다. 기이할 만큼 낙관적인 기질을 타고난 덕분에 어릴 때부터 늘 즐겁게 살아왔고, 이런 이유로 지금 이 순간까지 그를 아는 모든 이들에게 거짓 하나 없는 진솔한 사람이라는 평가를 받아왔다. 그런 그가 이제 과거의 꿈에서 빠져나와, 아프리카 대륙의 어두운 텐트 안에서 밤늦도록 잠을 이루지 못하게 될 것이다.

리처드 오슬릿은 간이침대에서 일어나 자신의 작은 목재 보관함을 뒤지게 될 것이다. 내부에 코르크판을 대고 종이를 바른 이 5단짜리 서랍에는 종이가 층층이 깔려 있고, 칸마다 박물학자들이 사용하는 기본적인 장비인 분필통, 마킹 핀, 하얀 고무지우개, 둥그렇고 까슬까슬한 스펀지, 뚜껑 달린 유리병, 클로로포름이 담긴 갈색병, 그리고 무엇보다 중요한, 표본을 보존하는 데 필수적인 흰색 장뇌(camphor) 덩어리들이 가득 들어 있다. 이 상황이 자아내는 아이러니는 미처 헤아리지 못한 채, 오슬릿 경은 서랍에서 장뇌 덩어리를 전부 꺼낸 다음 위스키 한 병을 움켜쥐고는 장뇌를 알약처럼 하나씩 삼키며 죽음으로 나아간다.

***

문간에 선 사내는 보라색과 검은색이 어우러진 페덱스 유니폼을 입고 있다. 손에는 페덱스 서류철이 들려 있고, 뒤편으로 하얀색 페덱스 트럭이 열기 속에 털털거리고 있다. 페덱스가 틀림없다.

"윌슨 의원님?" 사내가 묻는다.

"네" 하고 당신이 대답한다.

"여기에 서명해주세요." 그가 말한다.

보통의 키에 약간 둥글둥글한 체형으로 보이며, 갈색 턱수염을 길게 길렀고 우스꽝스러울 만큼 두꺼운 안경을 썼는데, 당신은 자신의 파면 조사 청문회에 참석해 기억에 남는 그의 인상착의는 이것이 전부라고 의회 위원회 앞에 맹세하게 된다—하지만 그 일은 아직 발생하지 않았다. 6주일 후에나 벌어질 일이다. 현재로서는 자신의 이름이 적힌 어마어마하게 큰 골판지 상자가 페덱스 배달원 뒤에 떡 하니 서 있는 것이 신경 쓰일 뿐이다. 반송 주소는 보이지 않는다.

"이게 뭐죠? 누가 보낸 건가요?" 당신이 묻는다.

페덱스 직원은 대답이 없다. 그는 서류에 체크를 하고, 배달 트럭으로 돌아가 운전석에 올라탄다. 그리고 차를 몰고 가버린다.

길 건너 놀이터에서 동네 꼬마들이 꽥꽥 소리를 질러대는데,

통통한 흑인 소년 한 명만이 다른 아이들과 멀찍이 떨어져 홀로 서 있다. 소년은 괴성을 지르지 않는다. 당신을 보고 있다. 상자 안에 뭐가 들었는지 궁금한가 본데, 그러는 것도 무리는 아니지 싶다. 좌우지간 엄청나게 커다란 상자니까. 그것이 현관 입구를 꽉 채웠다.

당신은 상자를 들어보려고 한다. 하지만 무리이다.

소년이 지켜보는 가운데, 안간힘을 써서 상자를 들어올린다.

당신은 페덱스 배달원이 무슨 재주로 이 상자를 혼자서 들고 현관 계단을 올라왔는지 어이없어 하면서, 앞으로 운동에 좀더 힘써야겠다고 결심한다. 탄수화물도 끊어야지.

당신의 보좌관인 바브 뉴버그는 탄수화물을 입에 달고 사는데, 혼자 먹는 데 만족하지 못하고 매일같이 파네라(미국의 체인 빵집/옮긴이) 빵을 포장해서 집무실까지 가져온다. 기름진 데니쉬와 머핀. 바브와 그녀의 탄수화물 덩어리들. 바브 뉴버그는 친절과 식탐을 구별하지 못하므로, 이제는 정말 새로운 보좌관을 알아봐야 할 때라고 생각하며 배달된 상자를 살펴본다. 다시 봐도 확실히 크고 확실히 묵직한 상자로, 상자에는 당신의 이름과 포기 보텀(워싱턴 D.C.에 위치한 정부 청사가 밀집해 있는 지역의 애칭/옮긴이) 지구에 있는 당신의 집 주소가 적혀 있고, 테이프를 붙인 이음매 외에는 아무것도 없다. 격식 있고 세련된 도시 워싱턴 D.C.

의 애셔 플레이스 2486번지.

당신은 잠시 멈춰서 고민한다. 내용물도 발신인도 모르는 물건을 집 안에 함부로 들여서는 안 될 것 같아서(9.11 직후 터졌던 탄저균 우편물의 공포가 당시 인턴이었던 당신의 뇌리에 아직까지 남아 있다), 목욕 가운 차림으로 애셔 플레이스 타운하우스의 층계참에 서서 고민하는 동안, 길 건너 시립 놀이터의 통통한 흑인 소년은 올해 들어 가장 더운 이런 날씨에 이제는 아주 뚫어져라 당신을 쳐다보고 있다. 당신은 현관 앞에 상자를 세워둔 채 헐레벌떡 부엌으로 뛰어 들어가서는 찬장 서랍을 한참 뒤적거린 끝에, 찾던 물건을 손에 넣는다. 칼이다. 군데군데 녹이 슨 올리오크의 작은 과도를 손에 쥐고, 당신은 다시 상자 앞으로 간다.

이음새를 칼로 가른다. 상자 안을 들여다보고 있자니, 소년이 보호자도 없이 길을 건너와 현관 계단을 올라온다.

"그게 뭐예요?" 아이가 묻는다.

그러고는 다짜고짜 현관 입구로 올라와서, 당신이 상자 양옆을 아무렇게나 한 번씩 벅벅 긋는 모습을 다소곳이 지켜본다. 참을성 있게 굴면 그만한 보답을 받게 된다는 것이 소년의 판단이다. 그래야 공평하니까.

그러나 인생은 공평하지 않다.

당신은 칼집을 낸 부분 안쪽으로 손을 쑥 집어넣어서 임시 손잡이를 만들고는 거대한 상자를 그대로 잡아당기듯이 끌고 거실로 들어가면서, 소년의 얼굴에 드러난 표정에는 아랑곳하지 않고, 아무 말도 없이 그의 눈앞에서 조용히 현관문을 닫는다.

상자를 열자마자 5학년 때 본 『아프리카의 포유동물』이라는 사진 책이 떠오른다. 책에는 개미핥기처럼 생긴 짐승이 하나 소개되어 있었는데, 교사가 당신의 이름을 호명하자 당신은 의기양양하게 개미핥기에 관해 설명했고, 잘못된 대답을 마치자 교사는 혼쭐을 냈으며 당신은 굴욕을 당했다—그녀는 개미핥기는 남아메리카에 서식하므로 이 동물은 개미핥기가 아니며, 이 수업에서는 아프리카에 관해 배우고 있다면서 『아프리카의 포유동물』을 높이 들어 제목을 손가락으로 쿡쿡 찔렀다. 슬라인 부인이라고 불리는 이 교사는 약혼자를 따라 런던으로 갔다가 1년 만에 버림받고 돌아온 여자로, 여전히 영국 억양을 흉내내며 이따금 바보 같은 영국식 비속어도 섞어 썼다. 그런 그녀가 입술도 거의 벌리지 않고 그 동물의 이름을 우물거리더니 당신에게 철자를 말해보라고 했고, 당신은 들리는 대로 철자를 댔다가 1년 내내 학급 아이들에게 오드 퍽(Odd Fuck : aardvark[땅돼지]와 발음이 비슷하며, 괴상한 성교라는 의미가 있음/옮긴이)이라고 놀림을 받아야 했다—하지만 거실에 놓인 저 거대한 박제 동물이 땅돼지임을 알아본 것은 단순히 그 기억 때문만은 아니다. 당신이 저것을 알아볼 수 있었던 이유는, 그레그 탬피코가 당신과 처음으로 그렇고 그런 짓을 하고 나서, 저게 땅돼지라고 말해주었기 때문이다.

***

티투스 다우닝의 박제 가게는 로열 레밍턴 스파의 빅토리아 테라스 24번지로, 올세인츠 교회와 정면으로 마주 보고 있는 길모퉁이 건물에 위치해 있다. 기다란 차양이 달려 있어야 할 가게 외부에 거대한 뿔이 달린 수컷 흰꼬리사슴의 머리가 열두 개나 걸려 있어서, 그냥 지나치려고 해도 지나칠 수가 없는 곳이다.

가냘프고 창백한 마흔 살의 티투스 다우닝은 영국에서 손꼽히는 박제사이며, 빅토리아 여왕에게 왕실 조달 허가증을 받은 유일한 박제사이다. 1875년 현재, 그는 지역 내에서 어느 정도의 인기를 실감하고 있다. 최근에 그가 속을 채우고 모양을 잡아 받침대에 세운 아프리카산 기린 박제품이 레스터의 뉴워크 박물관으로 팔려가서 전시관 입구에서 관람객들을 맞이하고 있기 때문이다. 「이브닝 스탠더드」의 한 기자는 "전시회에서 본 기린은 실제로 살아 있는 것처럼 보여서, 금방이라도 다리를 움직여 받침대에서 껑충 뛰어내릴 것만 같았다!"고 찬사를 퍼붓더니, 버밍엄을 경유하는 기차를 타고 레스터에서 레밍턴까지 찾아와 다우닝에게 그 비결을 알려달라고 했다. 죽은 동물을 진짜로 살아 있는 것처럼 만드는 것이 어떻게 가능하냐면서. "무슨 마술 같더라고요"라고 하는 그에게, 박제술도 마술과 크게 다르지 않다고 믿는 티투스 다우닝은 이렇게 대답했다.

"아름다움을 어떻게 창조하느냐고 물으시는 거군요. 동물의 생명력을 있는 그대로 표현하는 게 저의 유일한 비결입니다. 진정으로 아름다운 작품은 아무리 무지한 사람도 한눈에 알아볼 수 있어요. 바로 그게 제가 주장하는 바이며, 제가 품고 있는 목표입니다." 박제란 죽음이 아닌 생을 다루는 일이라는 것이, 다우닝이 기자에게 해줄 수 있는 최선의 설명이었다. 박제는 부활이자 종교였고, 실제로 다우닝의 손에 들어오는 동물의 사체는 전부 다시 태어났다. 그리스도가 이름을 부르자 나사로(신약 성경에 나오는 인물로, 죽은 지 4일 만에 예수가 회생시킨 사람/옮긴이)가 되살아나 무덤에서 나온 것처럼.

모든 것들은 지금으로부터 20여년 전인 1851년, 젊은 티투스 다우닝이 런던에서 개최된 만국박람회에 참석하며 시작되었다. 그의 관심을 사로잡은 것은 으리으리한 수정궁의 정교한 유리 장식도, 값비싼 코이누르 다이아몬드도, 매슈 브래디의 은판 사진도, 거머리를 이용해 폭풍을 예측할 수 있다는 폭풍 예언기도 아니었다. 다우닝의 시선은 전시된 박제 작품들을 설명하러 온 마흔두 살의 찰스 다윈에게 꽂혀 있었다. 다윈은 비글 호에서 여러 표본을 박제했지만, 실제 기술은 에든버러 대학교에서 박제술을 가르치는 가이아나 출신의 해방 노예인 존 에드먼스톤에게서 배웠다.

다윈의 말에 따르면, 가이아나 사람들은 대다수가 힌두교나 자이나교 신자라서, 부활의 예술을 누구보다 잘 이해하고 있었다. 그들이 믿는 아트만(atman) 혹은 지바(jiva)는 살아 있는 모든 생명체들에 담겨 있는 생의 정수이며, 본질적으로 순수하고 영원하다. 이런 사실을 알게 된 순간부터 티투스 다우닝은 동물의 "움직이는 가죽"을 재현해 그것의 고유한 지바를 깨우는 작업에 몰두했고, 비록 영국에서 최초로 기린을 박제한 것은 아니지만 다우닝이 박제한 기린에는 그것의 지바가 생생하게 담겨 있어서, 「이브닝 스탠더드」의 기자나 다른 수많은 이들의 말처럼 자신에게는 (어쩌면 이 분야의 최고일지도 모르는) 특별한 재능이 있을지도 모른다고 기분 좋게 자각하고 있었다. 따라서 티투스 다우닝은 자신의 재능이 만국박람회에 작품을 출품한 사람들이나 다윈, 심지어 가이아나의 해방 노예를 뛰어넘어 궁극의 경지에 이르렀다는 이야기를 들어도 전혀 놀라지 않았다.

그런데도 다우닝은 부유하지 않았다. 심지어 유명하지도 않았다. 그는 자신의 작업이 세간의 오해를 받고 있기 때문이라고 생각한다.

남성들도 대개 그렇지만, 특히 여성들은 그의 직업을 들으면 월터 포터(빅토리아 시대에 박제사로 활동한 실존 인물로, 동물을 의인화해서 학교나 결혼식장 등의 축소 모형을 만들었으며, 이런 작품들이 널리 인기를 끌어 사설 박물관까지 개장했음/옮긴이)를 돈방석에 올려놓은 서식스 상점과 그의 '진기한 박물관(Museum of Curiosities)'에 대해 떠들어대는데, 티투스 다우닝은 그가 월터 포터와 똑같은 일을 한다고 믿는 사람들을 상대할 만큼 한가하지 않았다.

월터 포터—입에 올리기만 해도 혀가 더럽혀질 것 같은 이름!—라니. 수없이 많은 작은 동물들을 의인화해서 인간의 저속한 행위를 재현하게 한, 모래쥐들에게 차를 마시게 하고, 토끼들에게 카드놀이를 시키고, 새끼 고양이들에게 손바닥만 한 웨딩드레스를 입혀서 대중의 인기를 휩쓴 그 월터 포터?

티투스 다우닝이 대중의 관심에 개의치 않는 것은 바로 월터 포터 때문이다.

다우닝의 방식은, 그것을 방식이라고 부른다면, 애원이다. 기도이다. 그는 다른 생명체의 욕망을 온전히 끄집어내려면 자신을 한없이 낮추는 방법밖에 없다고 믿는다. 동물의 움직임을 이해하려면 그 생명체의 **욕구**를 파악하는 일이 필수이며, 다우닝은 이런 이해를 바탕으로 자신이 작업해야 할 가죽의 형태를 머릿속에 그린다. 다람쥐가 입을 반만 벌리고 있는 이유를 알아내고, 늑대의 둔부가 씰룩 돌아가 있는 자세나 오목눈이의 부리가 툭 하고 부러진 모습을 정확히 재현한다. 하지만 다우닝의 실력은 대형 작품에서 진정으로 빛이 나는데, 그래서 그는(어찌나 창백한지! 핏기 하나 없는 얼굴로!) 지금 박제 가게의 밝고 따뜻한 밀실에서 거대한 벵골 호랑이의 가죽 주변을 맴돌고 있다.

의자는 하나도 없다. 다우닝의 작업실 크기는 가로세로 10미터를 넘지 않아서, 소나무로 만든 낡은 작업대 두 개만 겨우 자리하고 있다. 하나뿐인 창문으로 햇살이 고요히 들어와 3단짜리 선반을 비추는데, 거기에는 밀랍과 시더 오일 혼합물, 탄산칼륨, 야자술이 담긴 통통한 유리병들이 줄줄이 늘어서 있고, 그 옆에는 회반죽 가루와 흙과 물을 섞은 찰흙, 비소가 함유된 상당량의 비누와 라임, 수렴제와 분말 등이 놓여 있다. 그리고 다우닝의 피부에도, 의복에도, 솜털처럼 남은 갈색 머리카락에도 냄새가 이미 단단히 배어 있어 그는 이제 그것을 자각조차 하지 못하지만, 소나무처럼 감미로운 장뇌의 로즈메리 향이 이 모든 것을 뒤덮고 있다.

작업대 끝에 있는 평평한 숫돌은 무두질을 한 소가죽으로 말아 노끈으로 감싸놓았고, 그 옆에 박제 도구를 비치해두었다. 다우닝의 표현에 의하면 서투른 기술자는 부질없이, 불필요한 연장을 잔뜩 벌려놓지만 숙련된 기술자는 "최소한의 것들"만을 선별하는데, 다우닝의 경우는 다음의 세 가지가 여기에 해당한다. 첫째, 대표적이고 필수불가결한 도구인 가죽을 벗기는 칼로, 날이 길고 칼배가 좁으며, 칼자루는 밝은색 유창목으로 만들어져 있다. 둘째, 대표적이고 필수불가결한 도구인 가죽을 벗기는 칼 중에서 칼배의 면적이 넓은 모델로, 힘을 써야 하는 작업을 할 때 사용하기 적합하다. 셋째, 가장 고된 작업에 쓰이는 톱칼로, 구멍이 숭숭 뚫린 칼날과 목재 손잡이를 잇는 경계선에 반짝이는 고정구가 달려 양쪽을 단단히 고정하고 있다.

벽을 따라 줄지어 박힌 낡은 못에는 런던의 외과 수술용품 전문점에서 입수한 해부용 메스 두 개와 가위 두 개(하나는 절단용, 하나는 다듬기용), 성당 종지기들이 사용하는 두툼한 집게, 천으로 된 커다란 주머니가 걸려 있다. 주머니 안에는 구멍을 뚫는 송곳, 가느다란 수술용 견인기, 시계 장인들이 주로 사용하는 니퍼, 박제용 일자 인두(다우닝은 바텐더들이 술을 저을 때 사용하는 숟가락을 이 용도로 사용하고 있다), 그리고 마지막으로 극도로 세심한 작업에 쓰이는 엉덩이 모양의 부드러운 겸자가 들어 있는데, 늠름한 벵골 호랑이 가죽 앞을 맴돌고 있는 티투스 다우닝이 지금 손에 들고 있는 것이 바로 그 겸자이다.

불꽃처럼 시뻘건 털로 뒤덮인 벵골 호랑이는 진정 늠름한 모습으로, 다우닝은 지금까지 거의 48시간 동안 구부정한 자세로 종교 의식을 행하듯이 명상에 잠겨서는, 호랑이의 큼직하고 축축한 코끝으로 불어오는 풀냄새와 얼어붙은 땅에 두툼한 발을 내딛는 감촉과 태곳적부터 그 입속에 감도는 피의 맛을 느끼며, 저 야수의 자연스러운 보폭과, 숨을 멈추는 시기, 그리고 무엇보다도 끊임없이 샘솟는 불가침한 허기, 그 모든 불가침한 적의의 근원을 거의 자신의 것으로 체화하고 있을 바로 그때, 현관에서 노크 소리가 들려온다.

"망할!" 욕설을 내뱉음과 동시에 박제사의 콧등으로 안경이 흘러내린다.

그는 얼마 남지 않은 머리카락을 움켜쥐고는, 썰매 방울을 딸랑이며 활짝 열리고 있는 문으로 쿵쿵거리며 걸어간다.

"대체 뭐야!" 그가 다그친다.

문밖에서 그를 맞이한 것은 '뭐'가 아니라 '누구'로, 피골이 상접한 몰골에 박제술에 관한 지식이라고는 일절 없는 배달부 소년이다. 다우닝이라는 사람과 박제 동물이 넘쳐나는 그의 이상한 가게에 겁을 먹은 배달부 소년은 갈색 종이에 쌓인 어마어마하게 커다란 소포, 마치 시체처럼 보이는 소포를 가까스로 품에 안고 있다.

"여기에 서명해주십시오, 선생님." 소년의 말에 다우닝은 소포를 살펴보다가 **카루 분지, 오리크테로푸스 아페르**(*Orycteropus afer*) : "**땅돼지**"라고 쓴, 그의 절친한 친구이자 영국 최고의 동물학자이며 신사인 리처드 오슬릿 경의 필체를 알아보고 서명한다.

그리고 문을 닫는다.

다우닝은 소포를 가게 뒤편으로 가져와 희생 제물처럼 높이 치켜들고 밀실로 돌아와서는 그것을 빈 작업대에 조심스럽게 내려놓는다. 포장을 풀자 우선 얼굴이 하나 나온다. 토끼 같은 귀가 한 쌍. 고무 같은 느낌의 주둥이. 아래로 축 처진 입은 비스킷같이 생겼다. 다음으로 노르스름한 분홍빛의 두툼하고 널찍한 가죽과 털이 무성하고 갈색을 띠는 발굽 달린 발이 네 개 있다. 다음으로는 표백된 갈비뼈와 표백된 발뼈, 두꺼운 견갑골 두 개, 기다랗고 뾰족한 두개골 등의 뼈대가 해체된 상태로 들어 있고, 그 밑에는 워릭셔에 사는 그 누구도 평생 보지 못한 어떤 동물의 목탄 스케치들과 메모들이 동봉되어 있다.

***

당신이 그레그 탬피코의 음경을 빤다는 사실은 아무도 모른다. 그레그 탬피코가 당신에게도 똑같이 해주거나 이따금 둘이 침대에 나란히 누워 서로의 것을 흔들어준다(물론 그러지 않을 때도 있다)는 사실도 분명한 비밀이다.

당신은 자신이 '게이가 아니고', 그레그 탬피코도 '게이가 아니라는 것'을 안다. 두 사람은 그저 이성애자 남성이 이따금 자신의 것을 빨거나 흔들어주기를 바라는 이성애자 남성일 뿐이다. 그리고 당신이 8개월 전에 열린 근육병을 앓고 있는 나미비아 아동들을 후원하는 행사에서 그레그 탬피코를 만났다는 것, 그레그 탬피코가 이 행사에 참석해 자신의 뜻을 지지해달라고 1년 전부터 당신에게 연락해왔다는 것도 아직 아무도 모른다. 그때만 해도 당신은 64퍼센트의 선호도를 자랑했고, 말도 안 되게 어마어마한 수의 기자들을 거느리며 행사장에 들어섰다!

행사장에서 영국제 고급 도자기로 장식된 몇 개의 테이블 사이로, 알맞게 식은 치킨 피카타와 이름 모를 새우튀김이 서빙되는 동안 반짝이는 샹들리에와 촛불 사이로, 당신과 그가 서로에게 감탄스러운 시선을 보내는 것을 눈치챈 사람은 아무도 없었다. 옆자리에 앉은 젊고 예쁜 여자의 머리가 텅텅 비었다는 사실을 일찌감치 파악한 당신은 의자를 약간 뒤로 빼서, 턱시도를 차려입은 옆은 금발의 그레그 탬피코를 저녁 내내 감상했으며, 식사 후에는 주방 밖으로 난 좁은 길에서(비가 내리고 있었다) 그레그 탬피코를 찾아냈다. 둘이서 차가운 담벼락에 등을 기대고 있을 때 그가 지포 라이터를 딸깍거렸고, 두 사람은 처마 밑에서 몸을 맞대고 담배 한 개비를 나눠 피우며, 그의 집이 있는 알렉산드리아—그는 미소를 지으며 알렉산더가 알렉산드리아에 행차하네요라고 말했다—로 자리를 옮길 계획을 세웠다. 차를 몰고 킹 스트리트에 있는 그의 집으로 가서 주차를 하고, 엘리베이터가 없는 그의 저층 연립주택을 걸어 올라가자, 그레그 탬피코가 넥타이를 느슨하게 풀고 현관에서 기다리고 있다가 당신을 끌어당겨 위층으로 안내하더니 바로 침실로 데려갔고, 연극 무대에 오른 아이처럼 깔깔대면서 "이봐, 자네 변호사는 누구지?"라고 하더니 당신의 벨트 버클로 손을 뻗었다.

올리오크 의원의 낡고 녹슨 과도로 골판지 상자의 옆면을 모두 세로로 잘라내자, 십자가 모양으로 납작하게 펼쳐진 거대한 골판지가 거실 바닥을 뒤덮고, 당신은 그레그 탬피코가 도대체 왜 저 커다란 박제 땅돼지를 자신에게 보냈는지 의아해한다. 박제 땅돼지는 평소에 그레그 탬피코의 침대에서 정면으로 보이는 루이 14세 시대의 프랑스풍 화장대에 세워져 있어, 당신이 그레그 탬피코의 음경을 만지거나 그레그 탬피코가 당신의 것을 만지는 모습을 가만히 지켜보던 장식물이었다.

그레그 탬피코의 집 안에는 다양한 아프리카 가면들과 흑멧돼지의 엄니 등이 전시되어 있지만, 당신이 알기로는 그가 소장하고 있는 박제동물은 이 땅돼지밖에 없었다.

그밖에 임팔라의 머리뼈를 모아놓은 컬렉션도 있기는 하다.

그레그 탬피코는 재단 업무차 남아프리카를 자주 드나드는데, 나미비아의 어느 지역으로 간다고 이야기를 해도 당신은 번번이 기억하지 못하고, 그것을 잊어버린 것에 개의치도 않는다. 진짜 얼룩말 가죽으로 된 탬피코의 침대보 위를 맨몸으로 뒹굴면서도 재단 같은 것은 어렴풋이 떠올려본 적도 없었고, 땅돼지가 고정되어 있는 받침대를 옆으로 살짝 기울이다가 봉투 하나를 발견한 지금도 이것이 재단과 관련이 있으리라고는 생각하지 못한다.

바닐라 색상의 깔끔한 봉투를 열어보니 **해피니스 재단 대표, 그레고리 탬피코**라는 금색 글자가 각인되어 있고, 그외에는 아무것도 없다. 발신인이 표시된 곳 밑에 있는, 수취인에게 전하는 메시지가 적혀 있어야 할 부분에 아무런 메시지도 적혀 있지 않다.

당신은 불안해진다. 이 모든 것이—땅돼지와 내용 없는 편지—아무리 봐도 불안해서 그레그 탬피코에게 전화를 하려고 휴대전화를 집어들다가 지금은 모든 것이 먹통이라는 사실을 기억해내지만, 갑자기 모든 것이 정상으로 돌아와 있다. 지난 5분 사이에 도착한 문자 메시지가 147통, 이메일이 48통인데, 이 정도는 보통이다. 전부 참모들이 보낸 것이다. 탬피코에게 온 것은 없다.

당신은 휴대전화를 스크롤한다. 그의 이름을 화면에 띄운다.

땅돼지?라고 문자를 보낸다.

***

티투스 다우닝. 의식적으로 결혼을 피하고 의식적으로 자녀를 갖지 않았으며, 박제술뿐만 아니라 말갛고 깔끔한 소꼬리 수프를 광적으로 좋아하는 그는, 구부정한 등과 매끈한 목, 두툼한 발, 일부러 잡아뺀 것처럼 괴상해 보이는 기다란 귀와 주둥이를 바라보다가 온몸을 부르르 떤다.

벵골 호랑이와 나란히 놓으니 "땅돼지"라는 동물은 참으로 품위 없어 보인다고, 아무리 조물주가 만들었다고 해도 너무 못생겼다고, 돼지가 당나귀와 교미해서 낳은 것 같다고 생각하다가 문득 박제사들 사이에서 유명한 이야기 하나가 떠오른다. 존 헌터 대령이 1798년에 처음 오리너구리 가죽과 스케치를 영국 박물학자들에게 보냈을 때, 학자들은 그것을 장난으로 여기며 누군가가 비버 가죽에 오리 부리를 가져다가 꿰매놓았다고 생각했고, 심지어 "직접 관찰하기 전까지는 이 동물을 의심하지 않을 수가 없다", "우리 모두 여기에 일종의 속임수가 사용되었을 것이라고 추측한다"는 기록까지 남겼다. 그래서 다우닝도 그의 절친한 친구인 리처드 오슬릿이 장난을 치는 것은 아닌가 싶어 가죽에 부자연스러운 이음매는 없는지 살펴보지만, 부자연스러운 이음매 같은 것은 전혀 찾아볼 수 없다.

다우닝은 다시 작업대로 돌아간다. 두 눈을 감고 조용히 벵골 호랑이의 삶으로 돌아가보려고 하지만, 도저히 무리이다. 호랑이에게 빠져들었던 순간은 이미 지나갔고, 다시 돌아오는 데 며칠은 걸릴 것이 뻔한 데다가 자꾸만 땅돼지에게 마음이 쏠려서, 결국 호랑이는 포기하고 땅돼지 쪽으로 방향을 튼다. 오슬릿이 보내온 것이 속임수가 아닌 도전 과제라고 생각하자 점점 흥분되기 시작한다. 이렇게 못생긴 짐승의 지바도 재현해낼 수 있을까? 문명인이 접해본 적 없는 미지의 동물인데도?

이제 다우닝의 눈에는 오슬릿이 함께 보낸 메모들과 스케치들도 의도적으로 정보를 간소화한 것처럼 보인다.

야행성. 땅속 굴에서 잠을 잠.

군집성 곤충을 먹음. 어금니가 있음.

주둥이를 땅에 박고 깊은 곳까지 냄새를 맡음.

앞발로 땅을 팜. 뒷발로 흙을 차냄.

덜떨어진 강아지처럼 높은 음으로 짖음.

호랑이는 퇴장하고, 땅돼지가 등장한다. 뼈만 앙상하게 남은 다우닝의 손가락이 털가죽을 훑는다. 기본적으로 노르스름한 분홍빛이 돌고, 털은 철사와 명주실을 묘하게 섞어놓은 느낌이며, 갈색 다리 중 앞다리는 척행, 뒷다리는 지행으로 걷는다. 다우닝은 땅돼지의 뒷발을 쓰다듬으며, 오슬릿이 고용한 사냥꾼들은 언제나 솜씨가 아주 훌륭하다고 생각한다. 묵직한 발은 발톱 하나하나가 숟가락처럼 넓적하고, 거북처럼 둥그스름한 등에서부터 쭉 뻗은 꼬리는 또 얼마나 튼튼한지 모른다. 다우닝은 눈을 감은 채, 땅굴에 들어간 몸집 큰 땅돼지가 좁은 흙벽에 부딪치지 않으려고 꼬리 근육으로 균형을 잡는 모습을 상상해본다. 육중한 다리를 움직여 흰개미집—야심만만하고 아둔한 아이들이 지은 모래성처럼 생긴—을 향해 느릿느릿 걸어가는 모습이 생생하게 떠오르고, 살가죽 밑으로 미끄러지듯 움직이는 어깨며 이리저리 흔들리는 두툼한 뱃살까지 눈에 선해서, 다우닝은 이제 땅돼지의 무게와 투박함, 변덕스러운 기분을 알게 된다. 달릴 때는 불안정한 발가락으로 바닥을 디딘 채 몸을 곧추세워서 겅중겅중 뛰다시피 하고, 땅속에서 곤충의 조그마한 움직임이라도 포착되면 원뿔형의 머리를 치켜들고 당나귀 같은 귀를 쫑긋 세운다. 숟가락 같은 발을 땅에 찔러넣고 파 내려가자 무른 땅이 흔들리고, 달콤한 흙 내음이 난다. 다우닝은 이제 끈적끈적한 혀로 흘러들어오는 흰개미의 맛까지 느낄 수 있다. 그러다가 아침이 밝아오면 땅돼지는 부드럽게 꿀꿀 울어댄다. 낮에는 깨우지 말란 말이야!

피로가 몰려온다. 이렇게 괴상한 다리로 밤새 느릿느릿 쏘다녔으니 뼈마디가 쑤실 법도 하다. 어느새 쉼표처럼 몸을 웅크리고 잠이 든다. 다우닝은 잠든 땅돼지가 질척한 입술을 부르르 떨고, 콧구멍을 벌렁거리는 것까지 느낄 수 있다. 꿈속에서도 배가 고픈지 뱀 같은 혀가 조그마한 입안으로 미끄러지듯 들어갔다 나온다. 꿈속까지 들여다보자, 저런 추한 겉모습 안에도 아름다움은 존재한다는 사실을 다우닝은 어렴풋이 깨닫는다.

***

그레그 탬피코에게서는 답이 없다. 그레그 탬피코는 답장을 미루는 사람이 아니다. 플로어 스탠드 밑에 세워둔 박제 땅돼지가, 거실 안을 왔다 갔다 하는 당신을 지켜보는 것만 같아서 목덜미가 서늘해진다. 받침대 위에서 오른쪽 앞발을 살짝 든 채, 긴 주둥이가 달린 머리를 약간 비스듬히 기울이고 귀는 삐죽 세운 모습이 어디 중요한 데라도 가던 중으로 보이고, 마치 당신이 그 용무를 방해한 것만 같은데, 하필 지금 같은 때에 내 집에서 누군가를 방해한 듯한 이런 기분만은 느끼고 싶지 않다. 그레그 탬피코의 집에서는 제대로 신경도 쓰지 않았지만 로널드 레이건이 좋아했을 만한 가구들로 세심하게 꾸며놓은 당신의 집 거실에 놓여 있는 지금, 이제 와서 보니, 저 땅돼지는, 이렇게 말하면 뭐하지만 정말 무지막지하게 괴상한 표정을 짓고 있다. 의회가 개회하고 러틀리지와 올리오크 의원이 집으로 돌아오면 저 땅돼지는 뭐냐고 질문을 퍼부어댈 것이 분명한데, 그럼 어쩌지?

두 사람에게 어떻게 대답해야 할지, 젠장 솔직히 막막하다.

당신은 위층으로 올라간다. 샤워 생각이 간절하다. 당신의 샤워기는 콜러의 4,125달러짜리 '바이브란트 브러시드 브론즈 워터타일 앰비언트 레인 오버헤드 레인 샤워기'로, 샤워할 맛이 난다.

물이 차갑다. 기분이 상쾌해진다. 밖은 너무 덥다.

더위 때문에 마음이 괜히 뒤숭숭하다고 생각한 당신은 에르메스의 339달러짜리 살구색 테리 클로스 보디 타월로 몸을 말리며, 그레그 탬피코에게서 답장이 없으니, 지금 가장 간단한 해결책은 알렉산드리아로 차를 몰고 가서 땅돼지를 깨끗이 돌려주는 것이라고 마음을 정한다.

하느님 맙소사, 이게 무슨 똥개 훈련이람이라고 생각하면서, 머리부터 발끝까지 제이크루의 캐주얼한 여름옷을 가볍게 걸쳐 입는다.

거실로 돌아오자 땅돼지가 당신을 우스꽝스럽다는 듯 쳐다본다.

"아니야, 웃기지 마." 당신은 쏘아붙인다.

박제 땅돼지에게 큰 소리로 말을 걸다니. 자신이 우스꽝스럽게 느껴진다.

당신은 부엌으로 가서 포도를 몇 알 뜯어먹는다.

부엌에는 들어오지도 않으면서 윌리엄 소노마의 흰색 서브웨이 타일(세라믹 재질의 벽돌 모양 타일로, 가정집의 부엌과 욕실에 많이 사용됨/옮긴이)을 바닥부터 천장까지 6,000달러어치나 붙여놓았구나 하면서 찬장을 연다. 그리고 포대를 꺼낸다. 전체적으로 깔끔한 흰색이지만 가장자리만 너덜너덜하게 처리되어 있어 빈티지한 느낌이 나는 이 포대는 당신이 고용한 실내장식가가 사들인 것으로, 도대체 무슨 용도인지 당신으로서는 짐작도 가지 않지만, 어쨌든 새로 산 티셔츠처럼 단정히 접힌 채 부엌 찬장에 쌓여 있어서, 당신은 그중 한 장을 꺼내들고 거실로 돌아간다.

이러는 자신이 바보 같다고 느끼면서 땅돼지의 머리에 포대를 씌운다.

그런 다음 예전에 헬스 트레이너에게 배운 대로 허리와 무릎을 이용해 이 짐승을 번쩍 들어올리고는 검은색 쉐보레 타호가 기다리고 있는 애셔 플레이스 2486가의 좁고 어두컴컴한 차고로 내려간다.

월 600달러에 리스한 지 이제 겨우 몇 주일밖에 되지 않았지만, 양쪽 뒷문을 활짝 열고 뒷좌석을 전부 젖히자 당신의 타호는 벌써 자신의 쓸모를 확실하게 증명한다. 땅돼지가 그 자리에 딱 맞게 들어간 것이다. 마치 엔지니어들이 이것을 의도하고 만든 것처럼. **고급스럽고 널찍한 트렁크에는 아프리카산 땅돼지가 통째로 들어갑니다!**

열린 문들을 닫고 운전석에 올라탄 다음, 에어컨 바람과 솔자보이(2019년도에 큰 인기를 끈 미국의 래퍼/옮긴이)의 음악을 최대로 튼다. 차고의 버튼을 누르자 개폐장치에서 윙윙 소리가 나더니 문이 열린다.

차고 안으로 햇빛이 쏟아져 들어온다.

당신은 거리로 나서며 휴대전화를 확인한다. 이제 겨우 아침 8시 52분이지만 읽지 않은 문자가 233통, 이메일이 97통인데 다시 말하지만 이 정도는 예삿일이다. 당신은 알렉산드리아의 킹스트리트에 있는 그레그 탬피코의 주소를 찾아 GPS 버튼을 누른 후, 비싼 값을 톡톡히 하는 타호가 미끄러지듯 질주하는 동안, 오늘 들어 처음으로 긴장을 푼다.

***

어떤 동물을 박제하든 처음은 늘 받침대를 만드는 일부터 시작하는데, 티투스 다우닝이 땅돼지를 위해 고른 것은 건포도 빛깔의 두꺼운 리드우드이며, 나미비아에 특별 주문한 묵직한 목재여서 이곳까지 운반되는 데만 몇 주일이 걸렸고 드디어 도착했다. 다우닝은 며칠에 걸쳐 받침목을 자르고 사포질을 한 다음, 셸락(담황색 혹은 황갈색의 천연수지/옮긴이)을 여러 번 덧칠해 광택을 내고, 완전히 마른 후에는 쇠막대를 두 개 골라서 일자 막대를 중앙에 수직으로 세우고, 땅돼지의 척추와 목, 꼬리를 지지하게 될 구부러진 막대를 그 위에 나사로 고정한다.

두 개의 막대가 합쳐지면 흡사 녹아내리는 T자처럼 보이는데, 양쪽 모두 단단히 고정이 되면 이제 이른바 "마네킹"이라는 것을 만들 준비가 끝난다.

새로운 동물 가죽이 가게에 들어올 때마다 다우닝은 그것에 맞는 마네킹을 제작하는데, 오로지 철사와 점토만을 이용하는 까다로운 작업이라 어마어마한 인내심과 세심함이 요구된다. 마네킹 제작에 필요한 점토의 양을 정하려면 가죽의 크기를 꼼꼼히 측정해야 한다. 오늘 이 땅돼지는 꼬리에서부터 둥근 등을 지나 주둥이까지의 길이가 무려 2.2미터, 배에서부터 등까지의 둘레는 무려 1.1미터이다. 땅돼지 중에서도 많이 통통한 편에 속하지 않을까 싶은데, 그렇다면 이것은 땅돼지의 사냥 기술이 뛰어났다는 뜻이다. 즉 그녀의 지바에 기민함과 예민한 청각이 내재되어 있다는 의미인 만큼, 다우닝은 땅돼지의 매끄러운 귀를 쓰다듬고 오슬릿이 보내온 스케치를 들여다보며, 귀를 쫑긋 솟게 할지 축 늘어지게 할지 고민한다.

오슬릿의 조수는 아래로 늘어지게 그렸다.

그러나 스케치를 전적으로 믿어서는 안 된다는 사실을 다우닝은 잘 안다. 박제할 동물들의 그림은 그들이 죽은 후에 그려지는 경우가 많고, 일반적인 포유류의 귀에 관해 그가 아는 지식과 다윈의 주장을 통해 추론해볼 때 기다란 귀에는 반드시 사용 목적이 있으므로 땅돼지의 귀는 소리를 더 잘 듣기 위해 쫑긋하게 서 있을 것이 분명하다. 그렇게 결정을 내린 다우닝은 땅돼지의 살가죽을 씌울 마네킹을 만든 후, 노섬벌랜드에 있는 아버지의 농장에서 가져온 최고급 양털을 마네킹 안에 채워넣는다. 그리고 목의 하단부에 나선형 철사 두 개를 부착하자 준비가 끝난다.

다우닝은 땅돼지의 척추를 조심스럽게 들어올려 받침대의 구부러진 막대 위에 늘어뜨린다. 양쪽 앞다리의 견갑골이 정말로 노를 젓는 것처럼 휙 돌아가는 것을 보고 감탄하고 있자니, 갑자기 견갑골이 쓰윽 내려와 팔꿈치 쪽으로 푹 꺼진다. 그러자 신기하게도 팔꿈치가 흉곽 아래까지 내려가더니, 곧장 긴종아리근, 발허리뼈, 발가락뼈까지 떨어진다.

그가 뒷다리 두 개—육중하고 거대한—를 들어올리자, 척추와 앞다리들이 순식간에 받침대 위에 똑바로 세워지고, 커다랗고 튼실한 뒷다리들은 Z자 모양으로 구부러진다. 다우닝은 두 손을 양동이에 담가 적시면서 꼬리뼈가 얼마나 낮게 위치하는지 관찰한다. 꼬리 끝이 수면으로 내린 노처럼 경쾌한 뒷발에 닿을 것만 같다!

개중에는 다리뼈와 두개골만 동물의 것으로 쓰고 몸통과 목에는 그물망이나 삼베, 사이잘삼(용설란과의 식물로 섬유를 뽑아 직물을 짬/옮긴이) 등을 닥치는 대로 둘둘 말아 얼토당토않은 피복을 입힌 다음 그대로 회반죽에 담가버리는 박제사들도 있지만, 다우닝은 오슬릿이 보내온 마지막 척추뼈 한 조각까지 전부 사용한다. 그래야만 실수를 최소한으로 줄일 수 있기 때문이다. 25년간 그렇게 하다 보니 이제 뼈에 점토를 붙이는 일도 전혀 거북하지 않을 뿐만 아니라, 사실 점토를 만지는 것은 그가 가장 좋아하는 작업이다.

티투스 다우닝은 작업이 끝난 땅돼지의 뼈대를 가만히 바라본다. 입술을 한번 핥고는 물이 뚝뚝 떨어지는 양손을 점토에 찔러 넣은 다음 형태를 빚기 시작한다.

***

"크랭크 댓"이라는 제목의 음악이 최대 음량으로 흘러나오는 가운데, 당신은 읽지 않은 문자 389통과 읽지 않은 이메일 221통을 스크롤하며, 조지 워싱턴 메모리얼 파크웨이를 타고 알렉산드리아를 향해 달린다. 이 간선도로를 즐겨 달리는 이유는 당신이 가장 좋아하는 국립 공항—레이건 국립 공항—을 지나고, 포토맥강과 워싱턴 기념탑, 제퍼슨 기념관과 링컨 기념관을 가장 멋있게 감상할 수 있는 데다가, 언젠가 저기 어딘가에 알렉산더 페인 윌슨 기념관이 세워질 것이라는 흐뭇한 상상을 하면서 달릴 수 있기 때문이다.

로널드 레이건의 미들네임은 윌슨이다. 당신과 친척 관계는 아니다. 당신은 우드로 윌슨과도 관련이 없는데, 민주당원이었던 그의 경제정책만 보면 구역질이 나지만, 국제정책은 (그의 신제국주의적인 윌슨주의야말로 지금 당신이 취해야 할 개똥철학이라고 생각해서) 존경한다. 하지만 공교롭게도 실제 당신과 복잡한 친척 관계로 얽혀 있는 사람은, 미국 건국의 아버지이자 1776년에 『상식(*Common Sense*)』이라는 소책자를 발표해 독립의 정당성을 주장한 토머스 페인으로, 당신은 그의 정신을 바탕으로 재선 캠페인 전략집을 만들고 있다.

이 전략집의 제목은 「명백한 진실 : 분별 있는 미국 시민들에게 고함(Plaine Truth)」('명백한'이라는 뜻의 plain에 e를 붙여 페인[Paine]을 연상하게 함/옮긴이)으로 『상식』의 원래 제목인 'Plain Truth'와 당신의 미들네임을 결합한 것인데, 참모들은 아직 100퍼센트 찬성하고 있지 않지만, 「폭스 뉴스」에서 듣는다면 좋아서 환장할 것이 틀림없다. 당신의 친척인 토머스 페인이 "**이제는 갈라져야 할 때**라고 천지 만물이 부르짖는다"라는 글을 쓰며 식민지들을 영국으로부터 분리해야 한다고 필사적으로 주장했듯이, 당신은 미국이 민주 진영과 공화 진영으로 분리되어야 한다고 필사적으로 외친다. 「명백한 진실」에도 "이제는 두 개의 미국이 되어야 할 때"라고 기술하며 "**갈라져야 할 때**"임을 주장했고, 이것이 나의 슬로건이 되어야 하지 않겠냐며 참모들을 설득하고 있다. 이 슬로건이 적힌 스티커가 자동차 범퍼 여기저기 붙어 있는 모습을 머릿속에 그려보라면서.

연합을 위해 갈라서자

알렉산더 페인 윌슨 2020

그레그 탬피코에게 「명백한 진실」을 보여주자 그는 완전히 말문이 막혀버렸다. 그는 당신이 연방주의자인 줄 알았다면서, 이것은 아주 급진적인 주장이지만 한편으로는 천재적인 생각일지도 모르겠다며 현재 제작 중인 지도가 있느냐고 물었다. 그럼 새로운 국경은 어디가 되는 거냐며.

당신은 그의 베개에 얼굴을 파묻으며 웅얼거렸다. "그놈의 세부 계획."

그런 것은 중요하지 않았다. 그레그 탬피코는 당신의 엉덩이 위쪽 부분에 움푹 들어간 아폴론 보조개에 가볍게 키스하며 「명백한 진실」은 세상을 변화시킬 것이라고 속삭였고, 당신은 지금 제이크루 옷을 입고 타호를 몰고 공항 옆을 질주하면서 맙소사, 탬피코 자식 귀도 얇지라고 생각한다. 당신이 「명백한 진실」을 내세우는 이유는, 이것은 이미 골백번도 더 검증된 입장이기 때문이다. 공화당을 지지하는 주(州)들은 이미 분리될 준비를 마쳤으므로 유권자 확보가 누워서 떡 먹기라는 점은 누구나 알 것이다. 게다가, 뭐랄까, 제 밥값을 할 줄 아는 정치인이라면 유권자가 확보되지 않는 주장 따위는 할 리가 없지 않은가. 그런 생각을 하는 와중에, 당신은 백미러에 비친 자신을 힐끗 올려다보며 버지니아 대학교 시절부터 쓰고 다닌 1980년대 빈티지 레이밴 선글라스가 자신과 정말 소름 끼치게 잘 어울린다고 우쭐한다.

당신은 소리 내어 말해본다. "알렉산더 페인 윌슨 국립 공항." 그리고 선글라스 너머로 자신의 눈을 바라본 다음, "윌슨 국립 공항"이라고 말하며 이메일을 스크롤하는데, 당신의 관심을 완벽하고 온전하게 사로잡을 수밖에 없는 제목 하나가 눈에 띈다.

탬피코 사망.

***

기린을 작업할 때는 각 부위에 맞게 점토를 몇 덩이로 떼어 부위별 마네킹을 하나씩 제작해나갔지만, 땅돼지는 하나의 커다란 덩어리를 만든 다음, 양손을 이용해 가슴 쪽으로 쓸어 당기며 마네킹의 모양을 잡아나가고 있다. 가느다란 손가락에서 어쩜 그렇게 강한 힘이 나오는지, 다우닝은 견갑골 위를 솜씨 좋게 어루만지며 완벽한 원통 모양인 흉곽을 지나서, 미리 해놓은 구상 없이 오직 자신만의 본능을 따라 마지막으로 뒷다리 끝까지 쓸어내린다. 이 단계까지 끝내자 뒤로 물러나 지금까지 완성한 결과물을 살핀 다음, 언제나 가장 어려운 작업인 얼굴 제작에 들어갈 준비를 한다.

생명의 영원불멸한 본질인 지바는 얼굴에 담겨 있다. 얼굴 안에서도 눈에 담겨 있다. 그러므로 눈이 자연스러워야 한다. 박제 동물은 눈이 자연스럽지 않으면, 좋게 보면 우스갯거리, 최악의 경우에는 공포스러운 흉물로 전락하기 때문에 티투스 다우닝은 자신의 수집한 엄청난 양의 장식알 중에서 땅돼지의 눈을 고르느라 몇 시간 동안 고민한다. 전부 색이 칠해진 나무 구슬로, 하나같이 너무 크거나 작아서 땅돼지에게는 어울리지 않는다.

어떻게 된 일인지 죽은 동물이 더 죽어 보인다.

가만 보니, 짜증스럽게도 주둥이 역시 약간 이상하다. 유연한 재질이건만 너무 똑바로 뻗어 있다. 다우닝은 머리의 위치 자체가 잘못되었다는 사실을 깨닫는다. 너무 높다. 땅돼지의 앞부분을 전체적으로 너무 높게 만든 것이다. 이 동물은 이렇게 머리를 치켜들고 걷지 않음을 툭 튀어나온 등이 말해준다. 처음부터 다시 시작해야 한다. 모든 것을 엎어버리고.

이런 일이 처음은 아니다. 마지막도 아닐 것이다.

무시무시한 찰흙 덩어리가 탄생하고 말았지만, 다우닝은 박제사의 필수 자질인 인내심을 발휘해 뼈대에서 찰흙을 떼어낸다. 그물망과 철사의 위치도 다시 잡는다. T자의 윗부분에 가로놓인 길고 구부러진 막대를 제거하고, 좀더 짧은 막대로 바꾸어 목 관절의 위치를 낮춘다. 막대 두 개를 다시 고정한 후 다시 한번 양손을 적신 다음 점토에 찔러넣는다. 마네킹을 다시 완성한 다음 철사를 구부려 귀의 위치를 조정한 후 가죽을 뒤집어씌웠더니, 귀를 쫑긋 세운 땅돼지가 나타났다. 땅돼지의 야간 활동을 다우닝이 방해했다는 듯 가볍게 곁눈질을 하면서. 순간, 땅돼지는 특별하지도 이상하지도 않은 일상적인 존재가 된다.

다우닝은 땅돼지의 오른쪽 앞발을 정면을 향해 들어올려 검은색 발굽을 가볍게 드러낸다. 그녀가 걷고 있다.

잠시 동안, 다우닝은 흐뭇한 마음이 들지만—눈이 문제이다.

장식알은 여전히 어울리지 않아서, 그후로도 며칠간 자신이 가진 온갖 크기와 종류의 구슬들을 전부 대보지만, 쓸 만한 것이 하나도 없고, 땅돼지의 얼굴만 물끄러미 바라보는 날이 하루 이틀 늘어날수록 그는 점점 더 안절부절못하게 된다. 저 기다란 속눈썹, 콧수염을 잘못 가져다가 붙인 것처럼 양쪽 눈꺼풀 밑으로 익살맞게 튀어나와 있는 저 기다란 속눈썹으로 땅돼지가 어떤 표정을 짓게 할지 고민하느라 며칠 밤을 꼬박 새우는데, 다우닝은 혼자 일하는 데다 미혼이고 아이도 없어서, 그가 무리하고 있다는 사실을 알아채거나 곁에서 돌봐줄 사람이 없는 관계로 이런 상태가 계속되다가, 어느 날 오후, 그만 작업대 앞에서 정신이 아득해지고 만다. 졸도할 뻔한 것이다. 그만 멈추고 뭐라도 먹어야 했다.

그것도 반드시 영양가 있는 음식을.

티투스 다우닝은 썰매 방울 소리를 경쾌하게 울리며 박제 가게의 문을 열고 나와 흰꼬리사슴의 머리 열두 개가 걸린 건물 밖으로 나선다. 무덥고 푸르른 영국의 소란스러운 여름날이건만, 예술가에게 계절이란 없기에 사시사철 검은 모직 정장만 입고 다니는 다우닝에게는 아무 의미 없는 풍경이다. 비록 빅토리아 테라스를 달리는 말발굽 소리와, 마차를 끄는 말들이 윤기 나는 머리를 힘차게 끄덕여 목에 달린 종을 딸랑이는 소리가 들려오고, 멋지게 차려입은 커플들이 제프슨 정원을 드나들며 림 강변에서 운동을 하거나 바람을 쐬는 모습이 눈에 들어오지만, 박제사 선생은 의식적으로 신선한 공기 한번 들이마시지 않는다. 그리고 지금 심호흡을 하면 자신은 바로 죽어버릴지도 모른다고 확신이라도 하는 듯, 몇십 년 전에 치유 온천이라는 이름을 내걸어 레밍턴 스파 전체를 유명하게 해준 (하지만 알고 보니 상당히 오염된 물이었다는 사실이 밝혀진) 오래된 로열 펌프 룸을 재빠르게 지나쳐, 새로 단장한 펌프 룸 정원의 자갈길을 가로지르고, 베드퍼드 스트리트를 맥없이 걷다가 모퉁이를 돌아서, 한때는 번성했지만 이제는 텅 비다시피 한 리젠트 스트리트에 들어선 다음 푸줏간으로 들어가 소꼬리 수프를 해먹을 소꼬리 하나를 산다.

계산은 한마디 말도 없이 이루어진다.

푸줏간 남자는 다우닝이 들어와도 말을 걸지 않는다.

다우닝이 초췌한 얼굴로 인상을 쓰며 들어오자, 가게 안에 있는 다른 사람들도 (개중에는 정말 그런 사람도 상당수 있겠지만) 그를 난생처음 보는 듯한 눈빛으로 그가 작은 꾸러미를 받아가는 모습을 조용히 지켜보기만 하는데, 티투스 다우닝은 그런 시선쯤은 조금도 신경 쓰지 않는다. 그는 예전부터 물건이나 노동력을 교환하며 사교적인 인사를 나누는 것을 내키지 않아 했다. 그렇게 오랜 세월을 거치며 자신에게는 일반적으로 말하는 사교성이라는 것이 거의 없다는 사실을 깨달았는데, 그럼에도 집으로 돌아와 좁은 부엌에서 꾸러미를 펼쳐보고는 깜짝 놀라면서 약간은 감동한다. 푸줏간 주인이—이렇게 푹푹 찌는 더운 여름날, 다우닝이 너무도 수척하고 창백해 보인다는 것을 알아챘는지—꼬리뿐만 아니라 소의 커다란 눈알까지 덤으로 챙겨준 것이다.

소의 눈은 반들반들하고 아름다우며 무지갯빛 홍채가 선명하게 빛나서, 그것을 본 다우닝은 허기와 피로감으로 의식이 혼미해지는 가운데서도 지난 한 세기 동안 박제사들이 고수한 방식이 완전히 잘못되었다는 점을 깨닫는다! 그동안 다윈과 에드먼스톤은 물론이고 모든 박제사들은, 동물이—눈은 운반 중에 썩어버리기 때문에—가까운 곳에서 죽지 않는 한 채색된 나무 구슬을 사용해 동물의 눈을 완성했는데 제아무리 노력한다 해도 어떻게 나무 구슬로 지바를 온전히 표현할 수 있겠는가?

어쨌든 나무는 생기가 없고 지나치게 균질한 데다, 물감은 색감을 표현하기에는 빈약하므로, 다우닝은 땅돼지의 눈에 담긴 오묘한 색상, 그 홍채와 공막(sclera)을 재현하려면 유리를 사용해야 한다는 결론에 이른다.

레밍턴 스파에도 다우닝이 아는 유리 공예가가 한 명 있기는 하다. 그러나 그는 유리를 불어 과일 접시를 만드는 사람이다. 유리컵이나 화병도. 다우닝이 알기로는 유리 눈을 만들어줄 수 있는 이 세상 유일한 사람은 옥스퍼드 대학교 시절 그의 룸메이트였고 현재는 런던의 유명한 보철구 제작자로 일하고 있는 해럴드 스키너로, 한동안 인형 눈을 만들다가 지금은 부상 당한 군인이나 시각 장애인을 위한 의안을 만들고 있는데, 다우닝은 그를 만나기 위해 런던까지 걸음하기로 결심한다.

최근 들어 런던 생각을 떨쳐내지 못하고 있기는 하지만, 그것은 어디까지나 지난한 제작 과정에 파묻혀 있는 예술가로서, 새로운 자극을 맛보고 싶은 마음에서 비롯된 것에 불과했다. 런던이 그의 머릿속을 차지하게 된 것은 이번 주 초에 우편으로 초대장을 받으면서부터인데, 보내온 사람은 리처드 오슬릿이 새로 맞이한 아내이자 젊은 식물학자인 레이디 리베카 오슬릿으로, 그녀는 다우닝에게 자신의 집에 방문해달라는 말을 전해왔고, 그는 이 초대를 의도적으로 무시할 생각이었지만 이제는 의도적으로 받아들이려고 한다. 다우닝을 초대한 것은 리처드가 아프리카에서 돌아왔다는 뜻일 테고, 다우닝에게는 이제 런던을 방문할 어엿한 이유가 생겼다. 어느새 다우닝은 리처드와 함께 해럴드 스키너를 찾아가 유리 눈을 주문하는 광경을 훤히 그리기 시작한다. 그런 다음에는 리처드가 좋아하는 패링턴의 선술집 '예 올드 마이터'에 들어가 맥주를 한 잔씩 걸칠 것이다. (통통하고 유쾌한) 오슬릿과 (깡마르고 무뚝뚝한) 다우닝은 구석에 있는 작은 테이블에 몇 시간이고 나란히 앉아, 두 발은 붉은 카펫에 단단히 붙이고 허리는 어두운 나무 벽에 구부정하게 기댄 채(여름이라 벽난로를 피우지는 않을 것이다) 땅돼지에 관해 토론하다가, 적당히 취기가 올라 얼굴이 불콰해지고 땀이 송골송골 맺히면, 그 다음에는 어떤 일이 벌어질지, 지금의 다우닝은 자연스럽게 떠올릴 수 있다.

리베카 오슬릿에게 답장을 쓰기 위해 앉은 다우닝은 그의 친구 리처드가 결혼했다는 사실이나 자신은 결혼식에 초대받지 못했다는 사실, 게다가 이 초대장을 보내온 사람이 그가 아니라 그의 부인이라는 사실에 대해서는 전혀 개의치 않는다. 리베카 오슬릿은 "다급한 용건"으로 그를 만나고 싶으니 신속히 "답장"을 달라면서, 자신의 집에서 묵을 수 있느냐고, 그녀의 집이 있는 켄싱턴의 글로스터 워크는 대영박물관에서 불과 한 시간 거리에 있어 이동이 편리한데, 그곳에서 마침 에페수스의 아르테미스 신전에서 출토된 유물을 전시하고 있으니 다우닝이라면 관심이 있지 않을까 한다고 적어 보냈다.

그래서 다우닝은 어쩌면 땅돼지에 담긴 지바의 감각을 잃지 않으면서 잠시 휴식을 취할 수 있을지도 모르며, 스키너와 급하게 연락을 취해야 하는 데다, 절친한 친구인 리처드를 간절히 만나고 싶다는 이유에서 초대를 받아들이기로 하고, 레이디 오슬릿에게 이틀 후, 정확히 말하자면 금요일 정오에 그녀의 집에 들를 수 있을 것 같다고 전달한다.

***

이메일의 발신자는 당신의 참모이다. 메일이 도착한 시각은 어제 새벽 2시 8분, 당신이 자고 있던 때라 읽지 않은 메일 목록의 맨 아래에 방치되어 있던 탓에 이제야 보게 되었다. 당신은 그 이메일을 클릭하여 본문에 실린 짧은 뉴스 요약본을 읽는다. 해피니스 재단은 나미비아 어린이들을 대상으로 의료 지원을 해주는 기관인데, 이곳의 대표인 그레고리 탬피코가 이틀 전 알렉산드리아에 있는 자신의 집에서 스스로 목숨을 끊었다는 내용이다.

기사에 따르면 장례는 내일 오후 2시, 프린스 스트리트에 있는 머피 앤드 밀리켄 장례식장에서 치러진다.

이 소식을 접한 당신은 충격을 받는다. 그러나 한편으로는 안심하는 자신을 발견한다. 사람이 자살하는 것은 물론 끔찍한 일이고, 당신은 괴물이 아니므로 그렇게 생각하지만, 이제 당신과 그레그 탬피코의 관계를 누군가가 알아챌 가능성은 완전히 사라졌고, 솔직히 당신이 자초하기는 했어도 이것은 정말로 불미스러운 일인 데다, 이 모든 것이 지금보다 나빠질 수도, 훨씬, 훨씬 더 나빠질 수도 있으니까—그러니까 당연히 충격을 받으면서 안심도 되지만, 일말의 죄책감도 교차한다. 이제야 떠오른 사실이지만, 그레그 탬피코는 불과 2주일 전에 당신 밑에서 일하고 싶다고, 한 달에 한 번꼴로 보는 것은 이제 못 견디겠다고, 그렇게 하면 함께 전국으로 선거 캠페인을 다니며 좋은 시간을 보낼 수 있지 않겠느냐고, 당신이 파라세일링을 얼마나 좋아하는지 알고 있으므로 오리건 주의 해안에서 즐길 수 있는 끝내주는 파라세일링 투어도 이미 예약해두었다고 했다.

그는 당신을 도와주겠다고, 이를테면 자신이 피로를 풀어준다든지 하면 당신은 하이킹이나 캠핑 같은 산악 활동도 다닐 수 있을 것이며, 「명백한 진실」의 홍보 계획 또한 자신이 이미 세워두었다고, 국립공원을 분류해서 그중 일부를 민영화하면 어떻겠느냐고 제안했다. 그러더니 당신은 루스벨트와 정반대인 인물로 이미지를 더욱 업그레이드해서, 앞으로 몬태나 주나 뭐 그런 곳에 산장을 꾸며놓고 대자연(그는 "탐팩스 사에서 제공하는 그랜드 캐니언의 광경을 보시죠"라며 웃었다)에서 사냥이나 하며 절반의 미국—올바른(right : 우파라는 뜻도 있음/옮긴이) 미국—을 이끌면 된다고 했다. 당신이 노스페이스나 파타고니아를 차려입고 낮은 산을 하이킹하는 모습을 홍보 사진으로 쓰면 얼마나 멋있겠느냐며.

"알았어, 「브로크백 마운틴」을 찍자는 거지?" 당신은 물었다.

"그런 뜻은 아니야." 그가 대답했다.

"재단 일은 어쩌려고?" 당신이 물었다.

"어쩌다니?" 그가 물었다.

"거기서 중책을 맡고 있잖아." 당신이 말했다.

그레그 탬피코는 그렇지 않아도 며칠 전에 사임했다고 답했다. 벌써 그 일을 한 지 12년이나 지났다고. 이 정도면 충분하다고. 차고 넘칠 만큼 나미비아의 아이들을 도왔으니 그만 물러날 때가 되었다고. 게다가 탬피코는 최근 들어 우울할 때가 많았다고 고백하며, 당신의 참모진—아니면 커뮤니케이션 담당이나 뭐 그런 직책으로—으로 들어가면 누구보다 필요한 인재가 될 수 있다고 자신한다며 자신의 생각을 떠들어대는 동안, 당신은 속으로 이러면 모든 것이 달라질 수밖에 없지라고 생각했다.

당신은 얼른 사과했다. 중요한 일이 생겼다며 그레그 탬피코의 침대에서 기어나왔다. 땅돼지 앞에서 옷을 주워 입었다. 당신이 가봐야 한다고 하자, 그는 낙심한 듯이 보였다.

그는 다음에 언제 다시 만날 수 있냐고 물었다.

당신은 어깨를 으쓱했다. 잘은 모르겠지만 평소처럼 의정 활동을 하면서 재선 캠페인도 병행해야 하니 한참은 못 볼지도 모른다고 말한 순간, 그레그 탬피코가 느닷없이 질질 짜기 시작했고, 그러자 갑자기 알렉산드리아에 있는 그의 집을 가득 채운 기괴한 아프리카 가면들과 판화들, 늘 괴상한 표정으로 당신을 지켜보고 있던 거대한 박제 땅돼지가 눈에 들어왔다.

온몸에 소름이 쫙 끼쳤다.

당신은 전화하겠다고, 아마도 다음 주쯤이 될 것 같다고 말하고는, 그의 얼굴을 봤다가는 곧바로 빠져나가지 못할 것 같아서 눈길도 주지 않고 쌩하니 문을 나섰다.

그런 탓에 그레그 탬피코가 그 즉시 침대 위로 쓰러져버린 것을 알지 못한다. 당신이 3층에서부터 현관까지 전속력으로 계단을 뛰어 내려가는 소리를 들으며, 다시는 당신을 볼 수 없으리라는 사실을 깨닫고 그가 얼마만큼 서럽게 흐느꼈는지도. 이런 이유 때문에 그의 소식을 접하고 안타까운 기분이 들기는 했지만 솔직히 그것보다는 홀가분하고 해방된 듯한 마음이 커서, 뉴스 기사가 가슴 속 막힌 것을 뚫어주기라도 한 듯 숨소리도 한결 가벼워졌다.

당신은 깜빡이를 켜고 차를 돌려 집으로 향한다. 이실직고를 하자면, 당신은 그 집을 나서는 순간부터 그레그 탬피코에 관해서는 깡그리 잊고 지냈으며, 지금은 애셔 플레이스 2486번지에 그를 데려온 적이 없다는 사실에 엄청나게 안심하고 있는 중이다. 그것은 그레그 탬피코가 레이건의 『위대함의 형상』에 실린 것과 똑같은 빅토리아풍의 샛노란색 벨벳 소파나 레이건이 입던 것과 똑같은 옷들로 채워져가는 당신의 옷장을 본 적이 없다는 점을 뜻하니까. 당신이 경매에서 5,900달러라는 터무니없는 금액에 낙찰받아 토론회가 있을 때만 달고 나가는 레이건의 애장품인 성조기 커프스단추도 마찬가지고.

그는 당신이 한때 레이건이 힝클리에게 저격당할 당시 흘렸던 혈액에까지 입찰했다는 것도, 그 경매에는 당신 말고도 수만 명의 사람들이 익명으로 참가했지만 경매 소식이 언론에 새어나가자 "악취미"라는 비판이 일어 경매가 철회되었다는 것도 몰랐으므로, 당신은 전체적으로 따져보았을 때, 그레그 탬피코의 자살을 두고 내가 자책할 필요는 없다고 스스로를 다독인다. 그레그 탬피코는 당신의 본모습을 몰랐고, 당신의 야망이 얼마나 뿌리 깊은지도 몰랐으니까. 그 야망 때문에 당신은 재선에 성공해야만 하고 이제부터는 진지해져야 한다. 그래서 그레그 탬피코의 소식을 들은 후로 당신은 참모들의 말이 옳다고 받아들인다. 이제 진지해져야 할 때이다.

알렉산더 페인 월슨 위원이 신붓감을 찾을 때가 왔다.

***

이제 켄싱턴에 들어선다. 이곳은 런던 서부에서 첼시와 함께 하나의 왕립구를 구성하는 지역이다. 그리고 홀랜드와 하이드라는 녹음이 우거진 두 공원 사이에 자리잡은 아늑한 거리, 글로스터 워크가 등장한다. 리베카 오슬럿의 방 두 개짜리 수수한 아파트는, 그녀가 매일 오후 브론테 자매—앤, 샬럿, 에밀리—라고 불리는 적갈색 아이리시 세터 세 마리를 끌고 공원으로 산책을 다니기에 제격이다.

"들어오세요!" 리베카가 수선을 떨고, 8월의 혹독한 더위에도 머리부터 발끝까지 검은 모직을 두른 티투스 다우닝이 그녀의 거처로 들어가는 모습은 그야말로 식시귀(아랍 신화에 등장하는 시신을 먹고 사는 괴물/옮긴이) 같다.

집 안에는 분홍색 천을 씌운 수많은 등받이 의자들과 긴 안락의자들, 소파들이 있고, 집은 동양에서 들여온 화려한 금빛 액자와 화병으로 장식되어 있으며, 바닥부터 천장까지 은은한 장밋빛 벽지로 도배되어 있다. 한쪽 구석에 놓인 덮개가 달린 책상도 온통 장미꽃으로 덮여 있고, 커튼 역시 장밋빛 분홍색이다. 바닥은 최근에 장미꽃잎 오일로 광을 냈으며, 창문마다 갖가지 종류의 장미들이 머리를 드리우고 매달려 있는가 하면 조금 전에 목욕하고 털을 손질한 강아지들에게서도 장미향이 났다.

레이디 오슬럿이 편히 앉으라고 권하자, 평소 흙내 나는 동물의 살가죽과 클로로포름, 포름알데히드, 산화물, 그리고 제품에 따라 가끔 섞여 나오기도 하는 담배 냄새에 익숙한 다우닝은 집 안을 한번 둘러보고는 몹시 당황하는데, 첫째로 앉을 곳이 너무 많았고, 둘째로 어떤 의자든 바로 옆에는 꽃들이 활짝 피어 있었으며, 셋째로 일단 어디든 앉으면 그 즉시 브론테 자매들이 자신에게 뛰어오르리라는 사실을 알았기 때문이다.

너무 오래 뭉그적거리고 있었는지 리베카가 그의 팔을 잡아끌며 "머무실 방을 보여드릴게요"라고 하더니, 그가 머무를 이틀 동안 끔찍하게 무료해할 것이 틀림없는 방으로 그를 이끌었고, 다우닝이 그냥 이쯤에서 전부 그만둘까 고민하는 사이, 방문을 활짝 열자 오슬릿 부부의 아파트에서 처음으로 꽃 한 송이 없는 짙은 녹색의 손님방이 모습을 드러낸다.

17세기풍의 목제 책상에는 꼭 필요한 사무용품인 종이와 잉크병 정도만 갖춰져 있다. 꿩 머리 모양의 황동 손잡이가 달린 1인용 침대도 있는데, 그 위에는 하얀색 침대보가 가지런히 접혀 있을 뿐 눈에 거슬리는 것은 아무것도 없다.

사려 깊게도 창문 옆 협탁에는 재떨이가 놓여 있고, 그 옆으로 윌키 콜린스의 『남편과 아내』, 트롤럽의 최신작 『피니어스 리덕스』, 색이 바랜 제인 오스틴의 『설득』 등 땅돼지 생각으로 머리가 가득 찬 다우닝으로서는 무슨 내용인지 짐작도 가지 않는 책들이 꽂혀 있다.

“완벽하네요. 감사합니다.” 다우닝이 말한다.

리베카는 “어머, 다행이에요” 하더니 손뼉을 치며 그를 다시 응접실로 이끄는데, 응접실에는 마법처럼 무화과 스콘과 데번셔 차가 준비되어 있다.

다우닝은 간식을 먹고 마시는 사이 살짝 긴장이 풀리지만, 여자들과 함께 있는 것은 언제나 불편하다. 오늘이 돌아가는 날이었으면 좋겠다. 그러나 내일은 스키너와의 약속이 잡혀 있고 땅돼지를 완성하기만 하면 기린보다 훨씬 더 감격스러울 것을 알기에, 레이디 오슬릿과 형식적인 대화를 이어가면서 전시회를 열면 얼마나 많은 관람객들이 몰려올지 혼자 상상의 나래를 펼친다.

듣자하니 여자들은 괴상한 동물을 보고 기절하기도 한다던데, 다우닝은 기절하는 여자가 나왔다는 소문이 돌아 땅돼지의 가치가 엄청나게 오르고, 결국 어마어마하게 높은 가격으로 뉴워크 박물관에 팔리면, 이전에 기린 작품으로 번 수익과 합쳐서 가게의 남은 빚을 전부 청산할 수 있을 테고, 그러려면 마음 편히 은퇴하거나 감히 드러내지 못하고 가끔씩 혼자서 몰래 꿈꾸던 것처럼 얼마간 여행을 다닐 수도 있을 것이라고 상상해본다. 따라서 리베카와 레밍턴 스파에서의 생활에 대해 이야기하면서 대화에 푹 빠져 있는 것처럼 꾸며대지만 사실은 전혀 집중하고 있지 않은데, 그러다가 얼마쯤 지났을까, 목깃과 소매 끝에 검은 장식이 달린 수수한 검은색 크레이프 드레스를 입은, 스물여덟 치고는 고운 편이며, 이 시대의 기준에 의하면 아름다움과 평범함 사이에 걸쳐 있는 (가슴은 조금 심하게 빈약한 편인지도 모르겠지만) 이 갈색 머리의 여인이 초조해하고 있다는 것을 알아챘다. 차를 마시는 손이 불안정하게 떨리고 있다. 작은 두 눈은 주인의 통제를 벗어난 듯 거실 여기저기를 휙휙 돌아본다.

레이디 오슬럿이 자꾸만 창밖을 내다본다는 사실을 다우닝이 눈치챈 지 얼마 지나지 않아 그녀가 어서 본론으로 들어가려고 애쓰고 있다는 점이 분명해지는데, 지금 꺼내려는 본론은 당연히 남편인 리처드 경의 부재일 것이다.

다우닝은 공손한 사람이다. 그녀가 말을 멈추기를 기다렸다가 목을 가다듬는다. 그리고 예의를 갖추어 정중하게, 하지만 약간은 캐묻는 것처럼 보일 수 있는 말투로 묻는다.

"부군은 어디 계시죠?"

리베카 오슬럿은 고개를 숙이며, 동양에서 들여온 화병들에 가지런히 꽂힌 채 앞쪽 창문에 늘어선 장미 다발에 시선을 보낸다. 그리고 쓸쓸한 눈빛으로 글로스터 워크의 벽돌담을 내다보자, 다우닝은 슬슬 걱정이 된다. 그가 평소에 즐겨 입으며 오늘도 입고 온 짧은 프록코트는 비록 우중충한 검은색이지만, 앞쪽에는 매끄러운 흰색 리넨 셔츠가 드러나 있고, 그 위에 입은 조끼는 입체적인 질감의 갈색 실크로 만들어졌으며, 그것에 맞추어 폭이 넓은 실크 스카프까지 맸고, 이 집에 들어서면서는 회색 리본이 달린 둥그스름한 중절모와 비버 가죽 장갑을 벗었다. 그에 비해 리베카 오슬릿에게서는 검은색 이외의 색상을 찾아볼 수 없는데, 여성이 온몸을 검은색으로 휘감는 것은 상중일 때뿐으로, 다우닝은 그렇다면 자신의 절친한 친구에게 무슨 변고가 생긴 것이라고 냉정하게 추론하고, 무슨 일이 벌어졌는지는 몰라도 레이디 오슬릿이 그를 런던으로 초대한 이유는, 즉 어떤 나쁜 소식을 전하기 위해서일 터이며, 만약 그렇다면 그냥 편지로 전하는 편이 나았을 것이라고, 슬픔은 혼자서 조용히 끌어안는 것이지 나쁜 소식을 직접 만나서 전할 필요가 대체 뭐가 있으며, 그는 이 여자와 잘 알지도 못하는 사이인 데다 이것이 정말로 그가 생각하는 그 나쁜 소식이라면 그에게는 너무나도 가혹한 처사라고 생각한다. 리베카 오슬릿은 그와 리처드가 얼마나 가까운 사이였는지 모른다. 다우닝이 열여섯, 오슬릿이 스물다섯이었던, 지금으로부터 25년 가까이 거슬러올라간 그날, 두 사람은 만국박람회의 관리자용 창고에서 처음 만나, 자연주의라는 공통의 관심사를 통해서 급속도로 우정을 쌓았다. 당시 오슬릿은 포유동물 행동학을 연구하는 학자였고, 다우닝은 동물 표본 연구와 보존 분야에 이제 막 발을 들인 신예 예술가였다. 다우닝은 언젠가 은퇴하면 오슬릿과 가까운 곳에 살고 싶다는 한 조각 꿈도 품고 있었다.

그러나 리처드 오슬릿 경은 자신의 나이보다 절반밖에 먹지 않은 리베카 그린과 결혼해버렸다. 그리고 아이를 가질 생각이라고 했다. 다우닝이 지금보다도 더 고요한 앞날을 갈망하고 있을 때, 오슬릿은 우습게도 자신이 가져본 적 없는 청춘을 되살리기를 갈망한 것인데, 세상에 쉰이나 먹어서 자식을 낳고 싶다고 하는 남자가 어딨는지 다우닝이 생각하고 있을 때, 호리호리한 식물학자는 마지막으로 창문가를 한번 더 심오하게 바라보고는, 그에게로 몸을 돌려 충격적일 만큼 직설적으로 묻는다.

"다우닝 선생님은 사후 세계를 믿으시나요?"

***

한산한 파크웨이를 달리며 당신은 휴대전화를 스크롤해서 타비사 캐슬의 전화번호를 찾는다. 당당하고 도도한 성격의 그녀는 그 유명한 IT 업계의 억만장자 브라이언 캐슬의 딸로, 당신과 가볍게 사귄 적이 있으며 "토비"라는 사랑스러운 애칭으로 불린다. 토비 캐슬은 올해 스물아홉, 당신은 서른다섯이고, 당신과 토비는 늘 좋은 시간을 보낸 데다 토비를 만나면 즐거웠기 때문에 당신은 토비에게 직진할 작정이다.

토비 캐슬은 몸매가 좋다. 토비 캐슬은 금발이다.

토비 캐슬은 탄탄한 팔을 자랑하려고 빳빳한 민소매 드레스를 즐겨 입으며, 소규모 투자사의 출범을 돕는 금융회사를 운영하고 있는데, 그래봤자 실제로는 아버지의 회삿돈을 받아서 쓰고 있는 셈이고, 그 덕분에 부녀가 85퍼센트나 되는 투자 수익을 벌고 있지만, 어쨌든 "캐슬"은 워싱턴에서—아니, 미국 전체에서— 알아주는 이름이다. 이런 생각을 하자 자연스럽게 당신과 토비 캐슬이 기금 모금 행사나 파티 등 각종 공식 석상에 나란히 참석하는 모습이 머릿속에 그려지면서, 당신과 토비 캐슬이 결혼하는 장면마저 또렷하게 떠오른다. 토비 캐슬과 함께 타운하우스에 살고, 어쩌면 둘이서 아이도 낳는다(당신은 그녀와 잠자리를 한 적이 있고, 그리 나쁘지 않았다). 그리고 그렇게 아이가 태어나면 더는 토비 캐슬과 함께 살지 않아도 된다. 러틀리지나 올리오크 의원처럼 가족을 워싱턴 밖으로 떼어놓으면 되니까. 솔직히 여자들에게 무슨 반감이 있는 것은 아니지만 당신은 여자들이랑 있으면 대체로 불편했다.

섹스 문제가 아니다. 이를테면, 여자들이랑 있으면 남자가 되어야 하는데, 남자들과 있으면 인간인 채로 있을 수 있다. 당신이 남들과 다르게 생겨먹은 것은 당신 탓이 아니다. 어쨌든 지금 당신이 토비를 찾는 것도 생물학적 진실이 어느 정도는 작동했기 때문이 아니겠는가. 세상에는 '자연의 법칙'이라는 것이 존재하고, 복음주의자들을 만족시키기 위해(당신은 신을 믿지 않지만 그러면서도 신을 두려워하는 마음이 들 때가 있다) 그것을 신성한 원리라고 부를 수도 있다. 당신은 이런 생물학과 신학의 개념을 발전시켜 「명백한 진실」에 포함시키자고 머릿속 노트에 기록한다.

비단 여자들만이 아니다. 당신은 다른 종류의 소수자들, 흑인이나 LGBT(레즈비언, 게이, 양성애자, 트렌스젠더를 아우르는 성소수자/옮긴이) 등에게도 불편한 마음을 갖고 있지만, 그들에 대해 진지하게 생각해본 적은 없다. LGBT는 무슨 샌드위치 가게에서 마요네즈를 뿌려먹는 메뉴처럼 들린다(양상추, 베이컨, 토마토의 앞글자를 딴 BLT 샌드위치와 글자가 비슷함/옮긴이). 그리고 흑인은 전체 인구의 고작 13.4퍼센트를 차지할 뿐이다. 그들보다 미국에 사는 라틴계 사람들의 수가 더 많다.

당신은 솔직히 흑인들에게는 아무런 불만도 없다.

올리오크 의원도 흑인이고, 비록 당신은 올리오크를 싫어하는 편이지만 같은 공화당원인 데다 당신은 언제나 그에게 친절하게 대했고 그도 언제나 당신에게 친절했으며, 언젠가 그에게 러닝메이트가 되어달라고 부탁해서 올리오크의 피부색에 빨대를 꽂을 마음이 있다는 것도 인정하는 바이다.

당신은 국회의사당 앞 계단에 서서 수많은 군중을 향해 "연합을 위해 갈라섭시다"라고 외칠 자신의 모습을 상상하다가 잠시 멍해지지만—잠깐, 뭐더라, 그거였지—하얀 돌기둥 앞에 펼쳐진 새하얀 계단에 서 있노라면, 머리 위로 다섯 대의 군용기가 날아가며 빨간색, 흰색, 파란색의 연기를 뿜어내고, 당신은 셔츠 소매를 살짝 끄집어내 레이건의 성조기 커프스단추를 드러내며 캘빈 클라인의 더블브레스트 실크 양복(4,560달러)과 끝내주게 잘 어울리는 그 장식품을 손가락으로 가리키는 자신의 모습을 머릿속에 그려본다.

그러나 지금은 물론이고 나중에도 부모님에 대해서만큼은 절대 떠올리고 싶지 않다. 학부모 면담 때문에 학교에 여러 차례 불려다닌 어머니는 상담 교사에게 "공감 능력이……결여된 아이예요"라는 말을 듣자 두려운 눈빛으로 당신을 바라보았다. 그리고 그날 저녁 당신이 엿들은 바에 의하면, 어머니가 학교에서 들은 이야기를 전하며 그게 무슨 뜻이야라고 묻자, 아버지는 저 자식이 또라이라는 소리야라고 대답했고, 어머니는 깊은 한숨을 내쉬었다. 그리고 어머니는 난 저 애가 태어난 순간부터 그걸 느끼고 있었어라고 하더니 무슨 서부 개척 시대의 사람처럼, 뼛속 깊이 느껴졌지라고 덧붙였고, 그 순간부터 당신은 부모님으로부터 자신을 분리해버렸기 때문에, 그런 식으로 국회의사당 계단에 선

자식을 보면 부모님이 어떻게 생각할지 신경이 쓰이지도, 궁금하지도 않았다. 당신은 언젠가 반드시 거기에 서서 구름처럼 모여든 사람들에게 손을 흔들 것이고, 왼쪽에는 올리오크가, 오른쪽에는 토비 캐슬이 있을 것이며 토비는 당신의 허리를 감싼 채 활짝 웃으며 당신을 향해 존경의 눈빛을 숨김없이 드러낼 것이고, 미국에서 가장 유명한 억만장자 브라이언 캐슬 역시 자신은 언제든 지갑을 열 준비가 되어 있으며 사위가 자랑스럽다는 표정으로 그 자리에, 당신의 뒤에 서 있을 것이기에 당신은 자신이 왜 이제야 토비 캐슬에게 전화를 하는지 영문을 모를 지경이다.

드디어 그녀의 이름이 나왔다. 당신은 화면을 터치한다.

전화를 받은 토비는 여보세요라고 하는 대신, "안녕, 싸가지"라고 인사하는데, 그 말을 들은 당신은 자신이 이런 것을 얼마나 좋아했는지 잊고 있었다는 사실을 떠올리고, 그녀의 목소리는 까놓고 말하자면 죽여주게 섹시해서 당신은 연락이 늦어서 미안하다고 바로 사과한다.

그래, 몇 달만인 거 나도 알아라고 하며 조지타운에서 함께 저녁식사를 하자고 제안한다. 그녀도 아는, 무슨 로펌 같은 이름의 식당인데 빈티지 양철 도시락통에 음식이 나오며 메뉴판을 받으려면 시를 암송해야 하는 곳이다.

브라운, 레이크 앤드 피터슨 컴퍼니.

그녀와 마지막으로 함께 갔던 음식점으로, 당신은 그딴 힙하다는 곳 따위는 쳐다보기도 싫지만 여자들은 힙한 데라면 사족을 못 쓴다는 것을 알기에 그곳을 제안했고, 토비도 거기가 좋다고 해서 약속 장소를 그곳으로 잡는다. 그러자 토비는 놀리듯이 웃어대지만, 한편으로는 당신이 무슨 꿍꿍인지 안다는 듯 자신만만하게 구는데, 사실 당신들은 서로 아는 사람들이 겹치기 때문에, 토비 캐슬은 이미 오래 전에 게임판에 올라와 있는 것이나 마찬가지였다. 당신이 참모들에게 '신붓감을 찾으라'는 압력을 받고 있다는 것은 그녀도 뻔히 알고 있고, 아마 당신이 연락을 해오리라는 점도 알고 있었을 텐데, 그런데도 당신의 전화를 기쁘게 받았다는 사실에 당신은 꽤 흐뭇하고, 전화를 끊고 나서는 기분이 아주 째지게 좋아져서, 그레그 탬피코나 땅돼지에 관한 일은 까맣게 잊어버린 채 14번가 다리를 건너려던 찰나, 파크웨이의 갓길에 차를 세워야만 하는 일이 벌어진다. 경찰차가 경광등을 번쩍이며 당신 차의 꽁무니를 쫓아온 것이다.

***

다우닝은 박제사에게 그런 것을 묻다니라고 생각하면서 리베카 오슬럿을 쳐다보지만, 이 질문로 인해 땅돼지의 지바에 관해, 다윈과 가이아나의 해방 노예에 관해, 박제술로 진정한 성공을 거두려면 동물 앞에서 간절히 빌고, 자신이 그 영혼 속으로 들어가서 동물이 자기 자신을 통해 되살아나게 해야 한다는 믿음에 관해 한층 더 깊이 사유하게 된다. 그래서 레이디 오슬릿의 질문에 대한 답은 그에게는 기막히게 단순하면서도 동시에 기막히게 복잡하다.

다우닝은 찻잔과 받침을 들고 있는 손에 힘을 준다. "저는 사후 세계를 믿습니다"라고 대답하자 리베카 오슬릿은 안도하는 듯 보인다.

그녀는 "리처드의 많고 많은 지인들 중에서 제가 연락드려야 할 분은 선생님이라는 걸 알고 있었어요"라고 하더니, 남편의 이상하고도 갑작스러운 죽음에 관해 털어놓는다. 아무런 연락도 받지 못한 채 몇 주일을 기다렸는데, 마침내 들려온 것은 그가 장뇌 덩어리를 다량으로 삼켰다는 끔찍한 소식이었다고. 그렇게 남편은 탐사를 갔다가 영영 돌아오지 못했다는 것이다.

리베카가 남편의 자살을 받아들이지 못하고 있다는 점은 의심의 여지가 없었지만, 다우닝은 그녀가 하고 싶은 말이 아직 남아 있다고 짐작하고, 저 여자가 어떤 식으로든 시신을 보존하고 있지는 않은지, 그리고 자신에게 리처드를 박제해달라고 부탁하려는 것은 아닌지 하는 섬뜩한 생각이 뇌리에 스치지만, 리베카가 여러 공동묘지 중에서도 켄잘 그린에 있는 매장지를 가까스로 확보했다며—그녀는 요즘 교회 뜰 안에 매장할 공간이 얼마나 부족한지 생각하면 다행이었다고 토로한다—장례를 치른 이야기까지 거리낌 없이 털어놓자 다우닝의 끔찍한 우려는 가라앉는다. 그리고 그 말을 하면서 리베카는 아주 고전적이고 여성적인 방식으로 몸을 떠는데, 다른 남자였다면 가까이 다가가 팔로 감싸주었겠지만 지금 이 순간 다우닝은, 오슬릿, 적어도 그가 아는 오슬릿은, 절대로 목숨을 스스로 끊을 사람이 아니라는 단 한 가지 생각에 빠져 있다.

"그건 말이 안 돼요." 그가 말한다.

"저도 알아요." 리베카가 말하자, 주인의 언짢은 기분을 알아챈 세 마리의 브론테가 그녀의 의자 주위를 빙빙 돌기 시작한다.

티투스 다우닝은 그녀의 눈빛이 얼마나 어두운지 알아챘다. 게다가 눈이 약간 부어 있어서 그녀가 얼마나 많은 밤들을 눈물로 지새웠을지 눈에 선하지만, 지금 그녀는 울고 있지 않다. 그의 눈이 정확하다면 오히려 겁에 질린 것처럼 보인다.

리베카는 "선생님" 하고 부르더니, 그를 런던까지 부른 이유를 마침내 털어놓는다.

장례를 치른 후에—불과 몇 주일 전이었다고 레이디 오슬릿은 말한다—글로스터 워크에서 남편이 웰링턴 부츠를 질질 끌며 집 앞을 지나는 모습을 보았다는 것이다.

"그런 일이 벌써 네 번이나 있었어요." 그녀가 말한다.

다우닝은, 당최 여자들이란, 맙소사, 뇌가 푸딩으로 되어 있나라며 속으로 욕하고, 그런 생각을 하자 자기 자신까지 멍청해진 기분이 든다. 그는 여자들과의 대화를 극도로 싫어하는 데다, 사별을 한 후 저렇게 정신이 나가서 죽은 남편이 사방에서 보인다고 믿는 과부들이 세상 여기저기에 엄청나게 많이 있겠지 싶어서, 레이디 오슬릿의 검은 드레스와 검은 눈, 솜털 같은 강아지 세 마리, 꽃으로 뒤덮인 아파트, 이 모든 것들이 돌연 순전히 광기의 소산으로 느껴지지만, 그런 생각을 하는 중에도 리베카 오슬릿이 미친 척 연기하는 것은 아니라고 인정할 수밖에 없다. 약간 겁에 질리기는 했어도 공황 상태는 아니다. 그녀를 사로잡고 있는 감정은 다름 아닌 호기심 같다. 그녀는 "선생님"이라고 친밀하게 그를 부르며 그의 팔에 손을 올리고는 "남편은 저 밖에 있어요" 하며 길거리를 가리키는데, "저 밖"이라고 말하는 그녀의 말투에 티투스 다우닝은 소름이 끼친다.

리베카 오슬릿은 강아지들에게 쿠키를 하나씩 나눠준다. "하지만 가장 끔찍한 일은 따로 있어요." 그녀가 말한다.

"그게 뭔가요?" 다우닝이 묻는다.

"남편이 집 앞을 지나갈 때 보면 양쪽 눈에 붕대를 감고 있어요.” 리베카가 답한다.

다우닝은 “붕대는 왜요?”라고 묻는다. 그런 말을 듣고 달리 무슨 말을 할 수 있겠는가.

리베카는 양 손바닥으로 자신의 관자놀이 근처를 문지른다. “남편의 눈은 남편한테 없거든요.”

강아지 한 마리가 다우닝의 무릎으로 뛰어올라 가쁜 숨을 내뱉는다. 강아지의 숨결은 따뜻하지만 위장에 든 내용물의 시큼한 냄새가 다우닝에게까지 퍼지고, 그가 그 냄새를 맡고 있는 동안 리베카 오슬릿은 자리에서 일어나 책상 쪽으로 걸어간다.

흰 바탕에 빨간 장미가 그려진 여성용 책상으로, 리베카가 자물쇠를 열고 책상의 덮개를 내리는 모습을 지켜보며 다우닝은 그것이 커다란 장난감 같다고 생각한다. 그녀는 안에서 나무 상자를 하나 꺼내고, 다우닝은 그것이 리처드가 가지고 다니던 5단짜리 표본함임을 즉시 알아챈다. 리베카는 손가락 두 개로 상자의 서랍 하나를 잡아당긴 다음 그에게로 걸어와 바로 앞에 서는데, 거기에, 코르크판이 깔린 바닥 위에, 유동체를 채워 유리 뚜껑을 덮어놓은 작은 병이 하나 있고, 그 안에는 리처드 오슬릿의 눈알 두 개가 둥둥 떠다니고 있다.

***

경찰은 다루기 쉽다. 당신의 신분증을 보여주며 하원의원이라고 설명하면 게임 끝이다. 그냥 형식적인 말만 몇 마디 나누면서 시민의 안전을 위해 수고하십니다라든가 뭐 그런 말로 중요한 사람인 양 치켜세워주면 좀더 가벼운 딱지를 떼어줄 수도 있고 그렇지 않을 수도 있지만, 그런 것은 중요하지 않으며—당신의 참모들이 해결하지 못할 문제는 없으니까—경찰관이 당신의 타호로 다가와 면허증과 차량등록증, 보험증을 요구하고 당신이 그것을 건네주면 그 순간, 모든 일이 순리대로 풀릴 게 확실하다. 경찰관은 당신처럼 젊고 잘생긴 백인으로, 실제로도 당신과 약간 비슷하게 생겨서, 일이 틀어질 이유 같은 것은 상상도 할 수 없는 그때, 그가 당신의 차체 옆 부분에 손을 얹으며 그렇게 오랫동안 휴대전화를 붙들고 뭘 하고 있었느냐고 묻는다.

당신은 씨익 웃는다. 그리고 사과한다. 아, 그러면 절대로 안 되는 거였는데라고 하면서, 그런데 지금 재선 캠페인 중이라 경관님이 이해해주셔야 한다고, 지금 당장 처리해야 할 일이 너무 많아서 그것들을 처리하러 집으로 돌아가는 길이라며 다시 한번 그에게 신분증을 보여준다.

그런데 이 행동이 어쩐 일인지 상대의 화를 돋운다.

그는 “잠시 휴대전화 좀 확인하겠습니다, 의원님”이라고 하더니 손을 쭉 내민다.

당신은 순순히 내어주고는, 경찰이 휴대전화를 스크롤하는 모습을 지켜보며 약간 초조해하는데, 특히나 그가 ‘운전 중 주의 분산’을 막기 위한 새로운 법률이 시행되었다고 설명하며, 당신이 불법 유턴을 했을 때부터 계속 지켜봤는데 10분 내내 휴대전화를 한번도 내려놓지 않더라고 말할 때는 초조함이 극에 달한다. 경찰관은 마치 사소한 부정행위를 물고 늘어지는 어린아이같이 10분 내내라는 말을 강조한다.

“솔직히 의원님이 누구신지는 관심 없습니다. 이렇게 부주의하게 운전하시면 시민의 생명을 위협하시는 거라고요.” 그가 말한다.

당신은 그의 의견에 공감한다. 맙소사, 전적으로 옳은 말씀입니다라면서. 운전 중에 통화를 하다니 절대로 있어서는 안 되는 일이고, (비록 실제로는 멍청한 법이라고 생각하지만) 새로운 법률을 차근차근 설명해주셔서 감사하며, 교통 위반 딱지를 발부하셔도 저는 할 말이 없다고.

경찰관은 조용해진다.

당신은 우리 경찰 공무원 여러분께 무슨 애로 사항은 없느냐고 묻는다. 공무 집행에 의회의 도움이 필요하면 뭐든 말해달라고,

다시 한번 자신이 하원의원임을 상기시키며 신분증을 내미는데, 그것을 받은 상대방은 믿을 수 없다는 듯 당신을 뚫어지게 쳐다본다. 그러더니 큰 소리로 웃어젖히는데, 그 웃음소리는 이 경찰관이 당신 편이 아니며 당신과는 다른 부류임을 가르쳐준다. 아마도 재수 없는 민주당 지지자일 테고 민주당 지지자와는 말이 통하지 않으므로 그때부터 당신은 입을 꾹 다물고 경찰관이 하는 말만 조용히 듣는데, 그것이 효과가 있었는지 상대가 비난하는 정도가 누그러진다 싶더니, 돌연 자신의 부인 이야기를 털어놓기 시작한다. 부인의 생명이 위독해서 응급 낙태 수술을 받아야 했는데, 버지니아 주는 최근에 임신 6주일 이후에 낙태하는 것을 금지하는 법안을 겨우 기각했지만, 공화당의 알렉산더 페인 윌슨 의원은 다른 의원들과 함께 이 법안에 찬성표를 던짐으로써, 하마터면 "생명 보호"라는 미명하에 그의 부인을 죽일 뻔했다는 것이다. 그래서 폴스 처치나 뭐 그런 지역의 싸구려 아파트에 살고 있을 이 경찰관은—배지를 보니 이름이 **앤더슨**이다—낸시 비버스 나부랭이에게 투표할 작정일 뿐 아니라, 그녀의 경쟁자를 무시무시한 생지옥에 빠뜨리려는 참이다.

"차에서 물러나주시죠." 앤더슨 경관이 말한다.

당신은 물러선다. 경찰관은 이제 뒤로 돌라는 명령까지 하고는 "몸수색을 실시해도 되겠죠?"라고 했고, 당신은 분노로 얼굴이

시뻘게진 채 뒤를 돌아 이 무자비하게 뜨거운 아침에 무자비하게 뜨거운 타호의 후드에 양손을 얹고, 그런 당신의 옆으로 승용차와 트럭들이 질주하며 다리 건너에 있는 제퍼슨 기념관 쪽으로 달려간다.

경찰차의 경광등은 계속 번쩍인다. 고무 타는 냄새와 기름 냄새가 진동하고, 앤더슨 경관이 당신의 양다리를 더듬어 올라가 사타구니까지 만지는 동안 당신은 아무도 자신을 알아보지 못하기를 빌면서 참모들에게 저 경찰관을 처리하라고 해야겠다고, 그 정도는 그들에게 일도 아니라고 생각하고 있는데, 경찰관이 이번에는 차 뒤로 가서 트렁크를 열라고 말한다.

당신이 차 뒤편으로 가는 동안 화물차들이 꼬리에 꼬리를 물고 시끄럽게 지나간다. 포장도로의 열기가 훅 올라오고, 기름, 휘발유, 이 모든 것들 때문에 가벼운 현기증을 느끼면서, 당신의 머릿속은 오직 내게 이런 짓을 하고도 앤더슨 경관 네놈이 무사할 줄 아느냐는 생각으로 가득 차 있는데, 이 말은 즉 차 문을 열기 전까지 타호의 트렁크에 실려 있는 짐에 관해서는 생각도 못하고 있었다는 것이다.

경찰관은 화들짝 놀란다. “이게 도대체 뭡니까!” 그가 소리를 지른다.

받침대에 올라서 있는 땅돼지가 등장한다. 머리에 염병할 22

달러짜리 고급 포대를 뒤집어쓰고 발톱을 세운 땅돼지이다. 그런 것이 머리에 덮여 있으니 땅돼지가 무슨 이교도인이라도 되는 것처럼 갑자기 엄청나게 수상해 보인다.

당신이 "그건 땅돼지예요"라고 말하고, 경찰관이 땅돼지에 물릴까 걱정이라도 되는 듯 포대를 홱 벗겨내자, 그렇다, 거대한 박제 땅돼지가 타호의 트렁크를 점령하고 있다.

앤더슨 경관이 당신을 쳐다본다. "박제 땅돼지로 뭘 하고 계신 겁니까, 의원님?"

"딱히 뭘 하고 있는 건 아닌데요." 당신이 대답한다.

"용도가 뭐죠?"

당신은 질문을 이해하지 못하겠다는 표정을 짓는데, 정말로 그가 뭘 묻고 있는지 이해가 가지 않는다.

"허가증은 어디 있습니까?" 그가 묻는다.

"뭐요?"

"허가증 말입니다. 야생동물을 소지하려면 연방 정부에서 발행한 허가증이 필요합니다." 그가 말한다.

당신은 "이 야생동물"은 오늘 아침에 당신의 자택으로 막 배달되었다고 침착하게 설명한다. 그리고 앤더슨 경관님이 원하시면 애셔 플레이스까지 따라오시라고, 그러면 저것이 포장되어 있던 커다란 골판지 상자를 보여드리겠다고 말하지만 앤더슨은 고개를 젓는다. 그리고 "타인이 합법적으로 획득한 야생동물을 일시적으로 소지하는 데도 연방 정부의 박제 허가증이 필요합니다"라며 어딘가 법령집에 쓰여 있을 법한 말을 그대로 읊어댄다. "주법이나 연방법에 반하여 수렵, 소유, 운송, 혹은 판매된 야생동물을 다른 주 혹은 국가에 수입, 수출, 운송, 판매, 수령, 획득, 혹은 구매하는 것은 불법입니다. 이걸 '레이시 법'이라고 하죠."

당신은 이제 열불이 난다. 염병할 레이시 법 같은 것은 나도 안다고 말한다. 하지만 당신은 이걸 훔치지 않았고, 직접 박제를 한 것은 더더욱 아니다. 이건 당신에게 배달 온 것이라고, 빌어먹을! 당신은 이것이 염병할 선물받은 것이라고 주장한다. 그러나 이것이 자신에게 덫이 되었다는 사실을 너무 뒤늦게 깨닫는다.

앤더슨은 곁눈질로 당신을 바라본다. 그는 "알겠습니다, 의원님" 하더니 "그럼 이 땅돼지를 누구한테 받으신 거죠? 이걸 보낸 사람이 허가증도 함께 보냈어야 하거든요"라고 말하는데, 당신은 그제야 여러 가지 시나리오를 떠올리기 시작한다. 가령, 앤더슨 경관을 바닥으로 밀치고 타호에 올라타 잽싸게 떠나든지, 앤더슨 경관에게 우와, 저기 하늘에 이상한 새가 날아가요라고 하고는 앤더슨 경관의 턱주가리와 복부를 가격한 후 타호에 올라타는 것이다. 혹은 14번가 다리까지 달음박질해서 앤더슨 경관을 따돌리고 한쪽 난간에 올라 포토맥 강으로 뛰어든 다음, 물가로 헤엄쳐나와 타호와 땅돼지는 어딘가에 유기하고 우버 택시를 부르는 것이다. 이것도 아니면 그냥 될 대로 되라는 식으로 앤더슨의 권총집에서 총을 뽑고 그 이후는 운명에 맡긴다—하지만 21세기에 실행 가능한 옵션은 이 중에 하나도 없다. 21세기에는 사방에 카메라가 존재한다. 앤더슨 경관의 경찰차에도 카메라가 붙어 있다. 그의 몸에도 붙어 있다. 지금 이 순간에도 당신이 그의 질문에 우물쭈물하고 있는 모습이 찍히고 있다. 사태가 점점 심각해지고, 앤더슨의 의심이 점점 커지는 것이 느껴지자 당신은 하는 수 없이 네 번째 옵션인, 젊고 돈 많은 백인 남자들의 영광스러운 피난처로 물러난다. 몰랐다고 잡아떼기.

우편물 상자에는 반송 주소가 표시되어 있지 않았다고 앤더슨에게 말한다. 땅돼지는 알 수 없는 인물에게서 온 것으로, 도대체 왜 보냈는지 당신도 이유를 모르겠으며 솔직히 의원들에게는 별의별 기이한 선물들이 매일 도착한다며 러틀리지 의원은 예전에 어느 선거인에게 토끼발 열쇠고리를 받았다는 길고 두서없는 이야기를 늘어놓은 다음, 당신이 보기에는 토끼발이나 이런 물건이나 그게 그거인 것 같다고 말한다.

그러나 유감스럽게도 앤더슨 경관은 넘어오지 않는다.

"토끼발 하나를 받는 것과 땅돼지를 통째로 받는 것은 천지 차이죠." 이렇게 말하는 그는 반송 주소가 없었다는 당신의 말을 전혀 믿지 않는 눈치이다. "미국 우편국은 반송 주소가 없는 물건을 배달하지 않습니다"라는 그의 말을 듣는 순간, 당신은 수염을 덥수룩하게 기르고 두꺼운 안경을 우스꽝스럽게 쓴 페덱스 배달원이 떠올라 안도의 한숨을 내쉰다!

당신은 팔짱을 낀다. 그리고 눈을 내리깐 채 앤더슨에게 우체국이 아니었다고, 페덱스에서 배달했다고 말한다.

그러자 경찰관의 얼굴에 갑자기 생기가 돈다.

"네, 알겠습니다. 그럼 운송장 번호만 조회하면 간단히 나오겠네요." 그제야 당신은 이제 꼼짝없이 그에게 꼬리를 밟혔음을 깨닫는다. 당신이 이 입장을 계속 견지하면 그는 땅돼지를 보낸 사람이 그레그 탬피코라는 사실을 알아낼 테고, 그렇다면 이제부터 당신이 취해야 할 행동은, 당신의 유일한 탈출구는, 그레그 탬피코와 최대한 거리를 두는 것으로, 지금부터 탬피코는 생판 모르는 남이다. 당신과 그레크 탬피코의 관계를 당사자들 외에 누가 또 알겠는가?

앤더슨은 다시 한번 휴대전화를 내놓으라고 하는데, 거기에는 이제 읽지 않은 문자 603통과 읽지 않은 이메일 410통이 와 있다. 그는 "서까지 같이 가주셔야겠습니다"라면서 미란다 원칙을 읊어 내려간다.

2

다우닝이 다윈을 통해 알게 된 지식에 의하면, 처음에 인간의 눈알은 빛에 민감한 작은 반점에 불과했다. 초기 생명체의 피부 어딘가에 있던 점 하나, 신경섬유와 광수용체, 옵신(시각 색소를 구성하는 단백질/옮긴이)과 발색단(발색의 원인이 되는 원자단/옮긴이)만으로 이루어져 있던 이 점 하나가 초기 생명체에 좋든 싫든 방향 감각을 제공함으로써 생존에 상당히 큰 이점으로 작용했고, 그런 앞 못 보는 반점이 어느 날 더욱 깊숙이 들어가며 안구가 된다. 개구부를 넓혀서 더 많은 빛이 들어오게 하고, 구멍 안을 유동체로 가득 채워 광수용체(빛을 인지해 전기 신호로 전환하는 세포/옮긴이)로 감싸자 얇은 색소와 세포층이 겹겹이 쌓인 망막이 생겨난다. 이제 최대한 얇은 세포막으로 이 공간을 덮는 각막이 등장한다. 막이 두꺼워지고, 유동체가 걸쭉해져 투명한 체액이 되고, 맨 앞면에 수정체가 생긴다. 각막이 분화한다. 체액이 유리질로 변하면서 액체로 가득한 방은 따로 유지해 홍채를 보호하고, 그렇게 함으로써 신경의 지시를 받아 새로운 근육에 의해 움직이는 구멍 안의 세계가 최대한 광범위한 시야를 확보할 수 있게 한다. 그리고 이 모든 부분들이 눈꺼풀과 눈썹 등 필수 부속물에 의해 보호되고, 그리하여 한때는 빛과 어둠을 구별해 하루의 생체 시간을 맞추는 것이 고작이었던 아주 단순한 수용체가 이제는 카메라처럼 복잡한 하얀 원형의 반고체로 된 인간의 눈알이 된다.

티투스 다우닝은 절친한 친구인 리처드 오슬릿 경의 눈알이 유리병 안에 보존된 채 둥둥 떠다니는 모습을 보며, 이 모든 것이 현실임을 알고 있으면서도 어떻게 눈알이 리처드의 머리에서 빠져나왔는지, 어떻게 표본함에 들어간 채 몇 점의 소지품과 함께 리베카 오슬릿의 문간까지 도착할 수 있었는지, 그리고 무엇보다도, 그렇게 먼 거리를, 산 넘고 바다 건너 운반되어왔는데 어쩜 저렇게 완벽하게 형태를 유지하고 있는지를 과학적으로 설명할 수 없다. 비록 리베카는 남편의 눈이 비정상적으로 파랗고 커서 어디서든 금세 알아볼 수 있기 때문에 이 눈은 리처드의 눈이 확실하다고 주장하지만, 다우닝이 보기에 지금 가장 중요한 것은 그게 아니었다. 바로 얼마 전에 남편의 상을 치른 젊은 식물학자가—정확한 이유야 모르겠지만 아마도 슬픔과 당혹감이 결합되어서—남편의 눈알을 자물쇠 달린 책상 안에 문구류, 장신구와 함께 보관하고 있다는 사실이다!

리베카의 말에 따르면 검시관들은 시신을 확인하지도, 관을 열어보지도 않고 리처드를 매장했다고 한다. 아프리카에서 런던으로 운구된 관은 완전히 봉인되어 있어서 관 뚜껑을 여는 절차도 없이 곧바로 켄잘 그린에 안장되었는데, 지금 생각해보면 관을 메는 사람들이 이렇게 무거운 관은 처음이라고, 이놈의 관을 땅에 묻을 때는 말할 것도 없고 그냥 들어올리는 데만도 일손이라는 일손은 죄다 불러와야 했다고 계속 투덜거렸으며, 당시에 그녀는 관이 무거운 것은—아마도 순전히— 죽은 남편의 몸집이 컸기 때문이라 여기고 넘어갔지만, 이제 와서 보니 그게 실수였을지도 모르겠다고 한다. 관을 열어보지 않은 것이.

리베카 오슬릿은 티투스 다우닝에게 애원하는 눈빛을 보낸다. "남편은 벌써 몇 주일째 글로스터 워크를 서성이고 있어요. 저는 선생님께 서신을 보내야만 할 것 같았어요."

다우닝은 고개를 끄덕인다. 그리고 "제게 왜 연락하셨는지 이해가 갑니다"라고 말하며, 리처드 오슬릿의 눈알 뒤편으로 작은 꼬리처럼 불안하게 떠다니고 있는 시신경들을 응시한다. "하지만 부인, 그건 지금 제게 귀신을, 유령을 믿으라고 말씀하시는 거라서—"

그녀는 "평소 같으면 저도 선생님처럼 말했을 거예요"라고 말하고는 거실 여기저기를 팔로 휘저으며, 보통 자신은 창문가에 식물 화분을 놓는데, 어느 심령술사가 리처드를 쫓아내려면 집 안을 장미로 장식하라고, 그것도 과하다 싶을 정도로 해야 한다고 조언했으며, 그래서 집 안을 온통 장미로 만들었다고 설명한다. "현관에도 장미 다발을 뒀어요. 창문가에도 전부 장미를 늘어놓았고요. 그런데도 남편이 찾아와요."

"그렇군요." 다우닝은 말한다.

"제 생각에 리처드는—아니면 이승에 남은 리처드의 망령은—자기 눈을 되돌려 받고 싶나봐요. 아마도 그래서 서성이는 것 같아요. 하지만 전 어떻게 해야 좋을지 모르겠어요." 말을 마친 리베카는 자기 발밑에 웅크리고 잠든 브론테 자매들을 바라보며 애처로운 미소를 짓는다.

다우닝은 다시 고개를 끄덕인다. 리처드를 잃었다는 생각에 극심한 슬픔이 몰려오는 것을 이겨내며 그는 이미 새로운 계획을 세웠다. 그래서 리베카에게 마침 자신이 내일 아침에 유명한 보철구 제작자인 해럴드 스키너와 만나기로 되어 있는데 어쩌면 도움이 될지도 모르니 부인이 허락을 해주신다면 스키너 박사에게 리처드의 눈알을 가져가서 그의 의견을 들어보겠다고 한다. 리처드에게 무슨 일이 생긴 것인지. 이제 어떻게 해야 좋을지.

이 제안을 듣자 리베카 오슬릿은 생기를 되찾는다. 그녀는 얼마든지 그렇게 하시라며 그 주제에 대해서는 더 이상 언급하지 않는다. 대신 미망인의 도리를 지키려고 온종일 집에서 무의미한 애도만 하고 있는 것이 얼마나 힘들었는지, 자신이 얼마나 뼛속까지 활동적인 사람인지 이야기한다. 결혼 생활이 너무 짧았던 것이 속상하기는 해도 이제는 사회로부터 고립된 생활에서 벗어날 수 있을지도 모른다며—그러니 오늘 저녁은 집에서 식사를 하고, 내일 아침에는 함께 왕립 연구소에 가서 에페수스에서 아르테미스의 신전 유물을 발굴한 고고학자 존 터틀의 강의를 들으려고 한다. 다우닝도 아는 내용이지만, 원래 건축가였던 터틀은 유물을 찾아다니며 5년 내내 헛수고만 하다가, 고대 그리스인들이라면 마그네시안 게이트(아르테미스 신전의 남문/옮긴이)에서 신전까지 곧장 이어지는 길을 닦아놓지 않았을까 하는 생각을 번뜩 떠올렸는데, 그의 생각처럼 정말 모래밭의 6미터 아래에 그런 길이 있었다고 한다—그리고 그녀는 그 이야기의 끝에 질문 하나를 덧붙이는데, 혹시 다우닝이 괜찮다면 오늘 밤, 이 집에 묵는 동안에 이 유리병을 가져가서 그의 방에 보관해줄 수 있느냐고 묻는다.

다우닝은 이 모든 것들에 동의하고, 그날 저녁 훌륭한 양고기 구이와 햇감자에 적포도주 두 병을 곁들여 먹은 다음 두 사람 모두가 긴장이 풀렸을 무렵, 평소보다 과음을 한 리베카 오슬릿이 남편에 대한 이야기를 그에게 허물없이 털어놓는다. 리처드는 거의 결혼을 하자마자 자신과 거리를 두려 했다고. 늘 여행만 다녔다고. 그녀는 최소한의 애정을 원했는데 그는 그것조차 주지 않았다고. "저라는 사람은 안중에도 없는 것 같았어요." 리베카의 말에 다우닝은 고개를 끄덕이며, 어린아이가 설명하는 기초 수학을 듣는 것처럼 기쁨과 연민이 교차하는 감정으로 그녀의 가슴 아픈 이야기를 들어준다. 그는 이 모든 것을 이미 알고 있었고 자신에게는 익숙한 이야기이므로, 한마디도 더 듣고 싶지 않다.

다우닝은 술잔을 연거푸 비우면서도 리처드와 보낸 수많은 밤들을 레이디 오슬릿에게 털어놓을 생각이 없다. 두 사람이 여러 번 발가벗은 채 서로의 품에 안겨 잠들었다는 것도, 자신의 가냘픈 몸이 리처드의 살진 몸에 얼마나 꼭 들어맞았는지도. 또한 그와 리처드가 오래 전 만국박람회에서 꼬리를 치켜든 작은 암여우 박제품을 사이에 두고 서로 눈이 마주쳤으며, 리처드가 붉은 카펫이 깔린 긴 복도를 지나 수은과 유채유, 트리폴리석이 가득 쌓인 관리자용 창고로 그를 데려가서, 남자에게도 이런 열정이 존재하는구나 하고 다우닝이 처음 깨달을 만큼 뜨거운 키스를 퍼부었다는 것도, 그런 다음 자신이 오슬릿의 바지를 벗겨 그의 단단하고 통통한 음경을 입에 물었다는 것도, 그전에는 자신이 이런 것을 원한다고, 이런 것이 필요하다고 생각해본 적도 없지만 별안간 이것이 그의 전부가 되었다는 이야기도 절대로 말하지 않을 것이다. 그때 그는 자신이 어떻게 행동해야 할지 안다는 사실에 충격을 받았다. 그런 지식은 타고나는 거였다. 그리고 오슬릿이 몸을 부르르 떨며 다우닝의 입속에 자신을 꺼내놓았을 때, 다우닝은 남자의 사랑은 공개적으로 하는 것이 아니라고, 진정한 사랑은 비밀로 해야 한다고 결론 내렸고, 둘이서 팔짱을 끼고 박람회장으로 돌아가보니 세상은 완전히 달라져 있었다. 성인 남성이란 양복을 입은 포유동물에 지나지 않았고, 다우닝은 어린 시절을 보낸 노섬벌랜드 농장을 떠나온 이래 처음으로 자신이 자연과 하나가 되었다고 확신했다. 그때처럼 스스로가 진정한 자기 자신이 되었다고, 깨어 있다고 느낀 적이 또 있었던가?—그래서 레이디 오슬릿의 불평 따위는 귓등으로 흘렸지만 한 가지만은 새겨들었다.

그녀는 아프리카에서 보내온 5단짜리 표본함에서 남편의 눈알이 담긴 유리병을 발견하고도 보통의 부인들에게서 응당 예상되는 수준으로 놀라지는 않았다고 한다. 그녀 생각에는 다우닝도 분명 알고 있을 테지만(그는 알고 있었다), 리처드는 이따금 눈알이 안와 밖으로 괴상하게 부풀어오르는 안구돌출증을 앓고 있었기 때문이다. 그러나 다우닝도 이것은 모를 수 있다면서 딸꾹질을 하더니, 특정한 상황에서, 그러니까 머리를 심하게 부딪치거나 왠지 모르지만 눈꺼풀 끝이 이상하게 말려들어가면 눈알이 시신경에만 매달린 채 불쑥 튀어나와버리고는 했는데, 그런 장면을 목격하는 것은 정말 끔찍했다고 한다!

쾌활한 성격이었지만, 리처드는 이 일에 대해서만큼은 엄청나게 괴로워했고 언제나 가장 불편한 장소에 있을 때 눈알이 튀어나왔다고 말하며 리베카 오슬릿은 설명을 이어갔다. 언젠가 의사가 이것을 가리켜 "간헐적 안구 탈구"라고 설명했는데, 고칠 방법은 없으며, 리처드 오슬릿 경에게 머지않아 박물학자로서의 생활을 이어가기가 어려워질 것임을 받아들이라고 했다는 사실이다. 불쌍한 리처드가 완전하고 회복 불가능한 장님이 될 날이 얼마 남지 않았다는 것이 의사의 소견이었다고 한다.

***

당신은 앤더슨 경관의 번쩍이는 포드 폴리스 인터셉터(포드에서 제작한 SUV형 경찰차/옮긴이)의 뒷좌석에 앉아서—손목이 자신의 몸 앞쪽에서 흰색 플라스틱 끈으로 결박되는, 전적으로 불필요한 조치를 당한 후—거대한 박제 땅돼지의 머리를 끌어안은 자세로 포토맥 강을 건너 내셔널 몰과 붙어 있는 인디펜던스 애비뉴로 향하고 있다.

전력 공급 문제가 아직 완전히 해결되지 않아서 사람들이 밖에 나와 있는데, 그들 모두 하나같이 뚱뚱하다. 뚱뚱한 남자들, 뚱뚱한 여자들, 뚱뚱한 아이들은 서로 맞추기라도 한 듯이 똑같은 차림을 하고 있다. 티셔츠에 반바지, 흰 양말에 스니커즈. 성인들은 몸집만 큰 아기처럼 뒤뚱거리며, 한 손에 6달러짜리 프레첼 봉지를 들고 기름 묻은 손가락으로 휴대전화를 높이 쳐들면서 워싱턴 기념탑 주위를 서성이고 있다. 경찰차는 랑팡 플라자와 연방 센터를 쌩하고 지나 의사당 앞에서 좌회전을 하는데, 앤더슨은 충분히 당신을 지구대로 데려갈 수 있는데도(M 스트리트가 더 가까웠다) 그러지 않는다. 당신이 연행되어 가는 퍼스트 디스트릭트 경찰서는 서장이 근무하는 곳으로, 도착해서 내려보니 크기만 크지 생긴 것은 투박한 워싱턴의 전형적인 콘크리트 건물이었고, 앤더슨을 따라 들어간 복도에서는 담배 연기가 20년은 찌든 듯한 냄새가 진동하며, 안내받아 들어간 공간은 영화에서 보던 대로 새끼 코뿔소처럼 거대한 철제 책상과 2000년대 초반에나 생산되었을 법한 낡아빠진 회색 데스크톱 PC로 가득 차 있다.

경찰들은 정말로 주름이 잡힌 카키색 바지를 입고 있는데, 요즘 세상에 누가 염병할 카키색 바지를 입느냐는 생각을 하고 있을 때, 앤더슨은 당신을 딱딱한 나무 의자에 앉혀놓고, 당신이 듣지 못할 거라고 생각하며 서장에게 귓속말로 보고하지만 당신 귀에는 똑똑하게 들린다.

당신이 놀라운 청력의 소유자라는 사실을 앤더슨 경관이 알 리가 없다. 태어날 때부터 청력이 좋아서 극도로 까다로운 아기였다고 어머니에게 들은 적이 있으며, 몇 미터 이내에 있는 완벽하게 분리된 다른 방에서 두 사람이 속삭이는 대화도 전부 들을 수 있는데, 앤더슨이 서장에게 전하고 있는 이야기는 그냥 듣고 넘길 수 있는 성질의 것이 아니었다. 당신은 모두가 생각하는 그 사람이 맞고, 운전 중에 문자 메시지를 작성한 것도 모자라서 상당히 예사롭지 않은 무거운 짐을 운반하고 있었으며 따라서 앤더슨 자신이 문제의 그 무거운 짐을 그의 차에서 끄집어내어 경찰차 뒷좌석에 싣고 당신과 함께 경찰서로 왔는데, 여기까지 오는 내내 당신은 한쪽 팔로 그 짐을 끌어안는 수상한 행동을 보였고, 커다란 박제 땅돼지가 공적인 선물이라니 믿을 수 없다고, 공적인 선물이라면 집무실로 배달되었을 텐데 당신은 페덱스를 통해 자택에서 받았다고 진술했기 때문에 이건 공적인 것이 아니라 사적인 선물이라고 앤더슨은 속삭인다. 앤더슨 경관은 자신이 말한 내용에 대해서 추호의 의심도 하지 않는다. 따라서 그에게는 다음과 같은 의문점이 남는다.

도대체 누가 알렉산더 페인 월슨 의원에게 거대한 박제 땅돼지를 사적으로 선물했는가? 의원은 땅돼지의 머리에 왜 포대를 씌워놓았는가? 땅돼지를 싣고 아침부터 어디로 가는 중이었으며, 그것을 왜 처리하려고 했는가?

"뭔가 구린 냄새가 나요." 앤더슨이 말하자 흑인, 여성, 레즈비언이라는 공포의 삼박자를 모두 갖춘 서장이 제이크루 옷을 입고 수갑을 찬 당신을 한번 흘낏 본다. 그녀는 앤더슨이 보고한 "레이시 법"에 관해 묻는다. 앤더슨은 자신의 형이 사냥을 해서 수렵물 운반에 관해서라면 빠삭하게 알고 있다고 말하고, 서장이 웃으며 "잘됐군"이라고 중얼거리자 당신은 벌떡 일어서며 지금 당장 변호사를 부르게 해달라고 요구한다. 당신은 부당하게 체포되었고 앤더슨 경관에게 수정 헌법 4조를 속속들이 침해당했으며 그가 무슨 이유에서인지 자신에게 개인적인 원한을 품고 있다면서.

당신은 고함을 지른다. 자신이 소리를 지르고 있으며 소리를 지르면 불리하다는 사실을 알면서도 어쩔 수가 없는 그때, 세 명의 경찰관이 땅돼지를 끌고 들어온다.

"이거 더럽게 무겁네." 당신 앞에 놓인 책상에, 누구나 볼 수 있는 뻥 뚫린 공간에 그들이 웃으며 땅돼지를 쿵 내려놓자, 서에 있는 경찰들이 전부 자리에서 일어나 그 주위를 빙 둘러싸는 통에 땅돼지의 주둥이와 귀가 순간 펄럭이는데, 그들이 낄낄대면서 소름 끼치게 징그럽다고, 너무 못생겼다고 조롱하자 당신은 알 수 없는 이유로 그것을 지켜주고 싶은 마음이 조금 치밀어오르고,

그래서 의자에 털썩 주저앉고는 꽁꽁 묶여 있는, 욱신거리는 팔목으로 자신의 휴대전화를 찾는다.

그러나 주머니 안에 휴대전화가 없다. 경찰서에 도착했을 때 앤더슨이 휴대전화를 가져갔던 것이 기억나고, 휴대전화가 없다고 생각하자 발가벗겨진 것처럼 외로워진 당신은 탬피코에게 문자를 보낼 때 휴대전화의 비밀 모드가 켜져 있었기를 기도한다.

"선물로 받은 거라고요." 당신은 다시 한번 소리를 지른다. 이런 바보 같은 땅돼지를 당신이 정말로 갖고 싶어 한다고 생각하는 사람이 있다니 믿을 수가 없다! 물론 경찰차 뒷좌석에서 팔로 땅돼지를 감싸고 있었던 것은 사실이지만, 그건 땅돼지가 쓸데없이 커다랗고 육중한 데다 다들 알다시피 워싱턴의 도로에는 움푹 들어간 부분이 장난 아니게 많으니까, 땅돼지의 빌어먹을 꼬리가 경찰차 안에 설치된 빌어먹을 보호막을 뚫고 앤더슨 경관의 머리통을 휘갈기거나 뾰족한 주둥이가 내 사타구니를 찌르지 않을까 해서 땅돼지의 머리를 붙들고 있었던 것뿐이다. 빌어먹을 손목이 묶여 있어서 요상한 자세가 되어버리기는 했지만. 경찰관이 당신의 진술을 받아 적으며 조서를 작성하자 사진 촬영을 담당하는 사람이 진짜 카메라를 들고 다가와서 사진을 찍기 시작하고, 당신의 사진이, 당신이 경찰서에 있는 사진이, 당신이 경찰서에서 손목을 결박당한 채 박제 땅돼지 옆에 앉아 있는 사진이 공식적으로 탄생하게 되자, 머리보다 몸이 먼저 움직인 당신은 벌떡 일어나 담당자의 손에서 카메라를 낚아챈 다음 책상 밑으로 던져 박살을 내자, 카키색 바지를 입은 경찰관들이 우르르 몰려와서 당신을 쓰러뜨린다.

***

티투스 다우닝은 레밍턴 스파로 돌아가는 기차를 타고 있다. 작은 여행가방 안에 숨겨둔 유리병에는 인간의 눈알 두 개가 죽은 물고기처럼 유동체 위에 둥둥 떠 있는데, 그는 리베카 오슬릿에게 다음 날 아침이 되자마자 바로 떠나는 이유를 거짓으로 꾸며댄 것에, 에페수스의 아르테미스 신전 강의에 참석하지 못하는 것에, 학창시절 룸메이트이자 유명한 보철구 제작자인 해럴드 스키너와의 약속을 돌연 취소한 것에 대해 정말로 일말의 죄책감도 전혀 느끼지 않는다. 새로운 계획이 이미 진행되고 있었기 때문이다. 리처드 오슬릿 경의 눈알을 박제 땅돼지의 눈으로 쓸 생각인데, 다우닝은 그것을 처음 본 순간부터 이렇게 될 줄 알았다. 과학자인 다우닝은 유령 같은 것은 추호도 믿지 않지만 우연은 굳게 믿는다. 우연을 부정하는 것은 운명까지 부정하는 일이라고 생각하기 때문에 작업실이 있는 집으로 돌아오자마자 눈알을 액상으로 된 셸락에 조심스럽게 담갔다가 건조하기를 여러 번 반복해서 단단하고 광택이 나게 만든 다음, 거대하고 뚱뚱한 얼굴의 비어 있는 눈구멍에 철사와 접착제를 이용해 깔끔하게 고정시키는데, 그는 눈알이 구멍에 딱 들어맞는다는 사실에 조금도 놀라지 않는다. 그리고 장갑 낀 손으로 겸자를 천천히 움직여 긴 속눈썹이 달린 눈꺼풀을 내리고, 말의 이에서 추출한 액상 접착제를 바른다. 옛 연인의 눈알을 만지는, 살면서 다시없을 섬뜩하고 으스스한 순간이지만 이게 바로 사랑이라는 마음을 감출 길이 없다.

***

"난 초록 달걀과 햄이 싫어."(닥터 수스의 동화책 『초록 햄과 달걀』에 나오는 구절/옮긴이) 당신은 휴대전화 화면을 스크롤하며 브라운, 레이크 앤드 피터슨 컴퍼니의 웨이터에게 중얼거린다. "나는 그게 싫어, 샘, 나는." 그러자 토비 캐슬이 그러지 좀 마 하는 눈빛으로 당신을 쏘아본다. 그러고는 긴 금발을 한쪽 어깨 뒤로 쓸어 넘기며 읊조린다. "내가 죽음을 멈출 수 없었기에—/ 친절하게도 그가 나를 위해 멈춰주었네." 이 웨이터는 이곳의 다른 웨이터들과 마찬가지로 식당 주식의 0.125퍼센트를 보유하고 있으며, 시가 적힌 종이와 메뉴판, 그리고 도시락을 전달하는 절차를 매우, 정말이지 매우 진지하게 생각하기 때문에, 토비가 제대로 된 시를 낭송한 것은 아주 현명한 선택이었다.

웨이터는 당신이 더럽힐까 걱정이라도 되는 듯이 종이로 된 메뉴를 아주 조심스럽게 당신에게 건넨다.

"미안해요. 오늘 감옥에 갔다 와서요." 당신이 변명하자, 토비 캐슬은 당신과 이미 오랫동안 결혼 생활을 해온 아내처럼 웨이터에게 미안하다는 표정을 지어 보이고는 한숨을 쉬며 기운 빠진 목소리로 주문한다. "저는 그냥 샐러드로 할게요."

토비는 당신이 부스스한 모습으로 이 레스토랑의 카운터에 나타난 순간부터, 오늘 아침에 무슨 일이 있었는지 당신에게 들은 순간부터, 시내의 염병할 경찰서라는 곳에 실제로 끌려가서 온종일 시달렸으며, 정체 모를 누군가가 당신의 집으로 보낸 박제 땅돼지—단순히 선물에 불과했던—를 지금 그쪽에서 조사하는 중이라는 이야기를 들은 순간부터 기운이 빠졌다.

당신은 그녀를 탓할 수 없다. 어쨌든 그녀는 꽤 공들여 치장을 했고, 더운 날씨에 어울리는 연한 파란색 명품 드레스를 입어 예쁘고 산뜻해 보이며, 하이힐에 머리에 화장에 전부 완벽하게 꾸미고 나왔는데, 맞은편에 앉은 당신은 땀으로 범벅인 데다 옷은 구깃구깃하니까. 하지만 당신이 어떤 사람인지, 온종일 어디에 있었는지를 따져보면 그녀가 얼마나 예쁘든지 간에 이렇게 당신과 마주보고 앉아 있는 것만으로도 엄청난 행운이라고 친히 가르쳐주고 싶다. (하지만 그녀에게 이 말을 하지는 않는다.)

"전부 오해에서 비롯된 일이야." 식전에 무료로 제공된 콘비프 에그롤인지 뭔지를 자르며 당신이 말한다. 웨이터가 당신의 테이블에 내려놓은 트릭시 콜린스 도시락통에 들어 있는 음식인데, 뭔가 이상해서 주위를 둘러보니 다른 사람들은 빈티지 배트맨, 빈티지 스파이더맨, 슈퍼맨, 아쿠아맨, 그린 랜턴 도시락 통에 들어 있는 음식을 먹고 있는데 당신만 그런 도시락을 받지 못했다. 당신이 암송한 시가 못마땅해서 당신에게 트릭시 콜린스를 준 것이다.

"트릭시 콜린스는 대체 누구예요?" 옆 테이블에 와 있는 웨이터에게 당신이 묻자, 그는 고개를 돌려 인상을 찌푸리면서 입모양으로 검색해봐요라고 말한다.

당신은 하던 이야기를 마저 이어간다. "아무튼 그 경찰관은 레이시 법에 대해서 제대로 알지도 못하면서 나랑 법 지식을 두고 겨뤄보자는 건데, 어디 덤벼보라고 해."

"레이시 법이 뭔데?" 지루함이 뚝뚝 묻어나는 말투로 토비 캐슬이 묻는다.

당신은 앤더슨이 빼앗아가기 전에 휴대전화로 수집한 대략적인 정보를 표현만 조금 바꿔 설명하기 시작한다. "레이시 법은,

그러니까 1900년대에 제정됐는데 밀렵꾼들이 날짐승이나 들짐승, 식물 등 모든 종류의 야생 동식물들—기본적으로 살아 있는 모든 생명체들—을 주 경계 밖으로 운반하지 못하게 하는 법률이야. 현재는 동물의 수출입, 혹은 지금처럼 허가 없이 밀렵한 대형 사냥물을 박제사에게 보내는 행위까지 법으로 금지돼 있지."

"그러니까 네 땅돼지는 허가 없이 밀렵된 거네."

당신은 "내 땅돼지가 아니야"라고 말하고는 토비 캐슬이 에그롤을 해체해서 지방질이 들어간 부분을 매니큐어를 칠한 손톱으로 떼어내는 것을 바라보며, 그녀가 조금 더, 뭐랄까 노력을 해주었으면 좋겠다고 생각한다. 휴대전화에 읽지 않은 문자가 1,267통, 이메일이 899통 있고, 낸시 비버스 나부랭이한테 바짝 쫓기고 있는 데다가 처리해야 할 일이 산더미 같은 지금, 당신이 이런 멍청한 레스토랑에 앉아 있는 것은 순전히 그녀를 위해서인데 저쪽에서는 나 몰라라 하고 있으니, '신붓감 찾기'가 전혀 터무니없는 계획은 아니었는지 슬슬 의심이 들려고 하는 찰나에 토비가 "이런 얘기는 그만두자"라고 하더니, 손가락을 탁 튕기며 웨이터에게 진 두 잔과 으깬 오이 김렛을 주문해서 한시름 놓게 한다.

당신은 사과한다. 그리고 토비에게 오늘 정말 근사해 보이며 느닷없이 하루를 경찰서에서 보내는 바람에 정신이 없었다고 말한다. 참모들이 필요한 서류 작업을 마치고 당신의 휴대전화를 되찾아 오기까지 3시간이 더 걸렸으며, 지금 당신이 할 수 있는 일은 내일 전 세계의 신문에 **알렉산더 윌슨 하원의원(공화당), 박제 땅돼지 불법 소지로 체포** 같은 헤드라인이 찍혀 나오게 될 현실을 받아들이는 것뿐이며, 당신은 아무 죄가 없는데도 내일 그 불을 끄느라 당신의 참모들은 더욱 끔찍한 하루를 맞이하게 될 것이라고 설명한다.

당신은 휴대전화를 집어 든다. 읽지 않은 문자들이 잔뜩 쌓인 화면을 보여주자 토비 캐슬의 얼굴에 미소가 번지고, 그다음에 그녀가 꺼낸 말 때문에 당신은 토비가 마음에 든다.

"그건 내일로 미뤄." 그러더니 테이블 위로 손을 뻗어 당신의 구겨진 소매에 달린 버튼을 만지작거린다. "오늘 밤은 나한테 맡기고." 그러자 당신이 토비를 집으로 데려가서 '콜러 바이브란트 브러시드 브론즈 워터타일 앰비언트 레인 오버헤드 레인 샤워기' 아래에서 함께 스팀 샤워를 하고, 브라이언 캐슬의 딸과—당신이 가능하기만 하다면—기가 막힌 잠자리를 가짐으로써 진흙탕 같았던 오늘 하루를 보상받게 될 거라는 사실이 자명해진다.

***

"땅돼지 전시회에 초대합니다." 다우닝은 박물관과 언론사에 보낼 초청장을 작성한다. "토끼 귀에 돼지 코, 캥거루 꼬리를 가진, 그 누구도 상상하지 못했던 동물입니다! 이 표본은 같은 종족 내에서도 몸집이 큰 편으로 추정되고, 몸무게는 마른 성인 여성 정도이며 독특한 생기를 띄고 있는데, 직접 보지 않으면 이 사실을 믿기 힘드실 겁니다."

전시 날짜는 다음 주 토요일, 티투스 다우닝의 마흔한 번째 생일로 잡았다. 어떤 결과가 나올지는 미지수이고, 땅돼지는 기린처럼 키가 크지도 멋들어지게 생기지도 않았지만, 그것의 자태를, 그 본연의 개성을 얼핏 엿보기만 해도, 그가 보는 것, 독특하면서도 우울한 아름다움을 그들 또한 보게 되리라고 다우닝은 확신했다. 그리고 이런 믿음 때문에—게다가 월터 포터의 엄청난 인기로, 다우닝도 이제 최소한의 홍보, 그가 "천박함"이라고 부르는 행위를 해야 할 필요성이 생겼기 때문에—다음 주 내내 박물관과 언론사에 개인적인 편지를 보내고 자비로 광고를 싣는 것은 물론이고, 작은 극단의 사람들을 고용해서 전시회 당일 직접 만든 땅돼지 의상을 입고 땅돼지를 흉내내게 할 예정이다. 땅돼지라면 머나먼 산맥을 배경으로 아프리카 남부의 카루 분지를 이렇게 느릿느릿 걸을 것이라며 다우닝 자신이 구부정한 몸을 뻣뻣하게 움직여 직접 시범을 보일 것이다. 여기저기 어슬렁거리다가 돼지처럼 생긴 괴상한 주둥이를 재빨리 흙 속에 파묻는 모습까지 보여주면 소년들은 뒤뚱뒤뚱 기어다니며 머리를 흔드는 연습을 할 것이고, 다우닝이 그려준 그림을 토대로, 풀을 먹인 종이로 직접 제작한 주둥이를 코에, 기다란 귀를 머리에, 숟가락 같은 발톱을 손에 붙이고 바지 뒷면에는 묵직한 캥거루 꼬리를 달 것이다.

다우닝이 홍보하지 않은 것이 하나 있다면 바로 눈이다. 그건 여태까지 어떤 박제사도 시도하지 않았던 방법이기 때문에 모두를 놀라게 할 진정한 볼거리가 될 것이며, 땅돼지의 눈을 바라보는 사람은 누구나 그가 느끼는 감정(사랑)을 똑같이 느끼게 되겠지만, 왜 혹은 무엇 때문에 자신이 그런 감정을 느끼는지 이유를 짚어내지는 못할 것이다. 마네킹을 완성한 다우닝은 마지막으로 육중한 나무 받침대에 윤을 내며, 땅돼지의 자연 서식지에서 들여온, 학명이 콤브레툼 임베르베(*Combretum imberbe*)인 최고급 리드우드를 받침대로 사용한 것은 탁월한 선택이었다고 흐뭇해하고, 땅돼지의 파란 눈을 바라보며 리처드가 아프리카로 떠나기 불과 일주일 전에 두 사람이 마지막으로 만났던 날을 회상한다.

평소와 특별히 다를 것이 없는 날이었다. 리처드와 함께하는 시간은 언제나처럼 흘러갔다. 만국박람회의 관리자용 창고에 들어갔던 25년 전에 시간이 멈춰 있는 것처럼. 달라진 것이 있다면 오슬릿의 건강이 나빠졌다는 사실뿐이었다.

그는 "단순한 신경 문제야"라고 했지만 실제로는 더 심각했다.

다우닝은 그때 오슬릿의 커다랗고 둥근 눈을 바라보았는데— 오슬릿의 맑고 파란 눈이 불룩 튀어나오고는 했다는 리베카의 말은 사실이었다—이제와 돌이켜보면 리처드가 잠을 잘 자지 못한다고 털어놓았던 일도 기억이 난다. 자는 동안 눈이 저절로 떠져서 계속 그 상태로 자게 된다고. 항상 피곤한 것만 아니면 그나마 걱정을 덜 하겠지만, 만성 피로와 두통을 달고 사는 것도 모자라서 머지않아 실명이 된다는 것이 기정사실이라고. 벌써 오래 전부터 시력이 떨어지고 있는데, 영국에서라면 어떻게든 되겠지만 아프리카에서는 또 어떻게 될지 모르겠다며 걱정을 했다.

다우닝은 가느다란 팔을 오슬릿의 가슴에 얹고 기다란 손가락으로 그의 가슴털을 휘저었다. 그리고 "당신은 조수가 필요해"라면서 오슬릿이 원한다면 당신이 그의 여행에 동참하겠다고 말했다. 둘이 함께 아프리카에서 멋진 시간을 보낼 수 있을 거라고, 자신의 도움이 필요하다면 뭐든 할 거라고, 그가 불러주는 말을 받아 적는 일뿐만 아니라 그런 긴장을 푸는 일도 도와줄 수 있다고 말했고, 그러자 오슬릿은 무슨 일인지 다우닝의 침대에서 벌떡 일어났다.

그러고 나서는 미안하다며, 갑자기 중요한 약속이 생각났는데 벌써 늦었다며 다음 주쯤 연락하겠다고 안심시키는데, 다우닝은 달빛 아래에서 서둘러 옷을 입는 연인을 지켜보며, 그가 집을 나서기도 전에 이미 그를 잃어버렸음을 깨달았다.

그 여자, 리처드의 제자였으며 런던에 산다는 젊고 예쁜 식물학자의 이야기는 다우닝도 이미 알고 있었다. 오슬릿이 급히 방문을 빠져나가 계단을 내려가서 박제 가게를 지나 현관문을 나서는 경쾌한 종소리가 들려오자, 티투스 다우닝은 오슬릿이 누워 있던 침대의 따뜻한 쪽에 보드라운 알몸을 쭉 펴고 누워서 시트에 남은 그의 체취를 마지막으로 들이마셨다. 갑작스럽게 연인을 잃은 상실감은 그를 견디기 힘든 우울의 나락으로 떨어뜨렸으며, 바로 이런 이유로 그는 지난 몇 개월 동안 괴로움에 몸부림쳤다. 리처드 오슬릿이 떠나간 지금, 다우닝의 인생에 남은 사람이라고는 아우터헤브리디스 제도에서 불법적인 일을 하는 소식이 끊긴 형뿐이다. 노섬벌랜드에서 농장을 운영하는 가난한 어머니와 가난한 아버지는 죽음의 문턱에 있다. 그는 혼자이다.

이전까지 사랑 때문에 슬퍼할 기회가 없었던 다우닝은 그날 밤, 마치 모든 인류를 위해 애도하듯 눈물을 흘렸다. 그렇게 우는 동안 다우닝은 상상도 하지 못했지만, 그로부터 몇 주일 후, 아프리카에서는 커다란 땅돼지 한 마리가 밧줄처럼 기다란 혀로 흰개미 굴을 핥으며, 작은 가시덤불처럼 자신의 눈, 코, 입을 보호하고 있는 빽빽한 털 사이로 퍼져나가는 개미 육즙을 음미한다. 그러고 나서는 머리를 살짝 기울여 달큰한 흙바닥에 주둥이를 비비면서 발가락 끝으로, 하지만 흔들림 없이 우아하게 걸어 나간다. 그렇게 혼자서—땅돼지는 언제나 독자적으로 행동하기에—더 많은 먹이를 찾아 칠흑같이 어두운 아프리카의 밤을 몇 킬로미터씩 돌아다니며, 간간히 위협적인 소리가 들리면 멈춰 서서 귀를 기울이다가, 그렇게 기다란 귀로도 누군가 접근하는 소리를 미처 알아채지 못한 순간, 잘생기고 영리한 아프리카 사냥꾼과 맞닥뜨린다.

작은 바스락 소리라도 들었다면 땅굴 속으로 거뜬히 몸을 날리거나 재빨리 땅을 파서 은신처를, 방어용 굴을 만들었을 테지만, 사냥꾼은 이미 덤불 속에서 작살을 겨누고 있었고, 귀를 홱 젖히고 꼬리는 무겁게 늘어뜨리고 있던 거대한 땅돼지는 작살이 옆구리를 뚫고 들어와 심장과 폐, 위를 차례로 관통하는 급작스러운 고통을 느낀 후에야 여기저기에 피를 흘리며 땅굴 속으로 깊숙이 파고들었다.

땅돼지가 숟가락 같은 발톱을 두 개의 닻처럼 땅에 박자, 사냥꾼도 어두운 굴속으로 따라 들어가서는 팔에 달라붙는 흰개미를 털어내고, 여기저기 물려서 비명을 지르고, 코에 들어간 녀석들을 흥 풀어내며 앞으로 더듬어 나가다가, 마침내 목표물이 고통에 몸부림치는 소리를 들었고, 어쩌다 보니 그 두꺼운 꼬리를 움켜잡았다. 몇 시간씩 사투를 벌이면서 다친 땅돼지를 서식지에서 끌어내는 일은, 어부가 바다에서 대어를 낚는 것만큼이나 힘든 일이었는데, 최후에 사냥꾼이 승리를 거둔 것은 그의 재주가 뛰어나서라기보다 땅돼지가 피를 너무 많이 흘렸기 때문이었다. 기력이 약해진 탓에 땅을 움켜쥔 발톱이 느슨해지면서 스스로를 방어할 수 없게 되었고, 사냥꾼이 온 힘을 다해 꼬리를 잡아당기자 결국 굴 밖으로 끌려나오게 된 땅돼지는 이미 불안을 넘어서 의식이 몽롱한 상태가 되었다.

그날 밤, 사냥꾼 두 명이 어깨에 걸치고 있던 그물에 벌렁 드러누운 땅돼지가 앞다리 두 개(척행)는 옆으로, 뒷다리 두 개(지행)는 하늘로 쳐든 채 끌려갔다는 사실을 당시의 다우닝은 상상도 하지 못했지만 이제는 안다. 땅돼지는 그런 식으로 오슬럿에게 건네졌다.

다우닝은 리처드가 안경을 썼다 벗었다 하며 땅돼지를 최대한 자세히 보려고 하다가, 결국은 에든버러 대학교의 박물학도인 젊은 조수의 눈을 빌리는 모습을 상상해보았다. 다음 날 저녁, 땅돼지를 정중히 도살해 사체를 갈고리에 매달고 뼈를 삶은 다음, 티투스 다우닝에게 전달할 물건 전부를 갈색 종이로 감싸 소포 꾸러미로 만든 이 학생은, 시력을 거의 잃은 쉰 살 사내가 자신에게 구애하는 것을 거부했을지도 모른다.

다우닝은, 어쩌면 리처드가 자신을 데려가지 않은 것을 끝내 후회하며 눈이 멀고 외로움에 사무쳐 스스로 목숨을 끊었을지도 모른다는 생각에 사로잡힌 나머지, 땅돼지 박제를 완성하고 가스등을 끈 다음, 위층으로 올라가 침대에 눕자마자 어느 수상한 검은 형체가 가게 진열창 밖에 달린 열두 개의 사슴 머리 아래로 서성이는 것도 알아채지 못한다.

***

토비와 당신은 이제 그만 자리에서 일어나기로 합의하고 당신이 음식값을 계산한 다음, 주차해둔 타호의 앞 좌석에 올라타 서로를 애무하기 시작한다. 둘 다 미친 듯이 서로의 얼굴을 더듬는데, 기자들이 당신을 찾고 있을 줄은 알았지만 그렇게 빨리 찾아낼 줄은, 게다가 브라운, 레이크 앤드 피터슨 컴퍼니의 건물 모퉁이에 숨어 있을 줄은 꿈에도 몰랐으며, 그들은 정말로 거기에, 그것도 엄청난 수의 신문기자들과 별의별 파파라치들이 거기에 다 모여 있었고, 그들이 한꺼번에 소리를 지르며 플래시를 터뜨렸고 토비는 비명을 질렀으며 당신은 겁에 질려서 재빨리 기어를 넣고 도로로 차를 몰았다.

"속도 좀 줄여, 이러면 더 이상해 보인단 말이야." 토비가 소리치고, 당신도 맞받아친다. "시끄러워, 나도 다 알고 있어. 세간의 주목을 받는 게 누구야? 우리 중에 누구냐고?!"

그러자 토비 캐슬은 입을 다문다. 애셔 플레이스에 도착하자, 그곳에 모여 있던 더 많은 기자들이 당신의 타호를 보고 고목나무에서 기어나오는 흰개미 떼처럼 어린이 놀이터에서 쏟아져나온다. 고전 영화에서 보면 이런 기자들은 세련된 양복을 빼입고 전구처럼 생긴 카메라 플래시를 번쩍 터뜨리던데, 눈앞에 펼쳐진 현실은 영 딴판이다. 이 놈팡이들은 염병할 추리닝—그것도 번쩍이는 싸구려 추리닝—차림에 타겟(대형 할인점/옮긴이)에서 산 운동 가방을 매고 있다. 가진 돈을 전부 비싼 디지털카메라와 그들의 가방에 든 후추 스프레이에 쏟아부은 것이다. 그중 한 명이 당신의 차 앞으로 뛰어들어 "알렉스! 윌슨 의원님!" 하며 플래시를 터뜨리자 토비가 다시 비명을 지르고, 애셔 플레이스 2486번지의 차고 안으로 들어가기도 전에 그들은 당신 차의 꽁무니를 연거푸 찍어댄다.

"땅돼지!" 기자 한 명이 차 안에 비욘세라도 탄 것처럼 소리를 지르자, 당신은 차고 문을 여는 스위치에 주먹을 날리다가 또다른 기자를 후려칠 뻔한 다음, 가속 페달을 밟아 타호를 주차 공간에 밀어 넣는다. 안에 들어가서는 스위치가 무슨 원수라도 되는 것처럼 다시 후려갈긴다.

"미친 거 아니야!" 토비가 소리를 지른다.

당신은 "내 말이"라고 한다. 하지만 이제 집에 왔다. "그래도

다 끝났어."

당신은 토비에게 이런 정신없는 일을 당하게 해서 미안하다고 사과하며 조만간 다 지나갈 거라고 맹세하고, 오늘 밤 그녀와 함께 있을 수 있어서 정말로 다행이라고 하다가, 토비 캐슬이라는 여자에게 이런 말을 하는 동안 자신도 이 말을 사실로 믿기 시작했다는 것을 깨닫는다.

"저 사람들 말고." 토비가 소리친다. "당신 말이야! 뒷자리에 뭐가 있는 거야, 알렉스? 저게 그 빌어먹을 땅돼지야?"

당신은, 뭐, 그래, 저게 그 빌어먹을 땅돼지야라고 하며, 경찰에서 허가 문제가 해결될 때까지 직접 보관하라고 한 건데 뭘 그렇게까지 호들갑이야? 박제된 건데!라고 소리친다.

당신은 거짓말을 하고 있다. 당신은 이것이 큰 문제라는 사실을 그녀보다 훨씬 잘 알고 있다. 이제 앤더슨 경관은 당신 집으로 땅돼지를 배달한 페덱스 직원을 찾아 탐문할 것이며, 솔직히 그레고리 탬피코라는 이름을 알아낼 확률이 아주 높다고 인정할 수밖에 없다. 그는 당신이 내놓지 않을 것을 뻔히 알면서도 페덱스 송장 번호를 제출하라고 이미 당신에게 요구했는데—당신은 이런, 어쩌나, 잃어버렸나 본데요라고 말할 예정인데—그렇게 해봤자 앤더슨 경관이 페덱스 본사에 땅돼지의 배송 기록과 함께 안경을 끼고 턱수염을 기른 배달 기사에 관해 문의하면 그만이다.

토비 캐슬을 데리고 좁은 차고를 빠져나가 타운하우스로 올라가다가 말고, 당신은 갑자기 지독하게 불안해지면서, 땅돼지를 이대로 타호에 놓고 가면 안 될 것 같은 마음이 든다. 여태 꼼꼼히 살펴볼 기회도 없었는데, 그레그 탬피코가 땅돼지 안에 뭔가를 숨겨놓기라도 했으면 어쩌지? 파파라치 중 누군가가 잠입해서 그걸 발견하면?

당신은 공포에 사로잡힌다. 스스로도 안다.

당신은 자신이 공포에 사로잡혔다는 사실을 의식하고 있다.

선반에서 손전등 하나를 꺼내들고는 토비에게 먼저 올라가 있으라고, 금방 따라가겠다고 말한 다음, 차고로 돌아와 타호의 뒷문을 열고 손전등을 켠다.

밝은 불빛을 비추자 땅돼지의 연한 털들이 반짝인다. 그 아래로 보이는 두툼한 가죽은 노르스름한 분홍빛을 띠고 있다. 기다란 귀는 복사 용지처럼 매끄럽고 부드러우며, 주둥이는 비록 세월이 흐르면서 조금 굳기는 했지만 여전히 탄력 있다. 당신은 땅돼지의 배 밑을 어루만지며 꿰맨 자국이나 뭔가 수상한 부분은 없는지 찾아보지만, 의심스러운 것은 아무것도 없다. 오히려 땅돼지를 쓰다듬는 감촉이 예상외로 상당히 좋다는 것을 인정할 수밖에 없는데, 그래서 스스로 놀라고 마음이 약간 뒤숭숭해지며, 그레그 탬피코가 이 땅돼지를 왜 그렇게 좋아했는지 이해가 되기 시작한다. 멀리서 보면 소름 끼치게 생겼지만 가까이에서 보니 꽤 괜찮은 동물이라, 갑자기 묘하게 기분이 좋아진다. 비스듬히 고개를 숙이고 있는 얼굴은 전혀 추하지 않고 도리어 요염하다. 당신은 살짝 미소까지 지으며 부드러운 귀 사이며 이마를 어루만지다가 땅돼지의 눈을 바라보는데, 그러다가 순간 손을 멈칫한다.

당신은 땅돼지의 두 눈에 불빛을 비춰보며 고개를 갸우뚱한다. 눈이 어떻게 파란색이지?

그렇다. 눈동자는 분명히 파란색이다. 파란 눈의 땅돼지라니 금시초문이라고 생각한 순간, 당신은 난생처음 느껴보는 전율에 휩싸인다.

데자뷔이다. 파란 눈의 땅돼지를 처음 본다는 것을 머리로는 알지만 마음속에서는 그리움이 솟구친다. 토비 캐슬은 이미 위층 욕실에서 옷을 벗고 양치질을 하고 속옷이며 머리며 체취며 화장 상태를 확인하고 섹스를 위해 몸단장을 하고 있는 지금, 당신은 어둡고 후텁지근한 지하 차고에서 홀로 고민하고 있다. 슬라인 선생에게 배운 바에 따르면 야생 포유류의 눈은 대부분 갈색이므로, 파란 눈은 일종의 돌연변이일 것이다. 그런데 왜 저 눈 때문에 땅돼지가 한결 친숙하게 느껴질까? 마치 저 안에 영혼이 들어 있는 것만 같다. 하지만 누구의 영혼이라는 말인가?

앨런 브릭만이다. 당신이 열 살 때, 열두 살이었던 앨런 브릭만과 그의 가족은 기껏해야 아홉 달 정도만 당신의 이웃집에 살다가 네브라스카 주의 그랜드 아일랜드라는, 이름만 아일랜드이지 실은 육지로 둘러싸인 지역으로 떠났다. 그 집 뒷마당에는 면직물로 된 해먹이 높다랗게 걸려 있었고, 앨런의 아빠가 너무 높이 달아놓은 탓에 당신은 맨발로 나무를 기어올라가야 했는데, 일단 자리잡고 누우면 아무도 보지 못하는 곳에서 조용히 쉴 수 있었다. 여드름으로 이마가 얼룩덜룩한 앨런 브릭만이 자신의 발가락으로 당신의 발가락을 툭 치며 말했다. 키스에도 연습이 필요하다고. 당신이 연습을 시작하자, 그는 아무 말 없이 받아들였다. 당신은 키스라면 이미 여러 번 해본 사람처럼 옷으로 덮여 있는 그의 몸을 어루만졌다. (텔레비전에서 본 적도 없는데) 어찌 된 일인지 그런 지식은 당신 안에 내재되어 있던 것이다. 하지만 앨런이 바지 지퍼를 내리고 음경을 꺼내든 순간, 계속할 마음이 싹 사라졌다. 부드러운 노을빛 아래, 앨런의 손 안에는 마시멜로 세 개가 쥐어져 있는 것처럼 보였다.

당신은 싫다고, 그런 것은 **역겹다**고 말하고 그곳을 빠져나와 집으로 달려갔다. 그런데 지금, 집 밖에는 파파라치가 진을 치고 위층에서는 토비 캐슬이 기다리고 있는 지금, 애서 플레이스 2486번지의 어두운 차고에서 마주한 땅돼지의 표정이 앨런 브릭만에 관한 슬픈 기억을 불러일으킨 것은 무슨 까닭일까? 까맣게 잊은 줄 알았지만 스물다섯 해 동안 짊어졌던 오래된 짐이 이제 와 당신의 가슴 속에 곰팡이처럼 피어나서, 당신은 이것을 누군가에게 털어놓고, 무거운 짐을 내려놓고 싶다고 생각한다.

그러나 마지못해 타호의 뒷문을 닫고 잠금 버튼을 누르며, 지금 이런 이야기를 털어놓을 수 있는 유일한 상대가 당신이 바라는 사람과는 전혀 동떨어진 인물이라는 것을 실감한다.

***

전시회가 닷새 후로 다가왔다. 8월의 무더운 밤이다. 둥근 달이 림 강 위로 우울한 빛을 드리우고 있다. 노샘프턴셔와 워릭셔 사이를 흐르는 이 강의 중간 지점에 위치한 마을이 바로 이곳 로열 레밍턴 스파이다. 2만 명이나 되는 주민들은 아직도 매일 밤 이 달빛을 받으며 꿈나라로 향한다.

티투스 다우닝은 홀로 침실에서 강물이 흘러가는 소리를 듣고 있다. 그는 깨어 있다. 맑은 정신에 속옷 차림으로 침대에 누워 있다. 너무 더운 날씨라 침대가 유일한 피난처이다. 모서리에 기둥이 달린 이 커다란 침대를 구입한 날, 다우닝은 그 위에 가지색 벨벳 캐노피 커튼을 길게 늘어뜨렸다. 그는 이 커튼을 만질 때마다 자신이 비록 부자는 아니어도 노섬벌랜드의 부모님처럼 가난하지는 않다고 생각했다.

오늘 밤은 침대 커튼도 활짝 열어젖혔다. 박제한 땅돼지도 다 가올 행사도 자신 있게 준비했지만, 전시회를 앞두고는 밤마다 괴롭다. 바깥에서 들려오는 소리 하나하나가 오감을 어지럽힌다. 다우닝은 불행히도 자신이 온갖 소음에 귀를 기울이며 잠을 못 이룰 것을 알고 있다. 제프슨 정원의 제방에서 세차게 떨어지는 물줄기 소리, 사냥개의 쓸쓸한 울음소리, 일정한 속도로 자갈밭을 구르는 말발굽 소리, 한때 치유의 물로 유명했지만 알고 보니 아무도 치유해주지 못했던 로열 펌프 룸에서 술꾼들이 돌기둥을 빙빙 돌며 노랫가락을 뽑으며 사이사이 뱉어내는 욕지거리 등등.

이틀 전에 도착한 리베카 오슬릿의 편지만 아니었으면 다우닝도 조금은 마음을 편히 먹을 수 있었을지 모른다.

런던에서 신문으로 전시회 소식을 접한 레이디 오슬릿은 자신이 가장 힘들었던 시기에 도움을 주었는데 감사 인사도 제대로 못했다며, 오리크테로푸스 아페르는 남편—말이 나왔으니 말인데, 그의 "혼령"은 이제 글로스터 워크에서 떠나갔다고—이 마지막으로 손에 넣었던 동물인 만큼, "땅돼지"라는 이름이 붙은 그 동물을 직접 보러 가기로 결심했으니 자신을 맞을 준비를 해달라고 편지를 보내왔다. 브론테 자매가 머물 공간이 있느냐는 추신도 있었다.

다우닝은 리베카 오슬릿과 그녀의 북슬북슬한 애완견 세 마리, 그밖에 그녀가 가져올 만한 이런저런 것들을 걱정하며 침대에서 여러 번 몸을 뒤척인다.

기린 전시회 때는 여성 관람객들도 많이 찾아왔지만, 기린은 가게 내부에 전시하기에는 너무 커서 외부에서 공개했고, 지금 침대에 누워 가만히 생각해보니 여성이 박제 가게의 문턱을 넘어 내부로 들어온 적은 한번도 없었다. 여성 관람객들이 자신의 상점 안에 들어올 것이라고 생각하자, 땅돼지를 보고 기절하는 여자들을 상상하며 혼자 즐거워하던 마음은 온데간데없이 사라졌다. 다른 여자들은 그나마 신경이 덜 쓰이지만, 예쁘장하고 허리도 잘록한 오슬릿 부인이 그 섬세한 여인의 손가락으로 그의 동물 가죽을 어루만지거나, 접착제며 붓이며 캘리퍼스를 집어드는 장면은 도저히 머릿속에서 지워내기가 힘들다. 그녀가 자신의 소중한 무두질용 칼을, 광택제가 든 유리병을, 진주정(물고기 비늘에서 채취한 광택 물질/옮긴이)을 만지작거린다고 생각하자, 맙소사, 다우닝은 고작 배달부 소년이 다녀가도 동물의 지배를 다시 불러들이는 데 한참이 걸리는 사람인데, 하물며 리베카 오슬릿이 휘젓고 간다면 가게를 다시 자신만의 공간으로 인식하는 데는 도대체 얼마나 오랜 시간이 걸리겠는가.

이런 생각에 마음이 뒤숭숭해진 그는 10시 20분이 지나자 더 이상 참지 못하고 캐노피 침대에서 뛰어내려, 밤참이라도 먹을 겸 아래층 부엌으로 내려간다. 식료품 저장실에서 크래커 한 꾸러미와 통조림 고기 한 통을 꺼내서는, 속이 메스껍기라도 한 듯이 저장실 문에 기대어 조금씩 뜯어먹는데, 취객이 발을 질질 끌며 지나가는 소리가 현관문 밖에서 들린다.

레밍턴 스파의 주정뱅이들이 강가를 벗어나 떠돌아다니는 것은 어제오늘 일이 아니다. 성인 남자들은 사슴 머리가 장식된 그의 현관 계단에서 깜빡 잠이 들고, 어떤 때는 아침까지 못 일어나는 경우도 있기 때문에 다우닝은 평소처럼 누군가가 현관문에 기대어 쓰러지는 소리가 나기를 기다려보지만 그런 소리는 들려오지 않는다. 취객은 계속 걸어간다. 뭔가를 길게 늘어뜨려 끌고 가는 것처럼 발걸음 소리가 기괴해서, 다우닝은 순간 오싹해진다.

발소리가 점점 멀어지는 것을 들으며, 완전히 사라질 때까지 기다린다. 남자가 멀리 가버려야 위층으로 올라갈 수 있으니까. 그런데 발소리가 사라지기는커녕 점점 더 커지자 다우닝은 조바심을 느낀다. 취객이 이쪽으로 다시 돌아선 모양이다. 그리고 어느새 가게 앞까지 걸어오는가 싶더니, 또다시 정적.

좁고 어두운 부엌 안에서 다우닝은 어쩔 줄을 모른다.

이윽고 다시 발소리가 나기 시작하고, 뒤꿈치로 돌바닥을 쓸어나가는 듯한 아주 독특한 울림이 들려온다. 다우닝은 이 소리를 들어본 적이 있으며 이건 취객의 발걸음 소리가 아니라는 사실을 단박에 알아챘다. 그의 벗이 밤늦게 이 집을 나설 때면, 현관에서 썰매 방울이 딸랑거린 후에 언제나 이 리듬이 들려왔기 때문에, 다우닝은 지금 들리는 소리가 리처드 오슬릿의 발소리라고 확신한다. 그가 밤이고 낮이고 신고 다니는 가죽 웰링턴 부츠가 바닥에 끌리는 소리. 불안정한 걸음걸이—야맹증으로 밤눈이 어두운 탓에—가 빚어내는 불규칙한 리듬. 리처드가 글로스터 워크의 집 앞을 서성이는 것을 보았다는 리베카의 말을 한시도 잊지 않고 있던 다우닝은 식료품 저장실 안에서 꼭 닫힌 나무문에 두 손을 붙이고 고개를 숙인 채로 뻣뻣하게 굳어버리고, 유령이 걷고 또 걷다가 제풀에 지쳐 떠나가기를 기다린다. 여의치 않으면 밤새 여기서 꼼짝도 하지 않을 작정이다. 왜냐고? 무서우니까! 공포심이 목구멍까지 차올랐으니까!

가게 앞쪽까지 걸어가면 박제 동물들의 그늘에 숨어 저 밖에 있는 것이 분명한 유령을 두 눈으로 확인할 수 있겠지만, 그런 행동은 엄두도 낼 수 없다. 지금 유령은 파리한 손으로 유리창을 지그시 누르며, 가게와 작업장 사이의 열린 문을 통해서, 얼굴에는 붕대를 감은 상태로 가게 뒤편의 작업장을 똑바로 주시하고 있기 때문이다. 작업대 위에 올라 있는 박제 오리크테로푸스 아페르가 선명하게 보인다. 걷는 도중에 오른발을 치켜들고 멈춰선 자세로, 고개를 숙이고 두 귀를 쫑긋 세워 주위를 경계하고 있다. 새롭게 얻은 파란 눈이 광택제 덕분에 반짝반짝 빛난다!

다우닝은 바로 오늘 아침, 눈알 위를 덮고 있는 두툼한 눈꺼풀에 작은 핀셋으로 속눈썹을 한 올 한 올 심어서 관람객들을 유혹할 수줍은 표정을 완성시켰다. 그러나 지금은 이대로 기다리는 수밖에 없다고 생각한 순간, 마침내 오슬릿—혹은 오슬릿의 망령—이 웰링턴 부츠를 질질 끌며 가게 앞을 떠나간다.

그제야 다우닝은 용기를 내서 슬그머니 작업장 안으로 들어간다. 안전을 위해 작업장은 늘 잠가놓기 때문에 열쇠를 목에 걸고 다닌다. 다우닝은 잠옷 밑에서 놋쇠 열쇠를 꺼내 떨리는 손으로 문을 잠근다.

***

월요일 아침. 의회는 아직 개회하지 않았다. 당신도 아직 정상적인 생활로 복귀하지 않았다. 알몸으로 토비 캐슬과 나란히 침대 맡에 앉아, 불빛을 내뿜는 거대한 아가리 같은 노트북을 각자 켜 놓고 있다. 두 사람의 다리는 1,200수로 된 스페라 밀로의 시트(1,695달러) 아래에 계속 뒤엉켜 있는 상태이다. 당신은 휴대전화를 집어든다.

「폭스 뉴스」에서는 당신의 사건을 모른 척 지나가주었지만, 이제 읽지 않은 문자가 2,345통, 이메일이 3,509통인 데다, 낸시 비버스 나부랭이는 비난 성명을 낸 듯하다.

알렉산더 P. 윌슨(공화당) 하원의원 체포라고 「워싱턴 포스트」가 보도했고, 「뉴욕 타임스」가 보도했고, 「월 스트리트 저널」이 보도했고, 「LA 타임스」, 「보스턴 글로브」, 「시카고 트리뷴」, "CNN", "NBC", "허프 포스트", "구글 뉴스", 심지어 "BBC"와 「가디언」까지 전부 보도한 데다가, 트위터에서 화제가 되고 있는 키워드를 보여주는 트렌딩 페이지에는 관련 해시태그가 네 개나 올라왔는데, 그중에서 가장 심한 것은 **#윌슨파면**이다. 다행히 폭스와 폭스 계열의 지방 방송사들은 새크라멘토 동물원에서 붉은털원숭이에게 똥 세례를 받은 위스콘신 민주당 의원의 소식을 전했지만, 그 밖의 다른 모든 매체들은 땅돼지의 사진으로 온통 도배를 했다. 경찰서에서 찍히거나 기자들이 당신의 타호 꽁무니를 쫓을 때 찍힌 사진들이다. 그러다가 어느 순간 땅돼지 사진에서 애셔 플레이스 2486번지의 정문—랄프 로렌의 "브리티시 레이싱 그린" 색상에 빅토리아풍의 황동 사자머리 문고리가 달린—즉, 당신 집 현관문 사진으로 바뀌기 시작한다.

침실에 있는 75인치 삼성 와이드스크린 4K Q9F 시리즈인 UHD HDR 텔레비전(3,999달러)을 켜자, 금잔화색 바지 정장을 입고 짧은 갈색 머리카락을 스프레이로 딱딱하게 고정시킨 중년 여성이 마이크에 대고 열변을 토하고 있다.

"알렉산더 윌슨의 사생활을 파고들 마음은 없습니다. 그런 뒷담화는 선거운동의 품격을 떨어뜨릴 뿐이니까요. 윌슨 의원의 취향이 사치스럽다는 것은 공공연한 사실이고, 그가 자신의 사치스러운 집을 박제된 동물로 꾸미고 싶다고 한다면 미국인의 한 사람으로서 그에게는 그럴 자유가 있습니다. 멸종 위기에 처한 동물을 장식품으로 삼는 의원을 유임할지 말지를 결정하는 것은 결국 유권자의 몫이니까요."

당신은 득달같이 구글에 **땅돼지 멸종 위기?**라고 검색해서, 멸종 위기 등급이라는 것이 실제로 존재하며 땅돼지는 위험도가 가장 낮은 "관심 대상" 등급이라는 것을 알아낸다. 저 튼튼한 포유류는 인류와는 비교도 안 되게 **무진장** 오래 전부터 지구를 누비고 다녔고, 처음 등장한 시기는 염병할 중생대까지 거슬러올라가는데, 그때부터 **한번도 진화하지 않았으며,** 지구상에서 멸종될 위험이 가장 낮은 포유류 중 하나였다!

인류는 서로 죽고 죽이며 멸종할 것이고 수백만 종의 다른 생명체도 각자의 방식대로 소멸하겠지만, 땅돼지만은 아마 **끝까지** 살아남을 것이며, 이런 사실을 알게 되자 당신은 격분한다—자신이 덧없고 유한한 존재라는 것에서 느껴진 무상함 때문이 아니라(물론 그런 것을 깨닫기도 했지만), 낸시 비버스 나부랭이가 당신을 도발하려고, 당신을 수세에 몰아넣으려고, 당신의 입에서 땅돼지라는 말을 끌어내려고 사소한 거짓말을 추가한 것이 분명한데, 당신이 지금 가장 꺼내고 싶지 않은 주제도 바로 땅돼지이기 때문이다.

"그냥 내다버려." 토비가 눈을 심하게 깜빡이며 말한다. "포토맥 강에 던져버리는 거야. 그리고 잃어버렸다고 해."

토비는 똑똑해 보이려고 하지만 그저 예뻐 보일 뿐이다. 양치질도 안 했는데 냄새마저 예뻐서, 아침에 일어나면 고기처럼 뜨뜻하고 비릿한 냄새를 풍기던 그레그 탬피코와는 비교가 된다. 그래도 토비 캐슬의 향수 냄새보다 그레그 탬피코의 고기 냄새가 훨씬 더 좋았다고 속으로 조용히 인정하고 있을 때, 이 진흙탕에서 빠져나갈 방법이 당신의 전두엽을 아름답게 가로지른다.

우선 당신과 토비 캐슬은 뭔가 깔끔한 옷을 걸쳐 입는다. 힘을 뺀 스타일로. 주말 동안 어디 해변에라도 다녀온 듯이. 그리고 아래층으로 내려가서 녹색 현관문을 열고 서로를 안는다. 기자들에게 손을 흔들고 빙긋이 웃어 보인 다음, 키스를 하고 한번 더 손을 흔든다. 그러고 나서 약혼 발표를 하는 것이다.

땅돼지는 짓궂은 약혼 선물이었을 뿐 그 이상도 이하도 아니라고 공개적으로 밝히며, 원래는 돌려주려고 했지만 그냥 갖고 있기로 결정했는데—낸시 비버스 후보와는 달리—당신은 현직 의원이라 버지니아 주민들과는 관계가 없는 일에 시간을 낭비하고 싶지 않았다고, 그래서 지금 이 순간에도 집무에 매달려 있다고 말한다. 건강보험 혜택을 스스로 찾아서 가입할 기회를 미국 시민들에게 주고 싶다고, 그것이 존엄이며, 로널드 레이건의 말처럼 "정부의 가장 큰 의무는 시민을 보호하는 것이지 그들의 삶을 대신 관리해주는 것이 아니라고." 공짜를 남발하면 무슨 일이 벌어지는지 보십시오, 하하하!

그후에는 참모들이 다음 토론회를 위해 아껴둔, 말도 안 되지만 듣기에는 그럴듯한, 애매하게 어구의 순서를 바꾸는 수사법을 써먹는다. "결국 남에게 받는 도움은 내가 좌우할 수 없지만, 내가 주는 도움은 내 손에 달려 있습니다." 그러고 나서 달콤한 목소리로, "토비를 보며 매일 깨닫고 있죠" 하며 환한 미소를 발사하면, 바로 그 순간 당신의 재선 운동은 공식적으로 시작되는 것이다.

당신은 무릎을 꿇었다. 고대 그리스 복장처럼 알몸 위에 고급스러운 침대 시트를 두른 채, 크루아상같이 섬세한 토비의 손을 붙잡았다. 그리고 장난스럽게 눈썹을 들어올리며 "나랑 결혼해줘"라고 한다. 명문 사립학교에서 익힌 이 표정은 어떤 여자에게든 통하는 마력을 가지고 있어서, 영어와 미적분 시험, 몇 번의 무단결석, 낙서 사건도 이 기술 덕분에 무사히 넘겼고, 한번은 어떤 남학생이 당신에게 추행을 당했다며 학교 조사위원회에 신고했음에도 당신은 혐의 없음으로 빠져나올 수 있었는데, 이것은 그 아이가 뚱뚱했고 당시가 1990년대였기에 가능한 일이었다.

기쁨의 탄성은 터져나오지 않는다.

토비는 놀랐다는 표정이지만 사실은 조금도 놀라지 않았다. 갑자기 무슨 소리냐는 듯이 당신을 쳐다보지만, 그냥 연기일 뿐이다. 당신이 무엇을 하려는 것인지 그녀는 정확히 안다. 그래서 청혼 속에 담긴 의도를 파악한 순간 미소를 지으며 까르르 웃는데, 당신이 토비 캐슬을 의심의 여지없이 전적으로 좋아하는 이유가 바로 이것이다.

"나한테 좋은 생각이 있어!" 그녀는 소리를 지르며 침대에서 뛰어내린다.

토비는 당신에게 서두르라고 한다. 어서 옷을 입으라고. 자신은 몇 분 안에 내려갈 테니, 카키색 바지랑 흰 셔츠만 빌려달라고, 거기에 어젯밤에 했던 귀고리 정도만 달면 자기 말로는 약간 흐트러지고 보이시해 보여서 정말 귀여울 거라고, "요트에서 포착된 재클린 케네디"처럼 보일 것이라고 말한다. 당신은 부탁받은 옷가지를 던져주며 모든 것을 그녀에게 맡긴다. 카키색 바지만 빼고.

"카키색 바지는 없어." 당신이 말한다.

"그럼 아무거나 줘봐." 그녀가 말한다.

당신은 실크가 혼합된 짙은 청색의 캘빈클라인의 일자형 정장 바지(460달러)를 던져준다.

그리고 당신도 기자 회견을 위해 옷을 캘빈클라인으로 빼입는다. 토비가 입은 것과 같은 모델인 갈색 바지, 분홍색 줄무늬 셔츠(210달러), 흰색 가죽 벨트(184달러)를 착용하고, 칼라 단추는 일부러 풀어 헤친 채 신이 나서 맨발로 뛰어내리는데, 유선전화가 울린다.

어머니만 아니었으면 집에 유선전화 같은 것은 설치하지 않았다. 이 전화를 이용하는 사람은 어머니뿐인데, 어머니는 자신은 나이가 많고 휴대전화는 믿지 못하겠다며 집에 유선전화를 두라고 고집을 부렸다.

"누구야?" 토비가 큰소리로 묻는다.

"우리 엄마야." 당신도 큰소리로 대답하고 나서, 수화기를 든다.

그러나 어머니가 아니다.

"윌슨." 상대방이 말한다.

당신이 "누구시죠?" 하고 물을 때, 토비 캐슬이 위층에서 검은색과 빨간색이 어우러진 맨그루머 1680XL-6 프로페셔널 아이오닉의 남성용 헤어드라이어(179달러)로 머리를 매만지기 시작했고, 그때 토비의 머리는 이미 바짝 말라 있었기 때문에 헤어드라이어를 사용하는 것이 이상하다고 당신은 생각한다.

"누구시죠?" 당신은 다시 한번 물으며 빅토리아풍의 샛노란색 벨벳 소파에 앉는데, 커피 테이블에는 『위대함의 형상』이 여전히 활짝 펼쳐져 있고 마이애미에서 만난 로널드 레이건과 교황 요한 바오로 2세가 너무나도 아름다운 아라비아풍 패브릭 의자에 앉아 있는 사진이 보인다.

"내 부탁 하나만 들어줘요." 상대방이 말한다. 남성의 목소리다. "인터넷이 연결돼 있나요?"

"그런데요." 당신이 말한다.

"지금 뭘 하나 보낼게요. 이메일을 열어봐요."

당신은 휴대전화를 집어들고, 4,333통의 읽지 않은 메일 목록 맨 위에 보낸 사람이 표시되지 않은 이메일을 하나 본다. 이메일에는 그저 헤레로라고만 쓰여 있다.

"그쪽이 헤레로예요?"라고 묻자 상대방은 사진을 자세히 보라고 말하고, 당신은 사진을 열어본다.

낡은 흑백사진 속에는 커다랗고 오래된 사냥꾼 오두막이 있고, 그 한가운데에 널따란 피크닉 테이블이 놓여 있다. 오두막은 거의 영화관만 한 크기이며, 채색된 작은 창문들 사이로 커다란 굴뚝이 우뚝 솟아 있고, 창문들 아래에는 다양한 모피, 오브제, 식기, 보석, 은으로 만들어진 찻잔 세트 등이 어우러져 반짝이고 있는데, 전부 어디서 약탈해온 것 같은 일종의 전리품 같은 분위기를 풍기고, 벽을 따라 늘어선 테이블에는 온갖 박제 동물들이 자리잡고 있다. 거위, 오리, 뚱한 표정의 너구리, 입을 크게 벌린 표범, 으르렁거리는 개코원숭이, 근엄한 표정의 말코손바닥사슴 머리 몇 점, 비행 중에 포획되어 그대로 굳었는지 날개를 활짝 펼친 독수리도 있다.

독수리 아래로 오른편 바닥에는 커다란 박제 땅돼지가 튼튼한 나무 받침대 위에 얹혀 있다. 고개를 살짝 숙이고 귀는 쫑긋 세워 주위를 경계하며 한쪽 발은 가볍게 치켜든 채 사진사를 비스듬히 바라보고 있는데, 사진 맨 아래쪽에 촬영일과 장소로 추정되는 글자가 손으로 쓰여 있다. 1944년, 로민텐 라이히스예거호프.

"땅돼지네요"라고 말하자 상대는 그렇다고, 저게 그 땅돼지라고 말한다.

"그래서 뭐요?" 당신이 묻는다.

"그건 헤르만 괴링의 사냥터 오두막이에요."

"괴링?" 당신은 엉뚱한 단어를 들었다는 듯이 말한다. "괴링. 나치 괴링 같은 괴링이요?"

"나치 같은 게 아니에요." 사내가 말을 이어간다. "그 땅돼지는 헤르만 괴링의 부친인 하인리히의 소유였어요. 하인리히 괴링은 독일령 서남아프리카의 초대 통치자였어요. 현재는 나미비아로 불리는 곳이죠."

"나미비아." 당신이 중얼거린다.

"그는 '슈츠트루페'라는 독일 부대를 이끌고 헤레로와 나마쿠아 사람들을 학살했어요. 20세기 최초의 집단 학살로 알려진 사건이죠. 하인리히는 아들 헤르만이 리히테르펠데의 사관학교를 졸업할 때 이 땅돼지를 선물로 주었고……."

맙소사, 사내의 말을 들으면서 당신은 탬피코의 땅돼지가 나치였어라는 생각에 경악하며, 목소리의 주인공이 누구인지 생각해내려고 한다. 분명히 어디선가 들어본 목소리인데 아무리 애를 써도 도무지 떠오르지 않는다! "이봐요, 대체 정체가 뭐예요?" 당신이 따져 물을 때, 토비 캐슬이 산뜻하고 사랑스러운 모습으로 내려온다.

그녀는 누구랑 통화하는 거냐고 묻고, 그 소리를 들은 사내는 전화를 끊는다.

"무슨 일이야?" 토비가 호들갑스럽게 귀고리를 끼우며 묻는다.

당신은 "아무것도 아니야" 하며 소파에서 일어선다. 그리고 환하게 웃는다. 당신은 토비의 두 손을 꼭 쥐었다가 그녀의 팔꿈치를 잡아끌며 둘이 함께 황동 사자머리 문고리가 달린 녹색 현관문을 열고, 벌떼처럼 모인 기자들을 향해, 미국의 전 국민을 향해 손을 흔든 다음, 공식적으로 발표를 시작한다.

"이제 그만 말할 때가 된 것 같군요." 당신은 싱긋 웃으며 손을 흔든다. "땅돼지는 약혼 선물이었을 뿐, 그 이상도 이하도 아닙니다." 그리고 모든 것이 오해에서 비롯되었다며 아무 문제도 없으니 다들 진정하시라고, 모든 것이 원만하게 해결될 거라고 말한 다음 부끄러워하며 토비 캐슬의 볼에 키스하자, 1,000개에 가까운 캐논의 전문가용 소형 방습 디지털카메라에서 셔터음과 플래시 불빛이 동시에 터져나왔다. 반짝이는 불빛 뒤로 보이는 어린이 놀이터 한가운데에는 정글짐이 놓여 있는데, 정글짐에 무릎만 걸친 채 아슬아슬하게 매달려 있는 아이는 어제 본 그 통통한 흑인 소년으로, 당신은 알지 못하겠지만 이 아이는 어제 자신의 눈앞에서 문이 닫힌 뒤에도 계속해서 현관 계단을 서성이다가 땅돼지를 힐끗 포착했고, 지금 그걸 다시 보려면 어떻게 하면 되는지 정확히 알고 있다.

***

"신사 숙녀 여러분, 티투스 다우닝의 새로운 걸작이 공개됩니다! 아프리카산 땅돼지! 전시 기간은 단 하루! 대담한 자만이 경험할 수 있는 일생일대의 기회!"「이브닝 스탠더드」는 이렇게 단언하며, 과거에 다우닝은 기린 한 마리를 통째로 박제해서 그것의 지바를 온전히 포착해냈고, 덕분에 기린을 보는 사람들 모두가 마치 기린이 된 듯한 감정을 느낄 수 있었다고, 좌우로 흔들리는 가느다란 목이나 아카시아 잎을 따먹으려고 애쓰는 긴 이빨, 뻣뻣한 무릎 관절을 온몸으로 느낄 수 있었다고, 하지만 이번에 마침내 땅돼지를 감상하며 느끼게 될 감정에 비하면 그건 새 발의 피라고 선전했다.

사슴 머리 아래를 지나가는 리처드 오슬릿 경의 질질 끄는 발소리를 처음 들은 날 이후로, 다우닝은 전시회를 앞두고 가게를 정리하느라 며칠간 바쁜 나날을 보냈다.

먼저 뱅골 호랑이 가죽을 말아서, 커다랗고 두툼하고 북슬북슬한 두루마리의 형태로 두툼한 나무통 안에 넣었다. 이어서 낡은 소나무 작업대를 깨끗이 닦아 기름칠하고, 사방에 흩어진 붓들을 정리하고, 각종 칼과 가위, 길이와 모양이 다른 핀셋들을 전부 광내기는 일까지 마쳤다. 그러고 나서는 다양한 액체가 들어 있는 유리병의 먼지를 닦고, 바닥을 쓸고 닦았으며, 창문을 청소했다. 혼자서 이 모든 작업들을 완수한 후, 다우닝은 자신의 개인 소장품 중에서 가장 뛰어난 작품들, 박제 거위 네 점, 박제 강아지 세 점, 박제된 다양한 물고기와 토끼, 겁먹은 것처럼 보이는 수여우 무리를 메인 진열창에 전시하고, 그 한가운데에 그가 개인적으로 가장 좋아하는 만국박람회의 기념품을 놓는다. 윤기가 반질

반질하게 도는 회갈색 암여우가 주둥이를 우아하게 치켜들고 있는 작품이다.

다우닝은 암여우의 주위로 수여우들을 호위병처럼 빙 둘러 배치했는데, 이러면 여성 관객들이 좋아할 거라는 판단 때문이었다. 작품 진열이 끝나고 전시 준비가 마무리되자, 인근 가정집에서 주문받은 간단한 박제 일에 집중하며 남은 하루를 보내기 위해 작업실로 돌아간다.

작업 대상은 열 살 된 애완견으로, 꼬리는 굴뚝을 청소하는 솔 같고 귀는 박쥐처럼 생긴 새까만 스키퍼키 종인데, 이렇게 주문을 받아서 하는 일은 보통 지루하지만 그래도 이런 죽은 강아지들 덕분에 지난 20년간 사업을 유지해왔다. 그중에서도 소형견은 다른 어떤 동물보다 손에 익은 작업물이었고, 때마침 귀여운 스키퍼키를 작업해달라는 주문이 들어와서, 내일 있을 전시회 생각이나 벌 떼같이 몰려들 기자들, 수집가들, '일반 대중'을 대표하는 몇몇의 관람객들에 대한 염려를 잠시 옆으로 치울 수 있어서 다행이었다. 게다가 내일이면 리베카 오슬릿도 올 것이다. 그녀는 분명 땅돼지 전시가 시작되기 전부터 가게 안을 이리저리 돌아다니며 진열창에 전시된 작품들이 얼마나 멋지고 훌륭한지 칭찬을 늘어놓을 것이며, 그러면서 속으로는 다른 여자들처럼 "그래봤자 월터 포터랑은 비교도 안 되네!"라며 흉을 볼 것이라고 다우닝은 이제 거의 확신하고 있다. 하지만 눈앞의 스키퍼키 덕분에 월터 포터나 그가 가진 엄청난 재산을 신경 쓰지 않을 수 있고, 무엇보다 이 작은 강아지 덕분에 눈에 붕대를 동여맨 리처드 오슬릿 경이 밝은 대낮에 웰링턴 부츠를 질질 끌며 자신의 가게 앞을 지나는 모습을 벌써 세 번이나 보았다는 명백한 사실에 대해 깊이 생각하지 않을 수 있다.

다우닝은 과학자이기 때문에 오슬릿 경을 자신의 두 눈으로 보고도 그것을 이성적으로 받아들이지 못한다. 점심시간이 다 되어갈 즈음, 그는 스키퍼키가 걸친 우스꽝스러운 치마바지를 솔질하다가 목덜미에 소름이 돋는다. 웰링턴 부츠를 신은 사람이 또다시 가게 앞에 서 있는 것이 느껴진다. 기분 탓이 아니다.

가게 밖에서 리처드 오슬릿 경이 박제 상점의 진열창 한가운데에 붕대 감은 얼굴을 대고 암여우를 정면으로 바라보고 있다. 다우닝은 여전히 작업장에서 강아지를 내려다보면서 저 밖에 비현실적인 것이 있을 일말의 가능성을 자각한다. 그도 여느 교양인들처럼 볼테르의 책을 읽었고, "자연의 모든 것들은 부활한다"는 의견에 동의하는 데다가, 괴테가 말했듯이 자신 역시 이 땅에 "1,000번도 더 살았을지도" 모른다는 생각을 재미있어했으며, 토머스 무어의 대표적인 시 "랄라 루크"에서 그와 관련된 구절인 "소멸되지 않은 영혼은 이쪽 끝에서 저쪽 끝으로/순식간에 넘어

가네, 목적지에 닿을 때까지!"를 암송할 수 있었다. 또한 여느 교양인들처럼 그도 환생이란 요술이 아니라 경계가 정해져 있는 것이고, 지바는 윤회(얽매임)나 해탈(자유로움) 둘 중의 하나이며, 따라서 대부분의 인간은 겹겹이 쌓인 자신의 카르마, 지바, 영혼, 그런 종류의 것들, 영원한 생명의 정수라고나 할까, 그런 것들을 무한의 세월 동안 벗고 또 벗으며 살아가야 하는 운명이며, 요술 따위와는 관계가 없다는 사실을 잘 알고 있다. 그래서 유령이나 귀신을 믿는 사람들을 보면 견딜 수가 없고, 지구에 살고 있는 것들이 전부이며, 그것들이 죽으면 생명은 그 존재에게로 다시 돌아간다고 믿는다. 박제 작품을 보면 그런 생각이 더욱 확실해진다. 그리고 솔직히 말해서 다우닝은 땅돼지와 관련된 일이 차라리 어서 끝나길 바라고 있는데, 그럼 땅돼지는 다른 사람의 소유가 될 것이고, 이 "혼령"은 땅돼지를 따라 다른 곳으로, 자신의 눈알이 박힌 땅돼지를 좇아 다른 나라로 떠나갈지도 모른다. 그렇게만 된다면 다우닝은 로열 레밍턴 스파의 가게를 접고 노섬벌랜드에 있는 아버지의 농장으로 돌아가서 내심 자신에게 가장 잘 맞는다고 늘 생각했던 단순한 농사일을 하며 살아갈 것이다.

그런 이유로 다우닝은 저 밖에서 서성이고 있는 존재를 무시한 채, 스키퍼키의 꼬리를 들어 분홍색 항문을 손질하면서 경작지에 대한 생각에 집중하고 있으며, 그래서 썰매 방울 소리를 듣고도 못 들은 척한다.

그 존재가 가게 안으로 들어와 서서히 밀실로 걸어오더니 문을 삐거덕 열고 심지어 그것이 자신의 뒤에 바짝 붙어 서서—바로 지금 거기에 서서—새처럼 가느다란 자신의 어깨뼈에 가슴을 기대고, 따뜻하고 축축한 인간의 숨결을 자신의 목덜미에 불어넣는데도 돌아보지 않는다.

***

당신은 모르겠지만, 토비의 아버지이자 IT 업계의 억만장자 브라이언 캐슬도 지금 CNN을 통해 자신의 외동딸이 당신의 팔짱을 끼고 활짝 웃으며 카메라를 향해 손을 흔드는 것을 지켜보고 있다. 화면 밑으로 **알렉산더 월슨 의원, 브라이언 캐슬의 딸과 약혼**이라는 자막이 지나가자 그가 책상에서 벌떡 일어나 "젠장"이라고 소리치는 것도 당신은 알지 못한다. 그가 곧바로 전화기를 집어들었다는 것도. 당신이 박제 땅돼지를 불법 소지한 혐의로 체포되었다는 기사를 이미 정독했으며, 원래부터 당신을 싫어했다는 것도. 정치인이라는 직업을, 그들의 화장한 얼굴이며 그런 종족 자체를 싫어하며, 그래서 이 모든 것을 당장 끝장내버릴 작정이라는 것도 당신은 까맣게 모르고 있다. 지금 브라이언 캐슬에게 필요한 것은 윌슨 의원의 허물을 들추어내는 일로, 약점 하나 정도는 어렵지 않게 찾아낼 거라고 확신하는데, 그의 판단은 옳았다는 것이 금방 증명된다.

신문기사에는 당신을 체포한 경찰관의 이름이 어니스트 퀸런 앤더슨이라고 명시되어 있고, 앤더슨 경관의 근무지가 퍼스트 디스트릭트 경찰서임을 알아내는 것은 식은 죽 먹기인 데다가 브라이언 캐슬은 마음만 먹으면 웬만한 사람의 연락처는 손에 넣을 수 있어서, 4분도 채 지나지 않아서 앤더슨 경관에게 연락을 한다.

"어니 앤더슨입니다"라며 앤더슨 경관이 전화를 받는다.

올해 예순한 살인 브라이언 캐슬은 피부암으로 10년간 투병한 전력이 있어서, 일분일초도 허비하지 않는다. 그는 윌슨이 땅돼지를 어디서 입수했다고 생각하는지 묻고, 앤더슨은 이미 신문에 발표된 것처럼 페덱스를 통해 윌슨 의원에게 배송되었다는 사실 외에 다른 정보는 발설할 수 없다고 말한다. 그러면서도 자신이 오전 내내 페덱스 측과 통화를 했다고 운을 뗀다.

"그래서 뭘 알아내셨는지는 저한테 말씀 못하시겠군요." 브라이언 캐슬이 묻자, 아직도 윌슨에게 칼을 갈고 있는 앤더슨은 아직까지는 알아낸 것이 거의 없다고, 윌슨의 휴대전화는 철저하게 잠겨 있었다고, 확실한 것은 어제 그러니까 8월 2일 아침에 땅돼지가 애셔 플레이스 2486번지로 배송되었다는 사실뿐이라고 털어놓는다. 윌슨은 페덱스를 통해서 배송받았다고 진술했지만 페덱스에서는 해당 배달원을 특정하지 못하고 있다. 게다가 12자리로 된 송장 번호조차 조회가 되지 않는다고 하는데, 이건 정말 드문 경우이다. 어쩌면 알렉산드리아의 아이젠하워 애비뉴에 있는 심야 영업점에서 택배를 접수했을 가능성이 있는데, 이곳은 페덱스 지점 중에서도 고객 평점이 최하위에 가까운 곳으로, 그저께 밤에 누군가 땅돼지를 택배로 보내는 장면을 목격했을 가능성이 있는 심야 근무자 두 명 모두 헤로인에 절은 스물두 살짜리 애들이라 도움이 될 만한 정보를 얻어내기가 도저히 불가능했다.

앤더슨은 "그래서 직접 찾아가보려고 하는데요"라면서 브라이언 캐슬에게 함께 가시겠냐고 묻고, 브라이언 캐슬은 당연하다는 듯이 그러죠라고 대답한다.

두 사람은 2시간 내에 만나기로 약속하고, 이렇게 해서 두 세력이 힘을 합친다. 하지만 카메라를 향해 손을 흔들고 있는 당신은 두 세력이 손을 잡았다는 사실을 알 리가 없다. 토비 캐슬도 덩달아 손을 흔들자, 당신은 토비의 볼에 키스한 다음 태어나서 지어본 미소 중에 가장 환한 미소를 지으며 계속해서 손을 흔드는데, 그때 현관 계단 쪽에서 원시적인 울부짖음에 가까운 날카로운 비명이 들려오고, 조금 전까지만 해도 정글짐에 거꾸로 매달려 있던 통통한 흑인 소년이 어느새 이쪽으로 와서 뱃살 때문에 무게 중심을 잃고 어깨부터 찧으며 바닥에 넘어지는 모습이 카메라의 물결 너머로 보인다.

소년은 약간 비스듬히 땅에 떨어졌다. 그러니까, 머리부터.

사진 기자들이 서로 돕겠다며 달려들더니, 몇 초도 지나지 않아 "윌슨 의원님! 아이를 안으로 옮기시죠!"라고 외쳐대고, 이제 모두의 관심은 당신이 멍청한 뚱보 소년을 집 안으로 들일 것인지에 집중된다.

당신은 프로이다. 친절과는 거리가 먼 성격이지만, 당신은 프로이기에 사람은 언제나 친절해 보여야 한다는 사실을 알고 있으며, 친절하고 관대해 보이기 위해 평생 엄청난 노력을 기울여온 만큼, 기자들이 소년을 들어올려 무슨 그리스도를 모시듯 당신의 현관 계단을 올라오는 지금, 당신은 그들에게 기꺼이 친절을 베푼다. "맙소사, 그래도 피는 안 흘리네요"라는 말을 무심코 내뱉지만, 기자들도 파파라치들도 소년을 촬영하기에 바빠서 당신의 말은 듣지 못한다. 소년은 생방송으로 황동 사자머리 문고리가 달린 녹색 현관문 안으로 옮겨져, 곧바로 거실에 있는 빅토리아풍의 샛노란색 벨벳 소파에 눕혀지고, 토비가 부엌으로 달려가 값비싼 포대 한 묶음을 전부 꺼내 수도꼭지 아래에 대고 적시는 사이, 소년이 당신의 소파에서 몸부림치며 아프다고 고래고래 소리를 지르자, 당황한 사람들은 부상당한 그리스도의 제자라도 보살피듯이 소년을 극진하게 보살피며, 바깥에 아이의 엄마가 있는지, 같이 온 사람은 없는지 찾아보지만, 아이의 부모는 아이 혼자 놀이터에서 놀게 한 듯하다. 솔직히 요즘 세상에 누가 그런 짓을 한단 말인가? "너 몇 살이니?" 기자 한 명이 사진을 찍으며 묻는다.

아이는 "열 살이요"라고 답한다. 열 살 먹은 소년이다.

"이름은 뭐니?" 기자들이 묻자, 자신의 진짜 이름은 엘리야이지만, 세 살 때 빅스 베이포럽(영유아용 바르는 감기약/옮긴이) 한 통을 다 먹어치운 후로는 "비키"로 통한다고 말한다.

"아우, 아우!" 아이는 목이 정말로 아픈 것처럼 울부짖으며 생쇼를 벌이고, 토비 캐슬은 물에 적신 포대로 냉찜질을 해주려고 비키 옆에 꿇어앉지만, 그럼에도 불구하고 모두의 관심은 토비 캐슬이나 비키에게 쏠리지 않는다. 사람들은 전부 당신이, 윌슨 의원이 자신의 집에 들인 부상 입은 흑인 소년과 어떻게 소통해 나갈지를 지켜보고 있다. 당신이 어색하게 굴 것이 뻔하지만, 얼마나 어색하게 행동할지 한번 보자는 식인데, 그래도 그 덕에 땅돼지는 모두의 뇌리에서 지워진 듯해서 그걸로 되었다고 생각한 순간, 비키가 몸을 조금 일으켜 앉는다.

그리고는 묻는다. "땅돼지는 어디에 있나요?"

비키는 땅돼지가 뭔지 안다고, 학교에서 배웠다고 한다. 지금 5학년이라고 한다. 그러면서 땅돼지를 보고 싶다는 소년의 말에 당신은 어제 그의 눈앞에서 현관문을 쾅 닫았던 기억을 떠올리며, 그를 교활한 쥐새끼 같은 놈이라고 생각한다.

비키는 전부 다 기억하고 있다. 페덱스 기사가 땅돼지를 배달했는데, (당신을, 손가락으로 당신을 가리키며) "저 남자"가 그게 뭔지 안 보여주었다고, 그러자 기자들은 소파에 앉은 소년이 당신을 손가락질하는 모습을 득달같이 찍어대고, 그렇게 해서 보기 흉한, 정말로 꼴사나운 장면이 그것도 생방송으로 전파되는데, 당신이 이 사람들을 어떻게 집 밖으로 몰아내야 할지 몰라 망연해하고 있을 때, 신장 195센티미터의 흑인 남성이 여행 가방을 손에 들고 말처럼 우아하게 문턱을 넘어온다.

올리오크의 등장.

"다들 나가요!" 올리오크가 소리를 지른다.

"올리오크 의원님!" 기자들은 문밖으로 내밀리며 흥분한 듯 외쳐댄다. "땅돼지에 대해 하실 말씀 없으십니까?" 그러자 올리오크는, 그에게 신의 축복이 있을지니—당신은 지금 이 순간부터 무슨 일이 있어도 온 마음을 다해 전력으로 올리오크를 사랑하기로 맹세한다—기자들에게 눈길도 주지 않으며 차분하게 대답한다.

"저는 할 말이 없습니다."

그렇게 해서 모든 기자들이 나가고, 당신의 타운하우스에 남은 사람은 당신과 토비, 올리오크, 그리고 아직도 당신의 소파에 엉덩이를 붙인 채 이제는 온순한 말투로 감자칩을 먹고 싶다고 요구하는 밉살스러운 비키뿐이다.

"이 애는 내가 알아서 할게." 토비가 말하자 올리오크는 들고 온 짐을 내려놓는다.

"그건 어디에 있죠?" 올리오크가 묻고, 당신은 그를 데리고 지하 차고로 내려간다. 그리고 타호의 뒷문을 연다.

당신은 트렁크와 뒷좌석 전체를 차지하고 있는 땅돼지를 그에게 보여준다.

올리오크는 땅돼지를 바라본다. 침착하기 그지없는 태도인데, 올리오크는 무엇을 하든 늘 침착하다. 말할 때도 단순명료하고 말참견을 하지 않으며, 비속어를 입에 담지 않고 심지어 접속사도 안 쓰는 사람이라, 땅돼지가 현관문 앞에 배달된 지 벌써 24시간이 지났음에도, 당신은 올리오크가 자신의 옆에 서 있는 지금이 가장 편안하다는 사실을 인정하지 않을 수 없다.

"이 땅돼지는 불법으로 포획된 동물이라 소유하고 있는 것만으로도 연방법 위반이에요." 올리오크는 텔레비전에서 땅돼지를 보았고, 이 땅돼지에 어떤 사연이 있는지 알아서 유선전화로 당신에게 연락을 취했다고—그 편이 안전하니까—말하고, 당신은 그제야 수화기 너머의 목소리가 올리오크의 목소리였다는 것을 깨닫는다!

"의원님이 전화했던 거군요!" 당신이 외친다.

"이걸 없애버려야 해요." 올리오크는 다시 한번 천천히, 그리고 차분하게 헤레로와 나마쿠아 부족의 과거를 설명한다. 모든 것은 독일 황제 빌헬름 2세가 오토 폰 비스마르크를 내쫓고 전권을 잡으면서 시작되었는데, 인내심도 요령도 없던 그는 장관들의 반대에도 불구하고 서남아프리카를 침략하여 자원을 약탈한 다음, 하인리히 괴링과 범죄자인 로타르 폰 트로타 장군을 파견했고, 처음에는 그곳을 식민지로 개척하려다가 반란이 일어나자 올리오크의 선조들을 무자비하게 살해해서 10만 명이 넘는 이들이 목숨을 잃었으며, 올리오크의 증조부와 증조모는 실제로 이 대량 학살의 생존자라고 했다.

당신은 처음 듣는 이야기이다. 의회가 개회한 동안에 러틀리지, 올리오크와 타운하우스를 함께 쓰고 있음에도 불구하고, 두 사람이 아래층에서 땅콩버터 샌드위치를 우물거리며 파치지 게임을 하거나 당신의 부엌에서 싸구려 양복 차림으로 라이트 맥주를 마시며 깔깔거리는 소리가 들려와도 당신은 한번도 그들과 합류하지 않았으며, 타운하우스를 공유한(상부의 압력을 받아 그들의 비위를 맞춘 것일 뿐, 그렇지 않았다면 결단코 하지 않았을 일이다) 지난 6개월 동안 두 사람과 말도 거의 섞지 않았다. 당신이 러틀리지에 대해 아는 것은, 그가 뉴햄프셔 주 출신의 민주당원으로, 운동에 열심이며(벤치프레스를 127킬로그램까지 든다), 주말마다 부인과 다섯 아들을 보러 어딘가에 있는 농장에 간다는 것이 전부이고, 올리오크에 대해 아는 것은 그가 로드아일랜드 주 출신의 공화당원으로, 자선단체인 굿윌 매장에서 쇼핑하며, 주말마다 부인과 다섯 딸을 보러 어느 너저분한 호숫가에 있는 너저분한 시골집으로 가는 것이 전부여서, 올리오크가 흑인—아프리카계 미국인—이기는 해도 정말로 아프리카에서 온 아프리카계 미국인이라고는 생각해본 적도 없다. 지금 이 순간까지 당신의 의식 속에 거의 자리하고 있지 않던 아프리카가 갑자기 당신을 에워싸는 것 같다. 당신은 그레그 탬피코의 재단이 나미비아에 있었고 올리오크가 나미비아인이라는 사실에 엄청나게 소름이 끼친다. 그리고 다시 설명이 이어진다.

"전해지는 이야기에 따르면" 올리오크가 말한다(이 남자의 말투는 정말 언제나 이런 식이다). "19세기 후반에 하인리히 괴링이 박제 땅돼지를 아프리카로 가져왔다고 해요." 그리고 또 "전해지는 이야기에 따르면" 괴링의 독일군이 주민들을 학살하며 공포를 불러일으켰고, 뒤이어 들어온 폰 트로타는 올리오크의 종족을 그들의 땅에서 쫓아낸 다음, 사막에 가두고 물을 주지 않거나 혹은 독을 탄 물을 주었다고 한다.

"독일인들은 서남아프리카에 '강제 수용소'를 설치해 '효율성'

을 실험했고, 머지않아 그런 수용소들은 히틀러에게 좋은 본보기가 되었죠." 그렇게 3년 남짓한 시간 동안 9만 명 이상의 헤레로족과 1만 명 이상의 나마쿠아족이 살해되었고, 올리오크의 말에 따르면 이 땅돼지는 그의 조국이 겪은 잔혹했던 과거의 상징이라고 한다.

올리오크가 땅돼지의 받침대를 들어올린다. 바닥면의 한쪽 구석에 작은 기하학적 무늬가, 갈고리 모양의 십자가가 깊게 새겨져 있는데, 굳이 올리오크에게 묻지 않아도 당신은 그것이 무엇을 뜻하는지 잘 알고 있다.

"그러니까 당신은 이 땅돼지가 무서운 거군요." 당신이 말하자, 올리오크는 어쩜 저렇게까지 멍청한지 모르겠다는 듯 연민이 가득한 미소를 짓는다.

"오히려 그 반대예요." 그가 말한다. "헤레로족은 박해에서 벗어나려면 적의 가죽을 몸에 걸쳐야 한다고 믿거든요. 적의 가죽을 입음으로써 압제자의 세력을 약화하고 힘을 재배치하는 거죠."

올리오크의 이야기를 들으며 당신은 약간 히죽거린다. 스스로도 제어가 되지 않는다. 예전부터 박해니 학살이니 그런 심각한 주제가 나오면 불편해서 참을 수가 없었다. 올리오크의 말이 진실이라고 믿을 만한 근거는 충분하지만, 나미비아의 이름 모를 부족이 가지고 있던 파란 눈의 거대한 박제 땅돼지가 지금 당신의 쉐보레 타호 뒷좌석에, 애셔 플레이스 타운하우스의 차고에, 포기 보텀에 있다고 생각하자, 갑자기 온몸이 간질거리며 웃음이 터져나왔고, 당신과 당신의 종족이 얼마나 미성숙한지 훤히 꿰뚫고 있던 올리오크는 자신의 휴대전화를 휙 꺼낸다.

그가 보여준 사진에는 우스꽝스러운 빅토리아풍 의상을 입은 오늘날의 헤레로족 사람들의 모습이 담겨 있다.

"원수의 가죽을 입는 것은 헤레로족에게 아주 중요한 일이에요." 올리오크는 이 사람들을 보라며, 오늘날까지도 남자들은 압제자인 독일 병사들의 군복을 입고, 여자들은 아프리카산 직물로 소매를 부풀리고 상체는 꼭 조여 풍성한 빅토리아풍 드레스를 만들어 입는다고 말한다. 헤레로 사람들의 의상을 보면서 당신의 머릿속에 가장 먼저 떠오른 것은 로널드 레이건, 즉 전직 대통령의 복장을 따라 당신이 위층 옷장에 모아놓은 방대한 의상 컬렉션으로, 그 컬렉션 전부를 본 사람은 아직 아무도 없다.

당신은 레이건과 똑같은 와이드 실크 넥타이를 갖고 있다. 그의 반짝이는 넥타이핀도. 실크 행커치프도. 그밖에도 금색 실크로 만들어진 정장 조끼, 광이 나는 검은색 로퍼, 레이건의 트레이드마크인 프렌치 커프스 옥스퍼드 셔츠, 브이넥 캐시미어 스웨터, 하늘색 파자마, 그리고 당신이 가장 좋아하는 빌 블라스의 목욕 가운이 있다. 옷장에는 당신이 겨울마다 입는 로널드 레이건의 검은색 모직 롱코트가 걸려 있다. 그의 황갈색 레인코트도 일상복처럼 입는다. 레이건은 정액 같은 연미색 실크 스카프를 자주 맸는데, 당신 역시 그걸 따라 했고, 평생 말을 타본 적도 없으면서 레이건이 입던 연푸른색 카우보이 셔츠와 밀짚으로 된 카우보이 모자를 소장하고 있다. 레이건이 소유했던 688에이커 규모의 샌타바버라 목장 "헤븐스 랜치"처럼 자신도 언젠가 버지니아주에 688에이커의 목장을 장만하게 될 날을 기다리며 이런 수집품들을 점점 늘려가고 있는데, 당신은 자신과 헤레로 사람들 중에서 누가 잘못된 것인지 궁금해진다. 우리가 입어야 하는 것은 원수의 옷일까, 영웅의 옷일까?

올리오크가 사용한 단어가 마음에 걸리는 것을 보면, 잘못된 쪽은 당신일지도 모른다. 마음에 걸리는 단어는 "가죽"이다.

당신은 로널드 레이건처럼 차려입으면 당신도 어느 정도는 로널드 레이건이 될 거라고 생각했지만, 지금 캘빈클라인 실크 바지에 분홍색 격자무늬의 버튼다운 셔츠 차림으로 차고에 서 있는 자기 자신이 갑자기 한심하게 느껴진다. 이건 모조품이다. 초저가 잡화점 버전의 싸구려 로널드 레이건. 기퍼라면 당신이 입는 옷 따위를 따라 입는 일은 절대 없을 것이다. 그러고 보니 예전에 어느 원로 정치가가 동경 어린 눈빛으로, 로널드 레이건을 보면 꼭 가을 나무를 바라보는 기분이었다고 당신에게 말한 적이 있다.

올리오크는 당신의 머릿속이라면 훤히 들여다보인다는 듯이, 당신에 대해 당신보다 더 많이 안다는 표정을 짓고 있다. 이야기가 나왔으니 말인데, 이제부터 적의 가죽을 걸쳐야 한다면 당신은 지금 그 빌어먹을 금잔화색 바지 정장으로 갈아입어야 한다.

그러나 신사 숙녀 여러분, 그럴 일은 절대로 없을 것이다.

당신은 그렇게 상황을 정리한다. 어쨌든 당신은 아프리카인이 아니다. 올리오크에게는 "민족"이 있지만, 당신에게는 하루아침에 무너져내릴 가능성이 큰 선호도밖에 없다. 여론조사 통계를 냉소적으로 분석한 문서인 「명백한 진실」이 당신의 전부이다. 그래서 토비 캐슬과 결혼해 그녀 안에 무의미한 씨를 뿌린 다음, 그녀를 이용해 자신의 간판을 '미혼남'에서 '가정적인 남자'로 고쳐 달 계획이고, 그렇게 되면 낸시 비버스 나부랭이는 심각한 위협을 받을 것이다. 하지만 파란 눈의 땅돼지는 아직 당신의 차 뒷좌석을 떡 하니 차지하고 있으며, 어느 때보다 더 당신을 조롱하는 것만 같아서 당신은 드디어, 마침내, 저 빌어먹을 땅돼지에 무슨 조치를 취해야겠다고 마음먹는다.

"토비!" 당신은 큰소리로 외치며 집으로 뛰어올라가 곧바로 거실로 향한다.

아직 소파에 누워 있는 비키는 얄미울 만큼 신이 나서는, 토비가 어디선가 구해왔을 레이즈 감자칩을 와삭와삭 먹고 있는데,

아버지와 통화 중이라며 손가락을 입에 대는 토비는 낯빛이 변해 있다. 전화를 끊고 나서는 창백해진 얼굴로 당신을 바라본다.

"그레그 탬피코가 누구야?" 그녀가 자신의 전화기를 들이밀며 묻는다.

토비 캐슬의 휴대전화 속 사진에는 빅토리아풍 의상을 입은 아프리카 사람들 사이에 젊고 건장하며 잘생긴 백인 남성이 금발을 휘날리며 서 있다. 저들이 헤레로족이라는 것을 당신도 이제는 안다.

나미비아의 어딘가에서 찍은 사진이다. 그레그 탬피코가 어린 아이들의 어깨에 팔을 두르고 바보처럼 크게 웃고 있다.

당신은 어리둥절해진다. 탬피코는 전혀 우울해 보이지 않는다. 그는 행복해 보인다. 어처구니없게도 진심으로 행복해 보인다. 당신이 평생 느껴본 행복의 수준을 훨씬 뛰어넘는 행복감이 느껴진다. 그리고 앞쪽 한가운데, 헤레로족이 그레그 탬피코에게 주는 선물이 놓여 있다. 받침대에 단단하게 고정되어 있는, 거대한 박제 땅돼지이다.

저것이 당신의 땅돼지라는 데에는 의심의 여지가 없다. 헤르만 괴링의 으리으리한 프로이센식 사냥터 오두막에 있던 땅돼지가 어떻게 나미비아로 갔는지 당신으로서는 알 수 없지만, 어쨌든 본국으로 돌아갔고, 수년간 그곳 아이들에게 의료 지원을 해준

보답으로 사진에서처럼 헤레로족이 탬피코에게 땅돼지를 선물한 것을 보면, 이건 아주 중요하고 뜻깊은 선물임에 틀림없다. 토비는 그레그 탬피코와 어떤 관계냐고, 워싱턴에서 모르는 사람이 없을 정도로 가장 유명한 게이인 그와 정확히 어떻게 아는 사이냐고 캐묻는다. 그러자 그를 영영 잃어버렸다는 슬픔이 당신 안에 차오르기 시작한다. 설마 이런 기분을 느끼게 될 줄은 몰랐지만, 지금 느끼고 있고, 이 상태가 바로 지난 수백 년간 수많은 작가들이 "우울"이라고 불러온 그것이지만, 당신은 책을 많이 읽지 않아서 아는 언어가 한정되어 있기 때문에, 명확하게 표현이 안 되는 이 감정을 "슬픔"이라고 명명할 수밖에 없다. 탬피코가 죽었다는 사실이 갑자기 너무나 슬프고, 다시는 킹 스트리트에 있는 그의 집에서 커다란 얼룩말 가죽 위에 함께 누울 수 없다는 사실이 너무나 슬프게 느껴지며, 탬피코가 당신의 바지 지퍼를 장난스럽게 이로 물어서 내리고 까칠까칠한 턱을 당신의 배에 대고 비비던 때처럼, 그렇게 마음 놓고 꾸밈없이 웃는 날이 다시 오게 될까 하던 그때, 비키가 감자칩을 내려놓고 토비의 휴대전화를 가리킨다.

"저 아저씨 재밌어요." 그가 말한다.

토비는 "쉿, 너희 엄마가 곧 오실거야"라고 하지만, 당신은 잠깐 기다리라고 한다. 비키의 얘기를 마저 들어보자고.

비키는 열 살이다. 거짓말을 해보았자 학교 숙제나 먹을 것에 관한 게 전부일 아이가, 사진 속의 저 남자를 전에 본 적이 있다고, 그것도 어제, 애셔 플레이스 타운하우스의 길 건너에 있는 놀이터 옆에서 보았다고, 재미있는 사람이었다고 말한다.

뭐가 재미있었냐고 당신이 물어본다.

비키는 어깨를 으쓱한다. 그리고 "글쎄요, 그냥 웃겼어요" 하며 낄낄거리더니 두 명의 하원의원과 금발 여인에게 이야기한다. 그 남자가 페덱스 트럭 앞에서 커다란 가짜 수염을 붙였다고, 거기다가 또 진짜 웃긴 것을 썼다고. 두꺼운 안경을.

***

정말 거룩해 보이는 얼굴이다. 다음 날 아침, 땅돼지를 마지막으로 매만지며 다우닝은 생각한다. 땅돼지가 모든 준비를 마치고 눈부시게 빛나고 있다. 파란색과 흰색이 어우러진 오슬릿의 눈알에 눈꺼풀이 살짝 덮여 있고, 눈 밑에는 작은 해먹처럼 살이 도톰하게 올라 있다. 이런 작은 표현들 하나하나가, 다우닝의 직감대로 땅돼지의 표정에 사랑스러움을 더해주고 있다.

땅돼지는 언뜻 보면 대자연의 진정한 실패작처럼 보인다. 하지만 다우닝은 사냥 중인 땅돼지를 생생하게 재현해냈다. 땅돼지는 흙무더기를 무너뜨릴 것처럼 한 발을 든 상태로 등을 잔뜩 구부리고, 머리는 숙인 채 귀를 쫑긋 세운 모습이다. 다우닝은 오슬릿을 사랑하며, 그가 가장 공을 들인 땅돼지의 눈이 그것을 증명해주고 있다. 덕분에 땅돼지는 다른 사람이 자신을 어떻게 보든 개의치 않고 자기 자신을 사랑하는, 자신감 넘치는 모습을 하고 있다. 땅돼지의 지바에서는 용기도 엿보인다. 겸손의 가치를 알 만큼 지혜로운 자만이 소유하고 있는, 어떤 생명체든 연로한 부류에게서 찾아볼 수 있는 그런 용기이다. 티투스 다우닝도 올해 마흔한 살로 결코 어리지 않은 나이였기 때문에, 간밤에 눈먼 연인을 바라보는 그의 눈빛에도 바로 그런 용기가 서려 있었다.

두 사람은 다우닝의 침대에 드리워진 가지색 벨벳 캐노피 커튼 밑에 나란히 누웠다. 리처드는 이제 그를 볼 수 없었다. 하지만 다우닝이 그의 기억을 되살려주었다.

그는 "디키" 하고 부르며, 리처드의 목선을 간지럽혔다. 리처드의 따뜻하고 둥그스름한 가슴에 볼을 댄 채 가슴 한가운데를 따라 미끄러져 내려가다가, 연인의 배꼽에 길고 뾰족한 코를 파묻으며 부드러운 잿빛 털이 무성한 치골에 키스한 다음, 음경을 입에 넣고 축 늘어진 귀두와 피하 근막을 입술로 물었다. 리처드가 순수한 쾌감에서 우러난 신음을 터뜨리자 다우닝의 욕망도 부풀어올랐다. 모든 것이 잠잠해진 후, 다우닝이 허기가 밀려온다고 하자 리처드는 "일어나서 옷 입어봐"라고 하더니 다우닝의 안내를 따라 부엌으로 내려가서는 장님인 상태로 요리하는 데 익숙해진 듯, 식료품 저장실에 남아 있는 채소들로 양파와 깍지콩, 호박을 넣은 여름철에 어울리는 가벼운 스튜를 만들었는데, 노섬벌랜드에서 보낸 유년기 이후로 사랑하는 사람이 자신을 위한 음식을 만들어주는 것은 다우닝에게 처음 있는 일이었다.

둘이 나란히 서서 팔짱을 낀 채 음식을 먹으며, 다우닝은 이게 바로 남들이 말하는 "행복"이라는 거구나 하고 퍼뜩 깨달았다—

그래서 전시회가 있는 이날 아침, 박제사는 행복에 겨워 가게 안을 서성인다. 예정된 시간이 코앞으로 다가왔고 땅돼지는 완벽하게 준비되었다고 생각하며 마지막으로 가게 안을 둘러보고 있을 때, 현관에서 노크 소리가 나면서, 오래 전 다우닝의 룸메이트였으며 경매사 역할을 해주러 런던에서부터 온 유명한 보철구 제작자 해럴드 스키너가 언제나처럼 팔자수염을 깔끔하게 다듬은 모습으로 들어온다.

그의 뒤를 이어 극단에서 온 여섯 명의 청년들이 분홍색과 노란색이 어우러진 스타킹을 신고, 머리에는 종이를 반죽해 만든 토끼 귀를 달고, 손발에는 종이를 반죽해 만든 발굽을 붙이고 들어오는데, 이들의 의상은 다우닝이 그려준 것과 조금도 비슷하지 않다. 2시간이나 일찍 나타난 청년들은 이 일을 만만하게 생각했는지 술에 얼큰하게 취해 있고, 기다란 주둥이가 달린 가면은 다소 외설적으로 느껴질 만큼 엉성해 보인다.

다우닝은 술을 깨고 연습이나 하라며 그들을 밖으로 내쫓고, 단원들은 웃으며 꿀꿀 소리를 내더니 즉흥적으로 서로의 엉덩이를 찰싹찰싹 때린다. 이들이 정말로 적임자인지, 멍청한 가짜 땅돼지들이 진짜 땅돼지의 특별한 분위기에 정말로 해를 끼치지는 않을지 잠시 의심이 들지만, 이날 아침 기분이 극도로 좋은 다우닝은 그런 걱정을 금세 잊어버린다. 땅돼지는 가게의 정중앙에 설치했다. 전시회가 시작되는 오후 2시면 가게 안으로 해가 길게 들어오는데, 관람객들이 땅돼지를 자연광 아래에서 감상할 수 있도록 세심하게 위치를 잡은 것이다.

그후로 2시간 동안, 가게 밖에 있는 열두 개의 박제된 사슴 머리 아래로 관람객들이 늘어서기 시작하지만, 다우닝의 마음은 다른 곳, 위층에 가 있다. 그의 눈먼 연인은 지금 벌거벗은 몸으로 침대에 누워, 눈에 압박이 덜 가는 엎드린 자세를 하고는 눈구멍 주위에 천천히 새 붕대를 감고 있다. 간밤에 다우닝의 부탁으로 붕대를 풀어서 보여주었던 것이다.

다우닝은 촛불을 오슬릿의 얼굴 가까이로 들어올렸다. 다른 데는 전부 그대로였다. 사냥꾼처럼 네모진 턱과 소년처럼 톡 튀어나온 코, 숙녀들의 바늘꽂이처럼 통통하고 동그스름한 볼. 하지만 그 위로 크기도 색도 충격적인, 새로 생겨난 동굴 두 개가 깜빡이는 불빛 속에서 으스스하게 모습을 드러냈다. 다우닝은 갑자기 어린 시절 노섬벌랜드의 이끼 덮인 동굴이 떠올랐다.

농장에서 강둑을 따라 걸어서 포퍼호우의 숲으로 들어가면, 바위 한가운데를 푹 파낸 것처럼 생긴, 어둡고 축축한 동굴이 나왔다. 어느 날 오후, 농장 일을 마친 소년 다우닝은 평소처럼 동굴에 숨어 저녁이 오기 전까지 책을 읽기로 했다. 동굴 입구에 있던 이끼를 걷어내고 안으로 기어들어가 촛불 아래에서 책을 읽으려던 순간, 그는 직감적으로 자신이 혼자가 아니라는 것을 알아차렸다. 어디서인가 숨소리가 들려왔다. 눈에 보이지는 않지만 달콤한 흙냄새가 나는 것으로 보아 '동물'일 것으로 짐작되었다. 하지만 등불을 높이 들어 어둠을 들여다보자 그의 눈에 들어온 것은 쪼그리고 앉아 있는 진흙투성이 소녀였다.

두 팔로 다리를 감싸고 있는 벌거벗은 소녀는 다우닝을 보고 어색한 미소를 지었다. 마치 태어나서 처음 웃어보는 사람처럼. 그러더니 그의 촛불을 꺼버리는 것이 아니겠는가!

그가 마지막으로 본 모습은, 머리에 새 둥지가 붙어 있는 듯한 그녀의 머리카락이었다.

농장에서 일할 때 입는 작업복에 작은 장화를 신고 있던, 그리 깔끔한 차림새는 아니었던 다우닝은 어둠 속에 갇혀버리자 두려

워졌다. 그는 찬 공기에 다리가 움츠러들었다. 입구를 찾아 나가려고 손을 뻗자, 소녀가 얼굴을 들이대더니 시커멓고 커다란 입을 벌려 그를 덥석 물었다. 그의 오른손을 물고 놔주지 않는 통에 손가락에 이가 깊이 박혀서 마디 사이에 피가 났고—많이 옅어지기는 했어도 이때 생긴 울퉁불퉁한 상처가 지금까지 남아 있다—피 맛을 본 소녀는 갑자기 훌쩍거리더니 짐승처럼 길게 울부짖었는데, 그 소리는 어린 다우닝으로서는 처음 들어보는, 인간의 가죽 속에 갇힌 짐승의 소리 같았다. 그는 동굴을 빠져나온 후 다시 그곳에 가지 않았지만, 귀가 울리면서 손이 찢어지는 듯한 통증을 느끼게 되었고, 그 고통은 이후로도 수년에 걸쳐 가끔씩 찾아왔다.

옥스퍼드 대학교에 입학해서 마침내 노섬벌랜드를 떠나게 되었을 때도, 시험 기간에 한밤중에 비명을 지르며 일어나서 해럴드 스키너를 놀라게 했을 때도, 하이드 공원에서 열린 만국박람회에서 다윈의 강의에 참석해 "박제술"이라는 새로운 예술 분야가 있으며, 짐승의 "가죽을 짜 맞추는 일"이라는 설명을 들었을 때도 그랬다.

그러다가 레밍턴 스파에 자신의 박제 가게를 차리고 그 앞에 열두 개의 사슴 머리를 늘어놓게 되자 조금은 안전해진 기분이 들었다. 그는 자신이 소녀를 완전히 잊었다고 믿었지만, 손에서 마음속으로 옮겨갔을 뿐 깨끗이 잊은 것은 아니었다. 티투스 다우닝의 재능에 숨겨진 비밀이 하나 있다면 바로 이것이었다. 그가 지바를 재현해 낼 수 있는, 날것 그대로인 짐승의 감각을 갈구할 때마다 소녀가 그와 함께 있었던 것이다. 소녀는 그의 안에 살아 있었다. 그래서 어젯밤, 죽은 동물처럼 우중충하고 시커먼 리처드의 눈구멍을 바라보았을 때, 마치 쩍 벌린 입 두 개를 마주하는 것 같아 소스라치게 놀랐고, 그 순간 소녀가—크게 벌린 그녀의 거무스름한 입이, 동굴의 이끼 냄새가, 다리를 오싹하게 하는 습한 공기가—다시 한번 그를 찾아왔고 오른손의 오랜 상처에 통증이 느껴졌다. 그러니 지금 술 취한 극단 청년들이 즉석에서 "수탉(cock : 음경을 뜻하는 비속어이기도 함/옮긴이)과 여우"라는 노래까지 만들어 큰소리로 불러대는데도 다우닝이 미처 신경을 쓰지 못하는 데는 어느 정도 소녀의 탓도 있었다.

"땅돼지들, 어서 일을 시작해!" 관람객들이 속속 늘어나는 모습을 보고 다우닝이 소리치자, 청년들은 네 발로 엎드려 자갈 바닥에 주둥이를 박고는, 전혀 땅돼지 같지 않은 모습으로 미친 듯이 겅중겅중 뛴다. 배스 스트리트와 테라스 림이 교차하는 빅토리아 테라스 24번지에는 현관문에서부터 두 줄로 기다란 행렬이 생겨나기 시작한다.

***

그것이 시작되자 모든 게 무너져버렸다. 방금 입수된 사진이 있다는 소리가 위층 텔레비전에서 흘러나오고, 알렉산더 페인 윌슨 의원이 나치 땅돼지를 소유하고 있다는 보도가 이어진다. 굳이 텔레비전을 보지 않아도 헤르만 괴링의 사냥터 오두막이, 그곳에 놓인 땅돼지가 화면을 장식하고 있을 것이 뻔하기 때문에, 당신은 휴대전화를 들어 읽지 않은 문자가 5,063통, 이메일이 8,292통으로 늘어나 있는 것만 확인하고, 이쯤 되니 더 볼 필요도 없이 자신의 선호도가 박살났다는 사실을 직감한다.

"토비." 당신이 말한다. "내 말 좀 들어봐."

"당신이 그레그 탬피코를 어떻게 아냐고." 그녀가 다시 묻자 당신은 하마터면 대답할 뻔하지만, 그러지 않는다.

비키가 정말로 어제 아침에 페덱스 트럭에서 그레그 탬피코를 본 것인지, 정말로 탬피코가 변장한 것인지 확실치 않은 데다가, 솔직히 탬피코는 비밀을 감추는 일에 어처구니없을 만큼 서툴렀기 때문에 이런 일은 그답지 않다고 생각했다. 한번은 당신의 생일에 포토맥 강에서 함께 제트 스키를 탈 깜짝 계획을 세워놓고는 입이 간지러웠던 나머지 아침이 지나기도 전에 계획을 털어놓은 적도 있어서, 정말로 탬피코가 땅돼지를 배달한 것이라면, 이렇게 오래 끌지도 않았을 테고, 적어도 이것보다는 빨리 웃으면서 장난이었다고 털어놓거나, 적어도 지금쯤 문자나 뭐 그런 것을 보내거나, 어디서 바보 같은 땅돼지 이모지라도 찾아서 보냈을 것이라고 생각하기 때문이다. 당신은 토비에게 아무 말이나 지껄이면서 머릿속으로 기억을 되돌려서 모든 것이 먹통이 되었던 어제 아침, 애셔 플레이스 2486번지의 뜨거운 현관 계단을 떠올리지만 여전히 납득이 가지 않는다. 배달원의 수염은 확실히 수상해 보였고, 안경알도 확실히 두꺼웠으며, 전체적으로 보았을 때 그레그 탬피코라고도 볼 수 있는 체격이었지만, 누가 알겠는가, 확실히 어떻다고 말은 못하겠지만, 그를 알아보았든 알아보지 못했든 간에 자신에게 문제가 있다고는 생각하지 않는다.

당신은 브라이언 캐슬이 왜 토비에게 그레그 탬피코의 사진을 보냈는지 전혀 모르겠다고 말한다. 그와는 기금 모금 행사에서 만난 것이 전부이고, 그래, 뭐, 어설프게 추측을 하자면, 땅돼지도 그가 보내온 것일 수도 있지만 나도 정확히는 모른다고 힘주어 맹세하던 그때, 비키의 늘씬하고 예쁜 엄마가 문 앞에 나타난다.

비키 엄마는 노크도 하지 않고 집 안으로 들어온다. 그리고 감사 인사는커녕 당신을 거들떠보지도 않는다. 오히려 올리오크를 보며 그에게 고맙다고 하는데—도대체 뭐가 고마운 것인지 당신으로서는 짐작도 가지 않지만—비키의 예쁜 엄마가 당신을 무시하자, 당신도 조금 비열한 방식으로 방어적인 태도를 취하게 된다. 토비 캐슬이 "이건 말이 안 돼. 뭔가가 잘못됐어"라고 악을 쓰는데도, 올리오크는, 그에게 신의 축복이 있을지니, 지금까지 토비에게 헤레로족에 관해, 그가 아는 그레그 탬피코에 관해 입도 뻥긋하지 않아서, 그가 비키의 엄마를 상대하는 동안 당신은 그에게 고마워, 친구라는 듯한 감사의 눈길을 보내지만, 그는 그저 당신을 빤히 쳐다볼 뿐이다. 멍하니. 그 멍한 표정 뒤에 천진난만한 빛이 감돌고 있다. 무엇인가를 숨기고 있는 사람이 결백해 보이려고 꾸며내는 그 의도적인 표정을 보며, 당신은 슬며시 깨닫게 되는 것이 있다.

언론에 사진을 흘리고 있는 사람은 올리오크이다. 마지막 사진은 조금 전 당신을 따라 차고에서 집으로 올라오면서 보냈을 것이다. 올리오크 외에 사냥터 오두막에 대해 아는 사람이 또 누가 있겠는가? 땅돼지의 기나긴 역사나 탬피코가 나미비아에서 땅돼지를 선물받을 때 찍은 그 염병할 사진에 대해 속속들이 아는 사람이 또 누가 있겠는가? 하지만 왜, 올리오크가 왜 이렇게 당신의 뒤통수를 치는지 당신은 이해가 가지 않고, 그러면서 토비에게 기다리라고, 제기랄 그냥 좀 기다리라고, 그러면 그레그 탬피코에 관해 설명해주겠다고 말하지만 그녀는 믿지 않는다. 토비는 이미 마음을 정리했다.

“다 끝났어.” 그녀가 말한다. “부디 모든 것이 원만하게 해결되길 바랄게, 알렉스.”

토비는 자리에서 일어나서, 이미 당신을 잊고 ‘새로운 누군가’를 만날 준비가 된 것처럼 완벽한 자세로 몸을 곧추세운다.

토비 캐슬이 퇴장한다. 당신이나 지금 입고 있는 당신의 옷은 안중에 없다는 듯 현관문을 성큼성큼 걸어 나간다. 비키의 예쁜 엄마도 현관에 있는 계단 아래로 아들을 끌어당기며 그 뒤를 바짝 쫓는데, 비키는 나가는 내내 현관문이 닫힐 때까지 “땅돼지, 난 땅돼지를 보고 싶단 말이야!”라고 울부짖는다. 이제는 단지 전체를 점령한 것처럼 보이는 기자들과 파파라치 무리에서 우레와 같은 셔터음이 터져나온다.

당신은 뒤를 돌아서 올리오크를 마주본다. “당신이 그 빌어먹을 나치 사진을 흘렸어요?” 당신이 묻는다.

올리오크는 아무 말이 없다. 그대로 부엌으로 들어가더니 땅콩버터를 한 통 꺼낸다. 그리고 자신의 녹슨 과도를 찾아 두리번거린다.

“내 칼 어딨죠?” 그가 묻는다.

“염병할 칼 좋아하시네”라고 내뱉은 당신은, 열세 살 때 하던 방식대로 쿵쿵 발소리를 내며 위층 침실로 올라간다.

당신은 침대 매트리스에 주저앉는다.

이 매트리스는 클러프트의 10겹으로 된 팔레 루아얄 킹사이즈(3만2,878달러)로, 10파운드의 캐시미어와 모헤어, 실크, 울로 만들어진 이것을 양손으로 꾹 누르며 당신은 마음을 단단히 먹고, 리모컨을 들어 삼성 텔레비전을 켜고 자신에게 부과된 다음의 혐의들에 대해서 들어본다.

당신은 레이시 법을 어겼을 가능성이 크다. 당신은 나치 동조자일 가능성도 있다. 당신은 (이제는 아니지만) 토비 캐슬과 약혼했는데, 그녀의 아버지인 브라이언 캐슬은 미국의 일자리를 해외로 넘겨주는 IT 기업들을 지원해서 떼돈을 벌었다.

약 7분 전에 당신의 거실에서 찍힌 것으로 보이는 비키의 사진이 화면에 등장한다.

당신이 비키에게 보인 친절에는 아무도 관심을 두지 않는다. 그들이 관심을 가지는 것은 어린 비키가 누워 있는 빅토피아풍의 샛노란색 벨벳 소파이다. 당신은 1,900달러라는 헐값에 구입했지만, 실제 가치는 1만2,000달러를 훌쩍 뛰어넘는 물건이라, 지금 MSNBC에서는 낸시 비버스 나부랭이가 나와서 젊은 의원이 어디서 돈이 나서 그런 사치품을 샀겠느냐며 의문을 제기하고 있다.

당신은 지난 3년간 의회에서 공화당의 그 어떤 초선 의원보다 더 많은 법안들을 통과시켰고, 버지니아 주를 위해 5,500만 달러의 기금을 확보했으며, 의장에게 "일벌레"니 "떠오르는 별"이니

하는 칭찬을 들어왔다. 어디 그뿐이랴. 지미 팰런 쇼에 출연해 평소의 운동 방식을 공개했고, 버즈피드의 "가장 섹시한 의원" 명단에도 올랐지만, 이제 와서 그게 다 무슨 소용이란 말인가. 새로운 혐의가 추가되자마자 감사 대상이 되는 것을. 당신의 재정을 파헤치기 위한 조사단이 구성된다. 조사단이 깊이 파고들면, 물론 당연히 그렇게 하겠지만, 당신이 저지른 온갖 부정의 실체가 드러날 것이다. 전부 사실이니까. 당신은 자신이 나고 자란 부모님의 집을 공화당의 거물 지지자에게 시세보다 훨씬 더 비싼 값에 팔아서 포기 보텀에 있는 이 호화찬란한 빅토리아풍 타운하우스를 샀다. 국민의 세금 수십만 달러로 사적인 항공비를 충당하고 집무실과 자택에 비싼 참나무 가구를 들여놓았다는 데도 변명의 여지가 없는데, 이유를 설명하기는 힘들지만 당신은 마치 부모에게 사랑받지 못한 아이처럼 자신에게는 미국으로부터 돈을 뜯어낼 권리가 있다고 느낀다. 앞으로 몇 주일 안에 의회 위원회가 구성되고, 국세청이 당신의 계좌를 압류하고, 검은색 점프수트 비슷한 것을 입은 한 무리의 남성들이 땅돼지가 들어 있던 상자보다 훨씬 큰 골판지 상자를 몇 개씩 들고 애셔 플레이스 2486번지로 쳐들어와서는 옷장이 있는 2층으로 올라가 『위대함의 형상』에서 로널드 레이건이 입고 있던 옷들과 정확히 일치하는 당신이 수집한 의상들을 전부 상자에 넣어 가져가버릴 텐데, 그러면 탬피코의 땅돼지는 사람들의 기억 속에서 점점 희미해질 것이다.

토비 캐슬의 음부 냄새가 아직도 스멀스멀 올라오는 침대 시트로 덮인 클러프트의 팔레 루아얄 매트리스에 우두커니 앉아 있는 지금, 당신이 여태까지 성취한 모든 것들과 지금까지 해온 모든 일들이 빛을 잃는다. 공항은 물 건너갔다. "알렉산더 페인 윌슨"이라는 이름은 미국 정치사의 끄트머리 어딘가에 영원히 새겨지겠지만, 당신이 남기게 될 업적은 이 일시적인 언론의 취재 열기가 전부인 데다, 이마저도 앞으로 6개월만 지나면 아무도 기억하지 못할 것이다. 세상은 너무나도 빨리 돌아가니까.

휴대전화를 확인하니, 이제 읽지 않은 문자가 9,491통, 이메일이 1만2,722통이라고 표시되어 있다. 당신은 검색창에 **땅돼지**라고 입력한다.

1만 건이 넘게 검색된다.

이번에는 **탬피코**라고 입력한다.

그레그 탬피코에 관한 것은 아무것도 없다. 화면에 뜨는 내용은 비서관인 바브 뉴버그가 어제 아침 일찍 보내준 기사가 전부이다.

당신이 로널드 레이건을 좋아하는 것을 아는 바브 뉴버그는 당신을 배려해서인지 달리 할 일이 없어서인지 레이건의 생가에 관한 기사를 보내주었다. 레이건이 태어난 곳은 소박한 방이 2개

있는 아파트로, 이 소박한 2층짜리 벽돌 건물은 현재 퍼스트 내셔널 은행이 사용하고 있으며, 양옆에는 보험회사와 장례식장이 자리하고 있다. 주소는 일리노이 주에 있는 탬피코라는 작은 마을이다.

이걸 좋아하실 것 같아서요—바브☺라는 메시지도 함께 들어 있다.

당신의 관심을 끄는 것은 기이한 우연의 일치로 마을의 이름이 탬피코라는 사실도 아니고, 그 건물 자체도 아니다. 옆 건물에 있는 수수한 장례식장을 보자 오늘이, 월요일이, 장례식이 치러지는 날이라는 사실이 떠오른다.

알렉산드리아에 있는 머피 앤드 밀리켄 장례식장에서 2시에 시작한다고 써 있는 것을 본 기억이 나는데, 장소는 그레그 탬피코의 집이 있는 킹 스트리트에서 엎어지면 코 닿을 거리에 있는 프린스 스트리트이며, 당신은 여전히 자신이 틀렸을지도 모른다는 마음으로 장례식에 갈 것이다. 비키라는 꼬마가 말한 대로 그가 그 남자를 보았다면 탬피코는 살아 있는 것이고, 마지막으로 헤어졌을 때 당신에게 화가 나서, 그저 당신을 혼쭐내주려고, 평소답지 않게 오래 참고 있는 것인지도 모른다. 그게 사실이라면, 당신 어머니의 표현대로, 하느님 세상에 맙소사, 관에는 도대체 무엇이 들어 있을까?

3

회색이나 검은색 브로드클로스(촘촘하고 광택이 있는 직물의 한 종류/옮긴이) 정장에 색감이 화려한 실크 넥타이를 맨 열두 명의 신사들이 등장한다. 변호사와 은행가, 교사, 토목기사, 의사들이 등장한다. 길거리에서 쇼를 하는 원숭이처럼 중절모를 쓴 언론인들과 신문기자들이 등장하고, 곧이어 다우닝의 최대 경쟁자인 월터 포터가 등장한다. 그는 붉은 기가 도는 금발에 보타이를 매고 구레나룻을 길렀는데, 그가 나타나자 몇몇 사람들이 알아보고 사인을 부탁하는 것으로 보아 저 사람이 월터 포터라는 사실에는 의심의 여지가 없다. 신문기자들이 전시회장 밖에서 포터를 인터뷰하며 토씨 하나까지 받아 적고 있다는 사실을 눈치챈 다우닝은 기분이 언짢아지지만, 포터는 자신도 다른 모든 이들처럼 아프리카산 땅돼지가 궁금해서 보러 왔으며, 자신은 오래 전부터 다우닝 작품의 팬이었고, 분명히 '엄청난 전시회'가 될 것이라고 장담하는데, 전시회가 시작되고 보니 정말로 월터 포터의 말이 맞았다.

입장료는 없다. 시간이 조금 흐르고 신사들이 모두 도착할 즈음, 이제 미숙련 노동자들과 광부들, 방직공들, 열차 짐꾼들이 끝단을 둘둘 만 바지와 시골풍 트위드 재킷을 입고 석탄재로 더러워진 부츠를 신고 등장하며, 그다음에는 비뚤비뚤하게 꿰맨 자국이 드러난 볼품없는 면직 재킷을 걸친 행상꾼들이 처음으로 삐걱거리는 채소 수레 없이 사람들 앞에 나타난다. 이제 하수구 청소부와 쥐잡이들이 악취를 풍기며 등장하고, 얼굴에 검댕이 묻은 거리 및 굴뚝 청소부들이 그 뒤를 따른다. 그리고 각자 자신과 맞는 부류를 찾아 서로 어울린다. 태양이 쨍하게 비춘다. 찌는 듯이 더운 날이다. 역시 8월답다. 얼큰하게 취한 극단 청년들이 가짜 주둥이를 흔들며 가짜 발굽으로 포석이 깔린 땅을 긁어댄다. 다 함께 그 모습을 구경하며 깔깔대고 손가락질하고 있을 때, 길 건너의 올세인츠 교회에서 뾰족하게 생긴 나무문이 활짝 열리면서 검은색 성직복을 껴입은 뚱뚱한 성직자들이 벌겋게 익은 얼굴로 쏟아져나오고—서늘한 교회의 전실에 있다가 땅돼지를 보기 위해 발걸음을 옮긴 것이다—다우닝은 이제, 드디어, 마침내 '때'가 되었다고 판단한다.

"입장하십시오"라는 소리와 함께 첫 번째 관람객들이 박제 가게 안으로 들어와서는, 땅돼지를 보고 입을 다물지 못한다.

이제부터 다우닝은 물러나 있을 생각이다. 그는 자신의 전시회장에 계속 머무르는 법이 없다. 늘 가게를 빠져나와서 그린 오터라는 술집에 가서는 비평가들이 자신의 작품을 평가하는 동안 혼자서 술을 한 잔 마신다. 자신의 작품에 관해서라면 이미 잘 알고 있고, 그 작품이 자신이 할 수 있는 최선임을 알기 때문이다. 그래서 다우닝은 해럴드 스키너에게, 지금으로부터 딱 1년 전에 아프리카산 박제 기린을 경매에 부쳤을 때, 경매사 역할을 맡아 박제 기린을 뉴워크 박물관에 상당히 높은 가격에 팔아준 바로 그 사람에게 여느 때와 다름없이 정중하게 인사하고, 이날 오후에도 기쁜 마음으로 친구에게 그야말로 전권을 넘겨준 채 가게를 나서고는 아무런 근심이나 걱정 없이 올세인츠 교회 앞을 지나간다.

배스 스트리트를 슬슬 걸어 내려가다가 왼쪽으로 꺾어 클래렌스 스트리트에 들어선 다음, 구부정한 샛길을 지나 그린 오터에 다다른다. 오늘 밤은 여기서 주문한 음식으로 리처드와 함께 실컷 먹고 마실 생각이다. 오렌지 소스가 곁들여진 오리구이와 완두콩 또는 베이컨 콩볶음 중에 어떤 것으로 하시겠냐는 질문에, 어젯밤의 허기가 아직 가라앉지 않은 그는 둘 다 주문하고, 프랑스산 말벡 와인을 두 병이나 주문해서 지금 바쁜 일 따위는 하나도 없다는 듯 천천히 시음하고는, 그러고 나서야, 드디어, 자기 자신에게 주는 선물인 맥주 한 잔을 시킨다.

다우닝은 박제 작품을 완성하면 언제나 거품이 풍성하게 올라온 맥주 한 잔으로 자축한다. 오늘 오후에도, 태양이 크라운 유리로 만든 술집의 작고 동그란 창문들마저 녹여버릴 듯이 이글거리는 가운데, 한쪽 구석에 홀로 앉아서 맥주를 홀짝이자 달콤한 홉의 맛이 혀를 뒤덮고는 목구멍을 뜨끈하게 간지럽히며 미끄러져 내려간다. 술을 마시고 있지만 정신은 너무나도 또렷하다. 그는 아무 생각도 하지 않는다. 아무것도 바라지 않는다.

그의 영혼은 과거에 연연하지 않고, 미래를 바라보지도 않으며, 그의 머릿속엔 리처드도, 땅돼지도 없다. 전시회에 참석한 사람들이나 참석하지 않은 사람들도, 곧 도착할 젊은 리베카 오슬릿도, 사치스러운 저녁 식사비도 그의 관심 밖이다. 하지만 그가 자리를 비운 사이에 무슨 일이 벌어질지 미리 알았더라면, 이런 것들을 염두에 두었어야 했을지도 모른다.

***

당신은 장례식이라면 언제나 질색이었다. 죽은 것은 물론이고, 아픈 것조차 생각하고 싶지 않다. 버지니아 대학교에서 보낸 학창시절 내내 교수들은 하나같이 당신에게 죽음과 상대성과 역사를 들이밀었지만 당신은 삶과 확실성에 집중하는 것이 좋았고,

그건 지금도 마찬가지이며, 과거는 잊은 채로 미래를 맞이하고 싶었다. 하지만 그런 이야기를 하는 사람은 당신밖에 없어서, 감탄스러울 만큼 낙관적인 당신과 달리 왜 대학에 있는 사람들은 늘 감탄스러울 만큼 비관적으로 구는지 의아할 때가 많았다. 그리고 결과는 끔찍하겠지만, 그레그 탬피코가 살아 있을지 모른다는 생각도 이런 낙관적인 생각의 발로로, 당신은 침대에서 일어나 침실을 빠져나가 아래층으로 내려가서는, 올리오크가 빌어먹을 샌드위치를 먹고 있는 부엌을 멀찍이 돌아(당신은 정말로 온 마음을 다해 올리오크를 증오한다), 다시 한번 차고로 가서 타호에 올라탄 다음, 놀랍도록 신속하게 애셔 플레이스 2486번지를 떠난다.

아무도 예상하지 못한 외출이었기 때문에 당신은 잽싸게 빠져나온다. 차고 문이 올라가고 별안간 당신의 타호가 햇살 아래로 튀어나오자 사진 기자들은 아연실색한다. 카메라를 켜거나 흰색 벤에 올라탈 경황도 없다. 그러는 사이에 당신은 거칠게 차를 몰아 알렉산드리아로 향하고, 이제 OJ 심슨의 차량 추격전처럼 당신이 타호를 모는 모습도 미국 전역에 생방송으로 중계된다.

당신은 저들을 따돌려야 한다. 저들을 따돌려야 한다는 생각에 정지 신호를 미친 듯이 무시하고, 좌회전과 우회전을 반복하며 시내를 요리조리 누비지만, 어디서 따로 운전 교습이라도 받는지 파파라치들의 운전 실력은 대단하고, 누가 경찰에 신고를 했는지 멀리서 사이렌 소리도 들려온다. 경찰이 당신을 잡으러 오고 있는 것이다. 미치고 팔짝 뛸 노릇이다. 이보다 더 끔찍한 장면이 또 있을까?

다 끝났다고, 염병할 끝이라고, 이제 끝장이라고 당신은 생각하지만, 얼마 가지 않아서, 오, 주여, 기적이 일어난다.

모퉁이를 돌아 컨스티튜션 애비뉴에 들어서자, 미합중국의 빌어먹을 대통령과 그의 차량 행렬이 나타난다.

당신은 평소에 대통령을 그리 좋아하지 않았다. 대통령은 59세의 오하이오 주 출신 민주당원으로, 낸시 비버스 나부랭이가 "시민의 대변자"니 어쩌니 하는 허튼소리를 끌어다 붙여 사소한 육아 휴직 법안 하나를 통과시킨 것을 두고 최근에 있었던 각료회의에서 그녀의 끈기를 콕 집어 칭찬했던 것이다. 하지만 오, 이런, 당신은 이제 그의 팬이 되었다. 대통령의 검은 쉐보레 타호 차량들이 거대한 딱정벌레들의 행렬처럼 컨스티튜션 애비뉴를 따라 내려오자, 파파라치들의 하얀 화물차는 도로를 에워싼 경찰들에게 바로 제지당해서 오도 가도 못하게 가로막혔지만, 당신은? 경찰들이 수신호를 하며 그대로 통과시켜준다! 당신은 놀라우리만큼 수월하게 그들을 지나—배짱 좋게 손까지 흔들며—대통령의 차량 행렬 안으로 섞여 들어가고, 그렇게 모두를 속여 눈에 보이지 않는 존재가 된다. 어떤 타호가 누구의 타호인지 아무도 모르는 만큼, 당신은 아무런 양심의 가책 없이 자신이 대통령이 된 것처럼 이 상황을 즐길 수 있고, 그렇기에 당신은 기꺼이 이 순간을 만끽한다. 바깥에서는 사람들이 인도를 따라 늘어서 환호나 야유를 퍼붓고 있고, 손에는 당연히 알록달록한 팻말을 들고 있으며, 쓰여 있는 내용은 전부 시위의 단골 소재이지만 당신의 눈에는 하나도 들어오지 않는다. 하지만 스미소니언을 빙 돌아서 내셔널 몰의 지하 터널로 들어가려고 브레이크를 밟으며 9번가 고속화 도로 쪽으로 급히 우회전을 하던 순간, 양 갈래 머리를 한 어린 여자아이가 아버지의 어깨 위에 무동을 서고 있는 모습이 눈에 들어온다.

많아야 다섯 살쯤 되었을 것 같다. 높이 치켜든 아이의 손에는 크레용으로 그린 어설픈 그림이 들려 있는데, 다른 사람들은 못 알아볼지 몰라도 당신은 땅돼지라는 것을 확실히 알아본다. 거대한 땅돼지의 배 부분에 옛 독일 나치당을 상징하는 검은색 만자 무늬가 커다랗게 그려져 있다. 이 장면을 끝으로 당신은 땅속으로 들어가 395번 국도 방면으로 향하고, 어둠 속에서 빠져나와서는 다시 한번 14번가 다리로 접근해 마침내 포토맥 강을 가로지르는 다리를 유유히 건넌다.

추격자도 방해꾼도 없다. 당신의 인생에서 지금보다 더 편안하고 평온했던 적이 또 없던 것 같다. 당신은 실소를 터뜨리며, 습관적인 행동이자 기쁨의 표시로 조수석 앞 서랍에서 레이밴 선글라스를 꺼내 쓰고는 백미러로 자신의 모습을 힐끗 확인한다.

그런데 타호의 뒷좌석을 차지하고 있던 거대한 박제 동물이 보이지 않는다.

땅돼지가 사라졌다. 그러자 편안하던 마음에 일순간 근심과 절망이 내려앉는다. 땅돼지를 없애고 얻고 싶던 안도감은 찾아오지 않는다. 당신이 없앤 것이 아니니까. 누군가가 어떤 수를 써서 땅돼지에 손을 댄 것 같은데, 그렇다면 누군가가 당신의 차 안에, 집 안에 들어왔다는 뜻이니까. 당신은 상당히 소름이 끼치는 기분이 든다. 더 솔직히 말하자면, 누군가가 당신의 내부를 싹 비워간 느낌이다. 땅돼지가 사라지자 타호가 엄청나게 크고, 엄청나게 공허하게 느껴져서, 땅돼지가 당신을 바라보던 슬프면서도 수줍은 듯한 눈길을 당신이 어느 정도 그리워하고 있다는 사실을 깨닫는다. 그레그 탬피코가 당신을 바라보던 눈길이 항상 그러했다.

뭐라고 설명해야 할까. 당신을 그런 눈으로 보는 존재는 여태껏 없었고, 아마도 다시는 없을 테지만, 땅돼지에게 무슨 일이 일어났든지 간에 이제 와서 돌아갈 수는 없다. 그저 어두운 마음속 동굴에 새롭게 비쳐드는 희미한 빛을 따라 그레그 탬피코의 장례식을 향해 계속해서 질주할 수밖에 없다. 이 모든 것이 그저 장난이거나 아니면 어떤 실수에 불과할지도 모르니까.

당신은 그레그 탬피코가 죽었는지 살았는지 알 수 없다. 비키가 본 사람이 정말로 우스꽝스러운 모습으로 변장하던 그레그 탬피코였는지, 커다란 가짜 안경을 쓰고 수염을 붙인 다른 사람이었는지도 알 수 없다. 만약 그레그 탬피코가 아니었다면, 설마 그 사람일까 싶으면서도 아무래도 미심쩍게 느껴지는 인물이 있기는 하다.

***

리베카 오슬릿은 동물에게 불멸의 영혼이 있는지에 관한 문제를 오랫동안 고민해왔다. 그녀는 동물을 지각이 없는 기계로 보는 데카르트적인 관점을 부정했고, "자연은 무의미하거나 헛된 것을 만들어내지 않으므로, 모든 동물들은 인간을 위해 만들어진 것이 틀림없다"라는 아리스토텔레스의 견해는 너무 오만하다고 생각했다. 시도 때도 없이 "인간"과 "하등동물"을 구분지어 말하는 다윈도 못마땅했고, 자신이 짐승보다 우월하다고 믿는 인간들에게는 진절머리가 났으며, 괴테의 생각 또한 잘못되었다고 느꼈다. 동물은 "그 자체가 목적"이 아니라, 예민하고 영리하며 신성한 존재이고, 그렇기 때문에 동물도 인간처럼 불멸의 영혼을 가지고 항해해야 한다. 이러한 생각은 일찍이 앤 브론테의 첫 소설 『아그네스 그레이』를 읽으며 굳어졌는데, 이 책이 발간된 1847년은 현재 스물여덟 살인 리베카 그린이 태어난 해이기도 했다.

잔인한 블룸필드 부인이 책 속에서 내뱉은 한마디는 그녀를 소름 끼치게 했다. "동물은 전부 우리의 편의를 위해 창조된 것"이라는 블룸필드 부인의 대사에서 "편의"라는 단어가 너무나도 혐오스러웠던 리베카는 에든버러 대학교에서 하고 있던 의학 공부를 즉시 중단했다. 그녀가 입학한 1871년은 에든버러 대학교가 역사상 최초로 일곱 명의 여학생을 입학시킨 해로부터 겨우 2년이 지난 시점으로, 처음에는 남성 교수진의 반대에 부딪혔지만 결국 그녀는 식물학과로 옮겨도 좋다는 허가를 학교로부터 받아냈다.

그러나 그 전에 들었던 리처드 오슬릿 경의 수업 하나는 매우 만족스러웠다. "실용 포유동물학"이라는 수업으로, 리처드는 이 수업에서 빈번히 동물에게도 영혼이 있다고 주장하며, 라이프니츠가 무려 1695년에 발표한 「자연의 새로운 체계」에서 동물은 스스로 체계를 갖추어나가는 존재이지 다른 누군가에 의해서 "체계가 갖추어지는 물건"이 아니라고 한 내용이나, 헝가리의 교황대사였던 히에로니무스 로라리우스가 그보다 이른 1547년에 남긴 "동물이 인간보다 이성을 더 잘 사용할 때가 많다"는 기록을 인용했다. 리베카는 동물을 변호하고 세계를 두루 다니며 자연

서식지에서 포유류를 연구하는 오슬릿이라는 남자에게 매료되어, 어느 화창한 아침에 어둑어둑한 그의 교수실로 들어가 단호하고 현실적인 말투로, 리베카 그린과 리처드 오슬릿 경이 결혼해야만 하는 이유를 간략하게 전달했다.

그녀의 말을 듣고 있던 리처드의 눈이 휘둥그레지더니 아찔할 정도로 툭 튀어나왔지만 리베카는 아랑곳하지 않았고, 상대가 콜록거리며 사과하는 모습을 재미있게 바라보았다. 오슬릿은 자신의 눈은 걸핏하면 이렇게 부어오른다고 말하고는, 자신의 눈은 상태가 좋지 않으며, 언젠가는 눈이 완전히 멀게 될 것이라는 사실을 그녀가 받아들일 수 있다면 자신 역시 우리의 결혼이 서로에게 이득이 될 것이라는 리베카의 말에 동의한다고 말했다.

"저는 조금도 신경 안 써요." 리베카가 말했다.

두 사람은 돌아오는 봄에 결혼했다. 예식 때 리베카는 파란색 긴소매 모슬린 드레스에 자그마한 주황색 모자를 쓰고, 큐 왕립식물원의 온실에서 재배한 주황색 제라늄 한 송이를 모자 옆에 달았다. 몇 달 동안 진행될 갈라파고스 탐사를 준비 중이던 리처드는 그날 저녁 신부에게 결혼 선물로 구입한 런던 글로스터 워크의 새 아파트를 보여주었다. 그리고 자신이 없는 몇 달 동안 그녀가 외로울까봐, 꼼지락거리는 갈색 강아지 세 마리도 선물했는데, 세 마리 모두 부드럽고 기다란 귀와 원뿔 모양의 머리가 특징인 순종 아이리시 세터 암컷이었고, 리베카는 『아그네스 그레이』에 경의를 표하는 의미에서 각각 앤, 샬럿, 에밀리라고 이름을 붙였다. 바로 그 브론테 자매 세 마리와 함께 마차를 탄 리베카 오슬릿은, 남편이 마지막으로 연구한 땅돼지를 보기 위해 로열 레밍턴 스파의 빅토리아 테라스 24번지에 도착한다.

이제 성견이 된 브론테 자매들은 잔뜩 흥분해서 차례대로 마차에서 뛰어내린다.

뒤이어 내린 리베카는 티투스 다우닝의 박제 가게 앞에 두 줄로 길게 늘어선 사람들을 한번 훑어보고는, 영국에 존재하는 온갖 계층의 남자들이 모여들었지만, 적어도 그녀가 서 있는 자리에서 보기에 여자는 자신밖에 없다는 사실을 금세 알아챘다.

처음에는 리베카 오슬릿도 그렇게 당황하지는 않는다. 과학계에 종사하는 여성으로서는 익숙한 일이어서, 모자 끝을 기울여 인사하는 남자들에게 신사와 하층민을 가리지 않고 똑같이 목례로 답하지만, 극단 청년들이 나타나 그녀가 새로 장만한 퀴라스 보디스(드레스 위에 입는 여성용 조끼로 가슴과 허리가 꼭 맞게 되어 있음/옮긴이)와 남성적인 재킷, 스카프—최근에 런던에서 유행하는 스타일로, 허리 부분이 길게 되어 있어서 딱딱한 코르셋이 엉덩이 아래까지 내려오고, 치마 뒷부분에는 긴 단을 공작새 꼬리처럼 늘어뜨려 장식한, 굉장히 타이트한 드레스 세트—를 뚫어지게 바라보자, 리베카도 이제 다른 여자들이 이 근처에 오지 않는 이유를 깨닫는다. 술 취한 청년들은 레이디 오슬릿의 새 옷을 보고 돼지머리로 꿀꿀거린다. 기다란 귀가 그들의 뺨에 닿을 만큼 펄럭인다.

리베카가 그들 가까이 걸어오자 종이를 반죽해 만든 발굽을 치켜들었고, 그녀가 멈춰 서서 쳐다보자 존 윌리엄 홉스의 유명한 노래를 불러재끼며 서로 짝짓기하는 흉내를 내는데, 원래는 부드럽고 조심스럽게 불러서 듣는 사람들의 마음에 아이러니한 감정을 불러일으키는 이 합창곡을, 아이러니보다는 음란함을 추구하는 이 청년들이 놀라울 만큼 꽉 찬 6부 화음을 만들며 리베카를 향해 큰소리로 노래했다.

필리스는 나의 유일한 기쁨,
바람처럼 바다처럼 부정하지.
때로는 대범하고, 때로는 수줍고,
하지만 언제나 날 즐겁게 해주네,
하지만 언제나 날 즐겁게 해주네.

브론테 자매들은 춤추는 땅돼지들을 보고 혼비백산해 요란하게 짖으며 단원들 주위를 껑충껑충 돌더니, 짝짓기하는 모습을 보고는 두 눈을 반짝이며 낑낑거리고, 청년들의 다리 사이로 북슬북슬한 꼬리를 흔들어대지만, 리베카 오슬릿은 단원들이 그녀가 추켜올린 허리받이(스커트 뒷자락을 부풀리기 위해 허리에 대는 버팀대/옮긴이)에 축 늘어진 주둥이를 문지르고, 그 주둥이를 삐죽 치켜들며 멍청한 돼지들처럼 필리스! 필리스! 하고 꿀꿀거림에도 불구하고, 아무것도 보이지 않는다는 듯 무시하면서 그들 사이를 뚫고 지나간다.

그녀는 사슴 머리가 있는 티투스 다우닝의 가게 입구에 작고 부드러운 발 한쪽을 딛고, 곧이어 다른 발까지 올린 후 가게 안으로 들어선다.

주인은 부재중이다. 리베카는 다우닝이 박제한 거위와 꿩, 오리와 강아지, 물고기와 토끼, 한 무리의 여우들을 유쾌하게 둘러보고, 다우닝의 진열창 한가운데에서 우아하게 주둥이를 살짝 치켜들고 있는, 윤기가 자르르한 회갈색 암여우에 유난히 마음을 빼앗긴다.

수여우들이 그녀를 호위하는 것처럼 배치되어 있는데, 리베카는 그런 배치가 부자연스럽다고 생각한다. 암여우는 영리하기로 유명한 동물이라 혼자서도 충분히 자신과 새끼들을 지켜낼 수 있는 만큼, 저런 소심해 보이는 수여우들의 호위는 필요가 없다. 다우닝이 배치해놓은 수여우들은 오히려 매복을 하고 있는 것처럼 보인다고 그녀는 생각한다. 신사들이 가게 안으로 밀려들고 또 밀려들며 땅돼지를 보기 위해 다른 박제 동물들 앞을 재빨리 지나쳐 가는 동안, 리베카 오슬릿은 혼자 암여우 앞에 남아서 그것의 부드러운 머리에 손을 얹고, 새끼를 낳은 지 얼마 되지 않은 동물처럼 눈을 살짝 치켜뜬 채 만족스러운 표정을 짓고 있는 여우의 얼굴을 감탄스럽게 바라본다.

리베카가 리처드와 실제로 사랑을 나눈 횟수는 한 손으로 꼽을 수 있을 정도였다.

"난 당신보다 훨씬 늙었어." 둘이 같이 누울 때면 그는 이렇게 변명하거나, 지금은 일에 너무 빠져 있어서 마음을 느긋하게 먹기가 힘들다고 했고, 그녀가 자신에게 실망하는 것도 이해한다며, 솔직히 그녀의 욕구는 잘 모르겠지만 자신은 최소한으로만 하고 싶다고 털어놓아서, 그녀는 남편의 사망 소식을 듣고 슬프면서도 복잡하고 미묘한 감정을 느낄 수밖에 없었다.

리처드는 그녀가 평생 먹고살 걱정은 안 해도 될 만큼 상당한 유산을 남겨주었지만, 이제 곧 서른이 되는 그녀는 자녀를 낳지 못하게 될 가능성이 컸다. 그동안 글로스터 워크에서 외롭게 허비한 시간이 몇 달이나 되는지 모른다. 그녀는 리처드가 탐사에서 돌아오기만을 기다리며 브론테 자매들과 홀랜드 공원이나 하이드 공원을 산책했고, 오랜만에 돌아온 그는 하룻밤 정도만 리베카와 보내고는 다시 자신감을 잃고 자기연민에 빠져들었는데, 그는 사람들이나 무엇인가에 둘러싸여 있을 때는 너무나도 쾌활하고 남에게 베풀기 좋아하는 사람이라, 리베카는 그에게 이렇게 유별나고 우울한 면이 있을 줄은 결혼 전에는 상상도 하지 못했고, 그렇기에 그녀는 신혼생활을 시작한 지 1년도 되지 않아서 자신이 실수했다는 것을 깨달았다.

다우닝의 가게 안에는 달짝지근한 시더 오일의 숲속 같은 향기와 기름 먹인 가죽이며 털과 깃털, 탄산칼륨, 야자술, 회반죽 가루, 흙과 물을 섞은 찰흙, 갖가지 방부제와 수렴제, 분말과 라임 냄새 등이 감도는데, 그런 가운데서도 소나무와 머스크, 로즈메리의 향이 혼합된 장뇌의 냄새를, 리처드에게서 나던 그 익숙한 냄새를 맡은 리베카 오슬릿은 그제야 비로소 암여우에게서 몸을 돌릴 용기를 얻는다.

오후 2시이다. 태양이 티투스 다우닝의 가게 안으로 무자비하게 쏟아져 들어와 땅돼지의 얼굴에 신선한 새로운 빛을 넓게 드리운다.

귀밑에서부터 주둥이까지 털이 이어져 있는 부드러운 얼굴에 살가운 기운이 돌아서, 리베카가 보기엔 브론테 자매들이 저녁을 먹은 후에 짓는 표정과 매우 흡사했다. 살가죽은 노르스름한 분홍빛이지만 안쪽은 갈색을 띠고, 두툼한 다리—앞다리는 척행,

뒷다리는 지행—의 뒤쪽에서부터는 어두운 빛깔의 털이 휘감겨 나오며, 그에 반해 귀는 엄청나게 넓적하지만 햇살이 통과할 수 있을 정도로 얇아서 극명한 대비를 이루는데, 리베카 오슬릿은 그걸 보자마자 리처드가 갈라파고스에서 돌아올 때 선물로 가져다준 거대한 소라고둥의 복숭앗빛 속껍질을 떠올리고, 신사들 사이에서 조용히 땅돼지를 감상하다가 순간 새로운 경외감에 완전히 사로잡힌다. 성별 같은 것은 아득히 사라져간다. 그녀는 남자들 사이에 있는 여자가 아니라, 인간들 사이에 있는 인간이고, 저 신사들도 같은 감정이리라고 생각한다. 이것은 토끼 귀에 돼지 주둥이를 하고 한쪽 발굽을 치켜든 우스꽝스러운 동물을 향한 일종의 집단적인 기도이다. 땅돼지는 정말로 생생하게 살아 있는 것처럼 보여서, 금방이라도 받침대에서 내려올 것만 같다!

그뿐만이 아니라, 리베카 오슬릿의 눈에는 이 동물의 무엇인가가 낯익어 보인다. 특히 낮게 주저앉은 저 널찍하고 평평한 이마 언저리가. 어쩌면 눈 밑에 해먹처럼 살이 도톰하게 올라 보이도록 한 다우닝의 표현 방식 때문일 수도 있다. 땅돼지의 표정에 담긴 다정함은 충격적일 만큼 인간의 모습에 가깝다. 그러면서도 한편으로는 배가 둥그렇게 튀어나와 있어, 뱃살의 어마어마한 무게를 감당하느라 북슬북슬한 등이 활처럼 굽어 있는 것도 신기한 노릇이다. 리베카가 손을 뻗어 아까 암여우에게 했듯이 땅돼지를 만지려고 하자, 신사 한 명이 꽥 소리를 지른다.

"부인, 그러시지 않는 게 좋을 걸요."

짙은 색 정장을 입은 열두 명의 남자들이 땅돼지를 둘러싼다. 양손은 주머니에 찔러넣은 채. 그들이 땅돼지를 바라보는 눈은 경건하기는커녕 냉정했고, 거기에서는 관대함도 즐거움도 찾아볼 수 없었다.

"만지지 마십시오. 외설적인 짐승입니다." 그 신사가 말한다.

"천박해요." 다른 남자가 덧붙인다.

세 번째 신사가 고개를 끄덕인다. "맞아요, 존. 정말 그래요."

그들은 차례차례 땅돼지를 "저속하다"고 평가한다. 어느 성스럽지 않은 세상에 있는 이름 모를 동굴에서 발견한 "혐오스러운 물건"이라고. 그러나 정장을 입은 남자들은 과학자가 아니라 그저 돈 많은 사람들일 뿐인 데다 — 그들은 자신들이 모르는 것은 사랑하지도 못하는데, 그들이 아는 것은 오직 돈뿐이다 — 오늘같이 더운 날 모직으로 된 정장까지 빼입고 온 터라 뺨이 달아오르고 짜증이 치밀어 오른 상태이다. 게다가 그들은 아무리 사소한 불편도 신으로부터 부여받은 자신들의 권위를 모독하는 것으로 여기는 족속이기 때문에, 땅돼지에 담긴 아름다움을 볼 수 없는 것이라고 리베카는 추측한다. 그들의 관자놀이로 땀방울이 길게 흘러내리는 것을 보며 땅돼지가 그들을 비웃는 것만 같다. 그래도 리베카는 다우닝이 손님들을 위해, 8월 초에 레밍턴 스파에서 오리크테로푸스 아페르를 보겠다고 뜨거운 태양 아래 줄을 서가며 기다린 수많은 사람들을 위해 다과를 준비했을 것이 틀림없다고 생각한다. 하지만 그런 것은 눈에 띄지 않는다.

바깥에서는 젊은 청년들이 주둥이를 달고 꿀꿀거리고, 안에서는 다 큰 어른들이 땀을 뻘뻘 흘리며 얼굴을 찌푸리고 있다. 사람들은 흥미를 잃고 속은 기분을 느끼고 있고, 이제 방 안은 태양빛에 불가마처럼 달아오르는데, 브론테 자매들은 털가죽을 벗어버리고 싶다는 듯이 몸을 부르르 떨더니 다우닝의 침실로 연결되는 문을 향해 바보같이 짖어댄다.

얼마 지나지 않아 사람들이 전부 빠져나가기 시작한다.

신사들이 너무 빨리 밖으로 나오자, 성직자부터 청소부까지 줄을 서 있던 다른 사람들은 도망치듯이 빠져나가는 신사들의 불그스름하고 생기 없는 얼굴을 보고, 이건 구경할 만한 가치가 없으며 아무래도 날이 너무 덥다고 판단하고는 하나둘씩 떠나간다. 가게를 둘러싸고 있던 긴 줄이 갈라지고 흩어져, 가게에는 결국 네 명만 남는다. 리베카 오슬릿과 유명한 보철구 제작자 해럴드 스키너, 월터 포터, 그리고 손이 조그맣고 볼은 축 처졌으며 수염이 듬성듬성하고 제멋대로 자라 언뜻 음모처럼 보이는 뚱뚱한 독일 남자, 이렇게 네 사람만이 남는다.

“포터입니다.” 월터 포터가 해럴드 스키너에게 손을 내밀며 말한다. “드디어 이렇게 만나 뵙네요.”

“저는 스키너입니다.” 해럴드 스키너가 말한다. “다우닝이 아니에요. 땅돼지를 구입하실 생각이시면 저에게 입찰액을 말씀하시면 됩니다.”

월터 포터는 놀란 표정으로 해럴드 스키너를 유심히 바라본다. “다우닝 씨는 안 계신가요?” 그가 묻는다.

스키너는 그렇다고, 다우닝은 없다고 답한다.

월터 포터는 땅돼지를 향해 몸을 기울이더니 다우닝의 솜씨를 꼼꼼히 살폈고, 리베카는 그의 손이 털가죽을 능숙하게 더듬으며 이음새를 찾는 것을 바라본다. 그러나 다우닝이 사용한 것은 이불을 누빌 때 사용하는 시침핀만큼이나 가느다란 25호 코팅 바늘이다. 붉은 기가 도는 금빛 구레나룻을 화려하게 길러 당당한 인상을 주는 월터 포터는 콧수염 사이로 숨을 크게 들이쉬고 내쉬며 “**아름답군요**”라고 속삭이더니, 방금 대어를 낚은 사람처럼 땅돼지의 꼬리를 감싸 쥔다. 다리는 하나하나가 몸통만 하다. 포터는 “**정말 자연스러워요**”라고 하더니 땅돼지의 얼굴에 자신의 얼굴을 갖다 대다가, 어느 순간 깜짝 놀라며 벌떡 일어선다.

그리고 리베카와 스키너에게 다우닝이 눈을 어떻게 작업했는지 아느냐고 묻는다.

티투스 다우닝의 박제 가게 안으로 쏟아져내리는 햇살 아래, 리처드 오슬릿의 파란색 홍채가 부풀어오른다.

포터는 "동물을 현지에서 포획하지 않는 이상 동물의 눈알은 보존하기가 힘들어요"라고 하더니, 다우닝은 아프리카에서 온 동물의 눈알을 어떻게 보존할 수 있었느냐고 묻는다. 3주일 내내 뮐러 용액에 담가두었나요? 아니면 이소프로필 알코올로 만든 습윤제? 아니면 얼음과 소금으로 냉각한 눈알을 반으로 절단해 마취제에 담갔다가 글리세린 수용액에 보관했나요? 누구 아는 분 계신가요?

리베카는 더욱 가까이 다가가 살펴본다. 그녀가 알고 있는 한, 야생 포유류의 눈은 갈색이고 오직 인간만이—개나 염소에게서 드물게 본 적은 있지만—파란 눈을 가지고 있다. 그녀는 리처드의 강의에서 들었던, 파란 눈은 자연적으로 발생하지 않는다는 내용이 떠오르는 순간, 귀신처럼 창백한 박제사가 무슨 짓을 했는지 깨닫고 공포에 질린다.

"부인, 괜찮으십니까?" 월터 포터가 묻고, 그와 해럴드 스키너가 양쪽에서 레이디 오슬릿의 팔을 한쪽씩 붙잡는다.

그녀는 의자에 털썩 주저앉는다.

지금 리베카 오슬릿의 마음을 불편하게 만든 것은, 남편의 눈알에 셸락을 칠해 거대한 박제 땅돼지의 눈구멍에 집어넣은 다우닝의 섬뜩한 행동이 아니다. 눈알을 찾으러 다니던 남편의 망령이 여전히 그것을 찾아 헤매고 있으며, 그렇다면 이 근처에 와 있으리라고 확신하기 때문이다. 그래서 초조하게 가게의 진열창 밖을 훔쳐보며 브론테 자매들에게 자신의 옆으로 오라고 힘없이 속삭이지만, 애완견들은 더 큰소리로 낑낑거리며 위층에 있는 다우닝의 침실로 연결되는 문을 긁어대는데, 리베카는 갑자기 보디스가 가슴을 조여옴을 느끼면서 가쁜 숨을 몰아쉰다.

포터와 스키너의 시선이 한쪽 구석에서 빈둥거리고 있는 독일 남자에게 꽂힌다. 그리고는 그에게 "물 좀 가져와요"라고 동시에 말한다.

독일인은 손가락으로 땅돼지를 가리킨다. 그는 자신이 아프리카 남부를 여러 번 다녀와서 저 동물에 관해서라면 빠삭하게 안다고 말한다. 그리고 조만간 다시 아프리카에 건너갈 예정이라고 한다. 독일이 무역 흑자를 낼 좋은 기회가 있다면서. 그리고 현재 프랑스는 알제리를 소유하고 있고, 영국은 케이프타운을 식민지로 삼았으며, 심지어 포르투갈조차 앙골라와 모잠비크를 점령했다고 설명한다—하지만 어쨌든 땅돼지의 눈은 파란색이 아니라며 다시 한번 박제품을 손가락으로 가리킨다. "블라우에 아우겐." 그는 변태적으로 즐거워하며 이 땅돼지가 파란 눈을 가졌다고 독일어로 이야기한다. 이 남자, 서른여섯 살의 하인리히 괴링은

3년 후에 열아홉 살짜리 프란치스카 티펜브룬을 만날 때도 이런 즐거운 표정을 지을 것이며, 놀랍도록 파란 눈을 가진 바이에른 주의 시골뜨기 처녀가 백치미를 풍기며 자신을 바라볼 때, 그는 잠시 후에 자신의 소유가 되는 이 땅돼지를 떠올리게 될 것이다. "패니" 티펜브룬은 얼마 후 패니 괴링이 되고, 결혼 생활이 중반쯤 이르렀을 때 넷째 아이 헤르만을 임신하는데, 그 아이는 어머니의 파란 눈을 물려받아 다시 한번 아버지를 기쁘게 할 것이다.

"정말 괜찮으십니까?" 월터 포터가 리베카에게 묻는 순간, 브론테 자매들이 한마음으로 뭉쳐서 마침내 문을 열고 만다.

애완견들은 분홍색 혀와 갈색 털을 펄럭이면서 다우닝의 침실로 이어지는 계단을 헐레벌떡 뛰어오른다. 폭이 좁은 계단에서 서로 앞다투다가 일렬을 이루어 다우닝의 침실로 쏜살같이 들어가는데, 브론테 자매들의 주인인 리처드 오슬럿이 가지색 벨벳 캐노피 커튼 한 장만이 호화롭게 드리워진 침대에 알몸으로 엎드려 있을 것이라고는 아무도 예상하지 못했다.

***

머피 앤드 밀리켄 장례식장은 단조로운 1층짜리 벽돌 건물로, 1980년대의 불황기를 아주 간신히 넘긴 듯한 모습을 하고 있다.

리뷰 사이트에서의 별점은 1.2점이다. 장례식장 정면에는 차에서 내리는 유가족에게 기품을 더해주려는 듯한 원형 진입로가 작고 초라하게 있고, 과도하게 돌출된 널따란 회색 굴뚝은 아늑한 초가지붕 오두막을 어설프게 흉내내고 있다. 시골 고속도로를 달리다 보면 심심치 않게 눈에 띄는, 변두리에나 있을 법한 건물이다. 하지만 상업 건축물이 많은 알렉산드리아에서는 주변 건물들의 빛에 가려 눈에 잘 띄지도 않는다. 근처에 7층짜리 주차건물 두 동과 오래 전에 폐쇄된 지하철역도 있는 데다가, 인근 부지의 대부분을 차지하고 있는 크레이트 앤드 배럴의 할인 매장이 무슨 외계 우주선처럼 장례식장 뒤에서 하얗게 빛을 내고 있다.

당신은 건물 뒤편에 차를 댄다. 주차장은 텅 비어 있다. 아직 오후 12시 20분이기 때문이다.

장례식이 시작되려면 1시간 넘게 있어야 한다.

장례식장 입구에도 오늘의 행사를 알려주는 안내문은 붙어 있지 않고, 장례식장으로 배달된 화환도 없으며 서명을 받는 방명록도 보이지 않는다. 창문에는 관 덮개처럼 생긴 보라색 모조 벨벳 커튼이 걸려 있고, 그 안으로 보이는 실내는 온통 컴컴하다. 너무 일찍 와서 그렇겠거니 하고 있는데, 문을 밀었더니 쉽게 열려서 당신은 화들짝 놀란다.

맨 처음 당신을 덮쳐오는 것은 냄새—꽃향기인지 허브향인지

도통 알 수 없는 향—와 그 냄새를 머금은 채로 바닥 전체를 덮고 있는 갈색 카펫이다. 당신은 카펫이 깔린 홀 안을 조용히 가로지르며, 탬피코는 경제력이 있으리라고 생각했는데, 설령 돈은 없더라도, 그래도 적어도 미적 감각은 있다고 생각했는데, 그레그 탬피코가 도대체 어쩌다가 이런 곳에서 신세를 지게 되었을까 의아해하다가, 자신은 그레그 탬피코의 가족이나 친구, 심지어 해피니스 재단의 동료들에 대해서도 아는 것이 전혀 없다는 사실을 깨닫는다. 주변 사람들에 대해 아는 바가 없는 이유는, 물어본 적이 없기 때문이기도 하고, 그것이 당신에게는 전혀 중요하지 않기 때문이기도 하며, 너무 위험했기 때문이기도, 탬피코에 관해 지금까지 알아낸 것만으로도 당신은 늘 충분했기 때문이기도 하다.

잡식성. 무엇이든 잘 먹음.
진심으로 웃을 땐 당황스러울 만큼 고음을 냄.
겨드랑이에 땀이 차면 고기 누린내가 남.
담배를 피울 땐 다리를 꼬고 연기를 뒤쪽으로 뱉음.
침대에서 속삭이는 음성은 작게 틀어놓은 라디오 소리처럼 잔잔함.

어둑하고 향기 나는 응접실 안을 몇 분쯤 어슬렁거렸을까, 무슨 가게 비슷한 곳이 눈앞에 나타나는데, 장례식장 안에서 뭔가를 팔 거라고는 생각도 못 해봤지만, 여기는 미국이다. 계산대가 있고 금전출납기가 있다. 관을 파는 곳이다.

당신이 진짜 관을 보는 것은, 이렇게 가까이에서 직접 보는 것은 처음이다. 895달러부터 3,995달러까지 총 네 종류의 관이 준비되어 있는데, 당신에게는 굉장히 저렴하게 느껴진다.

전시된 관들의 안감은 반짝이는 흰색 실크로 되어 있는데, 이것은 진짜 실크가 아닌 새틴으로, 내부에 솜을 채워넣었고, 개중에는 프릴이 달린 것도 있으며, 전부 레이스 아니면 리본으로 장식되어 있다. 하나같이 커다란 흰색 베개가 들어가 있고, 체리목이나 호두나무, 마호가니 같은 단단한 목재로 만들어졌는데, 여기에 폴리우레탄 코팅제를 두껍게 발라서 모두 새 차처럼 번쩍거린다. 당신은 지금까지 살면서 자신의 죽음을 진지하게 생각해본 적이 없지만, 나중에 죽으면 매장이 아닌 화장을 해야겠다고 지금 이 자리에서 결심하는데, 그렇게 생각한 사람이 당신만은 아닌지, 전시되어 있는 관 너머에는 훨씬 더 많은 종류의 유골함이 95달러에서 495달러까지 다양하게 진열되어 있고, 이것으로 보아 머피 앤드 밀리켄의 실수익은 유골함 판매에서 나오는 것이 틀림없어 보였다.

유골함에 붙은 명판에는 '삼위일체의 노을', '끝없는 교향곡', '장엄한 별' 등의 이름이 쓰여 있는데, 알루미늄으로 만들어진 듯한, 구식 우유통처럼 생긴 가장 작고 값이 싼 유골함에는 상상력이라고는 눈곱만큼도 발휘되지 않은 것처럼 "영원"이라는 이름이 붙어 있다. 당신은 그것을 집어든다. "영원" 유골함은 가볍고, 이상할 정도로 당신의 마음을 끌어서, 당신은 그걸 한번 빙 돌려서 살펴보고는 훔칠까 하고 있는데, 가게 바깥의 어딘가에서 진공청소기 소리가 들려온다.

당신은 유골함을 제자리에 놓는다. 그리고 가게 밖으로 나간다. 진공청소기는 계속 돌아가지만 근처에서 나는 소리는 아니다. 모퉁이를 돌자 널찍한 나무문이 보여서 슬쩍 밀어보니 소리도 없이 열리며, 얼핏 작은 법정처럼 보이는 장소가 나타난다.

진짜 법정은 아니다. 연극 「신의 법정」의 초등학교 버전에 사용되는 무대 같은 곳으로, 그건 당신이 참여했던 유일한 연극이었기 때문에 당신은 그런 인상을 받을 수밖에 없다. 복도를 사이에 두고 양옆으로 긴 의자가 여섯 줄씩 있고, 그렇게 총 열두 줄의 의자가 향하고 있는 정면에는 이차원적으로 보이는 단상이 하나 있으며, 그 옆에 비닐 재질의 성조기가 국기봉에 걸려 있다. 긴 의자들이 놓인 곳의 오른편에는 갈색 플라스틱 칸막이가 세워져 있다. 가림막이다. 그걸 보자, 당신은 이곳이 조문객들이 고인과 마지막 인사를 나누는 공간이라는 사실을 깨닫는다.

당신은 슬라인 부인의 수업에서 공연했던 「신의 법정」에서 힐

즈버러 법원의 청소 관리인 미커 역을 맡았는데, 그 역할의 모든 대사가 "매슈 해리슨 브래디……"로 시작했던 것이 기억난다. 당신은 그중에서도 "그를 한번 본 적이 있어요. 채터누가에서 열린 문화 강연회에서요"라는 대사를 가장 좋아했고, 그걸 들을 때마다 당신의 어머니는 학을 뗐다. 당신은 이 대사를 몇 번이고 소리 내어 말해본다. "……채터누가에서 열린 문화 강연회에서요." 그리고 바로 이어지는 대사가 "그의 텐트가 요동을 쳤지! 이봐, 자네 변호사는 누구지?"였고—당신은 그대로 멈춰버린다.

이건 그레그 탬피코가 당신을 처음 만난 날 밤에 자신의 집 현관에서 넥타이를 느슨하게 풀면서 했던 말이었다. 별안간 머릿속에서 여러 가지 시나리오가 떠오르기 시작한다. 그레그 탬피코가 여기에서, 갑자기 놀랐지, 또는 어이, 바보야 하면서 가림막 뒤에서 튀어나오지는 않을까 하고 생각한다. 아니면 그보다 더 극적인 등장을 준비하고 있는지도 모른다. 관속에서 (짜잔) 튀어나오는 것이다. 탬피코가 행글라이더를 타고 머피 앤드 밀리켄의 주차장으로 날아드는 모습도 충분히 상상 가능하다. 하지만 당신이 진짜로 원하는 것은, 그가 살며시 문을 열고 이 조용한 방으로 들어와서 소리 없이 카펫을 밟으며 다가와서는 당신의 등 뒤에서 있는 것이다. 그런 생각을 하다 보니, 어깨뼈를 지그시 눌러오는 그의 넓은 가슴과 뒷덜미에 불어오는 그의 따뜻하고 촉촉한

숨결이 느껴지는 것만 같은데, 그때 천장에 두 줄로 설치된 여덟 개의 전등이 딸깍하며 켜지고.

"그레그." 당신은 문 쪽을 돌아보며 속삭인다.

그러나 그레그 탬피코가 아니다. 한 손에는 진공청소기를 들고, 다른 손에는 기다란 코드를 둘둘 말아서 잡고 있는 청소부이다. **말린**이라고 적힌 이름표를 달고 있다.

"도움이 필요하신가요?" 그가 묻는다.

말린은 뚱뚱하지는 않지만 건장해 보이는 중년 남성으로, 누렇고 삐뚤삐뚤한 이를 드러낸 채 눈썹을 대단히 뾰족하게 세운 것으로 보아 크게 놀란 것 같다. 말린은 고등학교를 졸업하지 못했을 가능성이 크다고 당신은 판단하며(당신은 이런 것을 알아맞히는 재주가 비상하다), 그렇지만 가족이 있는 것은 거의 확실하며, 임신한 아내가 있는 장성한 아들이 한두 명쯤 있으리라고 예상한다. 당신보다 불과 열 살 정도 많은 사내이지만, 당신은 한눈에 그의 미래를, 초로에 들어선 그의 이목구비와 체형을 떠올릴 수 있다. 이렇게 싹을 틔운 생각에 햇살과 물을 조금 더 부어주면, 피부는 세월에 조금 더 풍화되고, 머리에는 서리가 조금 더 내려앉은, 그러나 나름대로 건강해 보이는 모습이 완성된다. 어쨌든 허리에 벨트를 맨 사내가 엉덩이에 열쇠고리가 부딪치는 기분 나쁜 쨍그랑 소리를 내며 갑작스럽게 이곳에 나타나자, 당신은 산 자들의 세상을 떠나는 배에 던져진 기분이 든다. 사내가 들고 있는 청소기가 배를 젓는 노처럼 보인다.

당신은 재빨리 머리를 굴린다. 말린에게 당신은 너무 잘생겨서 믿음이 안 가는 젊은이로, 말린이 "진짜 직업"이라고 부르는 일에는 평생 손도 안 대본 사람으로 보일 가능성이 크다. 당신의 복장과 헤어스타일, 날개라도 달린 것처럼 어깨를 가슴 뒤로 젖히고 있는 자세, 한쪽 다리에 체중을 싣고 서 있는 모습, 단정하게 걷어 올린 셔츠 소매, 털로 뒤덮이지 않은 매끄러운 팔뚝(그렇다, 당신은 제모를 한다), 이런 것들로 미루어 보아 그에게 당신은 허영심 강한, 그야말로 허영투성이여서 아무짝에도 쓸모없는, 아마도 금융계나 영업직에 종사하는 사람으로 보일 것이라고 당신은 추측한다.

"괜찮습니다." 당신은 도움이 필요 없다는 뜻을 내비치는 감사 인사를 한다.

그러나 말린은 당신이 만나본 그와 비슷한 부류의 사람들처럼, 그렇게 간단히 물러서지 않는다.

"여기 계시면 안 돼요." 그가 말한다. "운영 시간이 아니에요." 그러고는 전문가답게 전선을 손에서부터 팔꿈치까지 둥글게 감는다.

당신은 하얀 이를 드러내며 활짝 웃는다. 그리고 그에게 다가

간다. 당신은 손을 내밀어 그에게 뻗는다. "죄송합니다. 처음 뵙겠습니다. 알렉산더 페인 윌슨 의원입니다. 퍼스트 디스트릭트 의원이죠." 당신이 이렇게 말하자 괴상하게 찌푸려져 있던 사내의 눈썹이 느슨하게 풀린다.

"당신을 뽑았어요." 그가 무미건조하게 말한다. "저랑 제 아내 둘 다요. 우리 가족은 다 매너서스에 살아요."

"감사합니다." 당신은 인사를 한 다음, 말린이 뭐라고 대꾸하기를 기다리지만 말린은 아무런 말도 하지 않는다. 평생 제대로 된 말을 해본 적이 별로 없어서 대화를 주고받을 줄 모르는 사람들이 있다. "정말 감사합니다." 당신은 다시 한번 인사를 하는데, 이 말은 어색하게 울려퍼진다. "말런 씨 맞죠?"

"말-린이라고 발음합니다." 마치 절반은 마크, 절반을 리너드에서 따왔다는 듯한 말투이다. "말런 브랜도와는 달라요."

"만나 뵙게 되어 반갑습니다." 당신이 말한다. "저는 오늘 2시 장례식에 참석하러 왔는데, 너무 일찍 와버렸네요."

"오늘은 월요일이에요." 그가 말한다.

"2시 장례식이요. 오늘이 월요일이잖아요. 그렇죠?" 당신이 말한다.

"2시라—" 말린은 갑자기 말을 멈추고 입을 벌린 채 고개를 뒤로 젖히더니, 익숙하지 않은 단어를 입에 올리려고 하는 것인지, 점심 때 먹었던 것이 아직 걸려 있어서 삼키려는 것인지 우물우물한다. 그리고 메마른 눈을 가늘게 뜬다. 이런 상태가 불편할 정도로 오래 이어지자 당신은 말린이, 바브 뉴버그의 표현대로 감자튀김이 한 움큼쯤 부족한 해피밀 세트는 아닌지 의심스러워지고, 그가 같은 편이 아니라 적이라고 생각했을 때가 차라리 더 나았다고 생각한다. 말린이 이제 눈알까지 굴리며, 무슨 증상인지는 몰라도 목을 약간 꺽꺽거리다가 침을 꿀꺽 삼키자 당신은 간담이 서늘해진다.

"—3시로 미뤄졌어요." 그가 가림막을 가리키며 말한다. "그 친구는 저기에 준비되어 있어요. 목회자가 참석할지는 모르겠지만요." 당신이 목회자가 안 올 수도 있냐고 묻자 말린은 피식 웃는다. "저 친구가 핑크 팀에서 뛰었나봐요." 어설프게 예의를 차린다고 두 번이나 "친구"라고 지칭한 것이 오히려 비열하게 느껴진다. 게다가 "핑크 팀" 어쩌고 하는 진부한 표현에 화가 치밀면서, 혹시 뉴스에서 당신과 탬피코의 친밀한 관계라든지, 아니면 탬피코의 사생활에 대해 더 많은 정보가 흘러나온 것은 아닌지 염려가 되지만 그럴 필요는 없다. 말린은 퇴근해서 잠들기 전까지 잠깐씩 텔레비전을 보고, 나머지 시간에는 성서를 읽는 사람이니까. 그리고 당신이 보기에 말린의 휴대전화는 스마트폰도 아닐 것 같다. 그는 당신을 안다는 듯이 이야기하지만, 당신에게 투표를 했으니까 아는 것뿐이고, 당신을 자기 부인의 교회 친구나 뭐 그런 시시한 사람들과 동급으로 보고 있기 때문에 당신과 친해지고 싶다거나 하는 생각은 전혀 하고 있지 않다. 당신은 지금까지 온갖 종류의 평등에 사사건건 반대해왔으니, 말린이 당신을 그런 식으로 보는 것은 너무도 당연한 일이다. 당신은 첫 임기에 미국 시민 자유연맹에서 평가하는 인권 기여도에서 0점을 받았고, 다양한 성적 취향을 가진 사람들을 보호하는 기존 법률을 철회하기 위해 정기적으로 투표했고, '묻지도 말하지도 말라(Don't Ask, Don't Tell : 성 소수자의 군 복무에 관련된 제도/옮긴이)'의 폐지에 반대했고, 연방결혼보호법을 지키기 위해 길고 시끄러운 싸움에 참가했고, 심지어 지금 이 시간에도 당신의 참모들은 「명백한 진실」을 위해 동성 결혼(그리고 낙태)을 금지하도록 헌법을 수정해야 한다는 내용의 기나긴 연설문을 작성하고 있다. 왜 결혼의 자유를 지지하지 않는지 더 자세히 설명하라는 압박을 받을 때마다, 특히나 지금처럼 그것이 합법화된 이후에는, 당신은 그저 어깨를 한번 으쓱하며 다시 바뀌어야 하는 법률도 있는 것이라는 말을 멍청하게 반복하고 있다.

당신은 평소에 이런 이야기를 하는 것을 피하고 있으며, 말린과도 이런 이야기는 하지 않는 편이 나을 것이다. 왜냐하면 당신은 여태껏 누누이 말해왔듯이, "게이가 아니니까." 참모들은 늘 당신에게 사진 찍을 때 게이 같은 포즈 좀 그만 취하라고, 레이건을 따라 게이 같은 카우보이 복장을 입는 것은 그만두라고, 그렇게 옛날 스타일로 머리를 빗는 것은 너무 게이 같다고, 게이같이 웃지 말라고, 게이같이 손 흔들지 말라고, 고개를 살짝 기울이며 웃는 것은 너무 게이 같다고 지적한다. 당신도 그러지 않으려고 상당히 노력하고 있다. 한번은 사진 기자들을 체육관으로 불러 "남자다운" 장면을 찍게 했고, 그때 당신은 탱크톱 차림으로 역기를 들어올리고 총을 든 모습까지 보여주었는데, 거기서 얼마나 더 남자다워져야 한단 말인가? 왜 사람들은 언제나 당신만 콕 집어서 비난하는지 정말로 모를 일이다. 당신보다 훨씬 힘 있는 위치에 있는 사람들 중에도 공적으로 주장하는 내용과 실제 삶이 다른 사람들이 얼마나 많은데. 하지만 그런 정치인들을 비난할 수는 없다. 그들도 당신처럼 자기 자신을 위선자라고 생각하지 않는다. 그들은 그저 미국이 어떻게 돌아가는지를 보았고, 이 나라를 움직이는 막후의 힘을 목격한 것이다. 그리고 자신들도 거기에 포함되고 싶고, '위대함'의 일부가 되어 자신들만의 '형상'을 만들고 싶은 욕망이 너무나 강한 것뿐이다.

이런 삶의 태도는 태초부터 있어왔다. 당신처럼 추억을 소중히 여기지 않고, 더는 상상하지도 꿈을 꾸지도 않는 사람들, 이미 오래 전에 다른 무엇인가로 진화했어야 하는 사람들이 어찌 된 일인지 진화를 거부하며 버텨온 것이다. 당신은 말도 안 되는 존재이지만 영원하고 무한하다. 이렇게 된 근원을 따져보고 싶다면, 물론 그럴 작정이겠지만, 앨런 브릭만의 마시멜로 음경으로 거슬러 올라갈 수 있다.

당신은 언제나 여자들과 만남을 가졌다. 그러나 7학년 때는 스티브 마르치니와 데이트를 했다. 8학년 때는 파커 콜슨과 지미 벤더를 만났다. 9-11학년 때는 뚱뚱한 샘 레븐슨을 만났고(그가 그만 만나자고 해서 당신은 그에게 주먹을 날렸다), 12학년 때 마이어스와 데이트를 했으며, 그와는 대학에 진학하고도 방학 때마다 집에 돌아와 함께 어울렸고, 당신은 대학 시절 내내 척 마이어스를 향한 마음을 간직했는데, 졸업반 때 그가 결혼했다는 소식을 듣고 머리가 확 돌아버려서, 당신은 지금까지 만났던 이들의 이름을 머릿속에서 완전히 지워버렸다. 당신은 '게이가 아니지만' 당신에게는 늘 남자가, 젊은 남자가, 설령 잘생기지 않았어도 잘생겨 보이는 남자가 있었고, 20대에 들어서 어느 공화당 의원의 사무요원으로 워싱턴 정계에 입문했을 때, 어떤 여자가 지나가면서 로널드 레이건이랑 닮았다는 소리 안 들어봤어요?라고 말한 순간, 지금 같은 길로 들어서게 되었다. 당신은 로널드 레이건이 된 것이다. 그래서 동성애자의 권리가 어쨌다고? 인권이 어쨌다고?

흠 없이 정돈된 당신의 새까만 머리를 보라. 뺨과 코와 턱선을 보라. 반짝이는 신사용 로퍼와 파스텔톤 여름 스웨터, 두꺼운 어깨 패드와 황동 단추가 들어간 블레이저로 가득한 옷장을 보라. 끝도 없이 나오는 줄무늬 넥타이를 보라. 당신이 바로 땅돼지이다. 이 게이 양반아. 비이성적이고 영원불멸하는 이 땅의 생명체. 당신이 받아들일 준비가 되었든 되지 않았든, 당신은 여태까지 계속 원수의 가죽을 뒤집어쓰고 살아왔다고 말할 수밖에 없다.

"슬쩍 들여다보고 싶으면 그렇게 하세요." 말린이 말한다. "시신에 무슨 작업을 해놨는지 보고도 못 믿으실 거예요. 나사로처럼 벌떡 일어나서 다시 살아날 것만 같더라고요." 말을 마친 그는 하하하 웃는다.

"나사로가 누구죠?" 당신이 묻는다. 고작 성서 정도만 읽는 말린보다 독서량이 부족하기 때문이다.

말린은 당신을 보며 고개를 가로젓는다. 저 사람은 정치인이 아니야라고 생각한다. 당신과 달리 진짜 세상을 경험했고, 당신보다 세상에 대해, 삶에 대해 더 잘 알며, 성서에 관한 지식이 있고 세상 물정에 밝은 그는, 자신이 하는 이야기를 당신은 들을 가치도 없다는 듯이 진공청소기를 들고 혼자 중얼거리며 방을 나선다.

"예수님이 그를 죽음에서 삶으로 옮겨놓으셨어! 그를 부활시키셨지! 그를 무덤에서 꺼내셨어. 예수께서 이르시되 풀어놓아 다니게 하라 하시니라……."

당신은 그레그 탬피코를 볼 준비가 되지 않았다. 여전히 이 모든 것이 장난이거나 실수일 수도 있다고 생각한다. 잘은 모르지만, 어쩌면 말린이 말한 시신이 그레그 탬피코가 아닐 수도 있다. 갑자기 가림막 뒤에 그레그 탬피코가 없었으면 좋겠다는 마음이 치솟는다.

가림막 뒤에 있는 사람이 그레그 탬피코가 아니라면, 비키의 말이 맞는 것이 된다. 그레그 탬피코가 당신에게 지금과 같은 감정(사랑)을 느끼게 하려고 땅돼지를 준 것이다. 그레그 탬피코와의 사생활이 있는 공직 생활이 그레그 탬피코와의 사생활이 없는 공직 생활보다 훨씬, 훨씬 더 전도유망하다는 것을 깨닫게 해주려고 말이다. 지금 당신이 진심으로 바라는 단 한 가지는 그레그 탬피코가 당신의 등 뒤에 나타나 두 손으로 당신의 눈을 가리고, 당신이 그의 집에서 도망 나와서 계단을 내려갈 때 들었던, 그가 울먹이면서 했던 말을 다시 해주는 것이다. "너는 장님이야. 아무것도 못 보는 장님이야." 그때 당신은 그가 자기 자신에게 하는 말이라고, 스스로를 책망하는 말이라고 생각했지만, 이제는 그게 당신에게 퍼붓던 말이라는 것을 안다. 알렉산더 윌슨은, 정말이지, 지독한 장님이다.

당신은 가림막으로 다가가서 손잡이를 쥐고, 아코디언 같은 가림막을 활짝 걷는다.

***

비쩍 마른 티투스 다우닝이 그린 오터에서 점잖게 맥주 한 잔을 걸치고, 음식을 품에 안고 가게로 돌아와보니, 열두 개의 사슴 머리 하나하나에 사제들의 손처럼 둥근 햇살이 씌워져 있다. 줄을 서던 사람들은 사라졌고, 창문 안을 기웃거리는 사람들도 없다. 가게 밖에 남아 있는 이들은 극단 사람들뿐이다.

청년들은 이제 처음으로 숙취가 밀려오는지 다우닝의 가게 입구에 쓰러져 있는데, 목은 타들어가고 얼굴은 햇볕에 탔으며, 지쳐 보였다. 다우닝에게 사례금을 받아야 술을 더 마실 수 있으니 그를 기다린 것이다. 무릎은 지저분하고 팔은 서로 뒤엉켜 있으며 발굽은 잃어버린 지 오래이지만, 머리에는 아직도 종이를 반죽해서 만든 돼지 주둥이가 붙어 있다. 딸꾹질을 하면서 "필리스는 (딸꾹) 나의 유일한 (딸꾹) 기쁨"을 엉성하지만 차분하게 화음을 넣어 부르자 주둥이가 살짝 흔들린다. 다우닝은 아무 생각 없이 이 음정을 휘파람으로 따라 불며 그들 사이를 쾌활하게 지나 유명한 보철구 제작자이자 과거 룸메이트인 해럴드 스키너가 기다리고 있는 가게 안으로 들어간다.

"이봐, 친구." 다우닝이 말한다. "어땠나?"

단정하던 스키너의 팔자수염이 땀에 젖어 축 늘어져 있다. "팔기는 팔았네." 그가 말한다.

"얼마에?" 다우닝이 묻는다.

"별로 높은 가격은 아니야. 독일 사람이 사 갔어."

"독일 사람?" 다우닝은 이렇게 되물으며, 땅돼지가 서 있던 테이블을 그리운 듯이 바라본다.

그는 리베카 오슬릿이 앉아 있던 의자에 쓰러지듯 주저앉아서, 그녀가 늦게까지 이곳에 남아 있었으며, 다른 여자들은 청년들을 피하느라 감히 가게에 들어오지 못했다는 스키너의 이야기를 멍하게 듣는다. 관람객들이 오래 머물지는 않았다—하지만 그건 바깥 날씨가 징글징글하게 더웠기 때문이니까 너무 괘념치 말라고 스키너는 말한다.

그리고 신사들은 땅돼지의 진가를 알아보지 못했지만 월터 포터는 그것을 알아보고 감탄했다고 친절하게 설명을 덧붙인다. 진정한 걸작이라고 평가했다고.

"그건 정말 걸작이야." 티투스 다우닝이 말한다.

"그리고 할 얘기가 더 있어." 스키너는 브론테 자매들의 이야기를 이어간다. 레이디 오슬릿과 포터, 스키너가 개들을 따라 그의 침실이 있는 위층에 올라갔다가 그것을 보고 말았다고. 그러면서 자신은 옥스퍼드의 작은 방에서 2년을 함께 살았으니 다우닝을 누구보다 잘 알고, 그의 "성향"이 그렇다는 사실을 충분히 이해하며, 그가 여성과의 교제에 관심을 보인 적이 전혀 없다는 것도 알지만, 벌거벗은 남자 장님이 다우닝의 캐노피 침대에 누워 있는 광경은 솔직히 그에게도 충격이었다고 인정한다.

"리베카가 리처드에게 옷을 입혔어." 스키너가 말을 잇는다. "그리고 바깥에 세워둔 마차로 데려갔지." 그리고 아마 지금쯤이면 런던으로 돌아가는 기차에서, 자신이 런던에 돌아가는 대로 새롭게 설계하고 제작할 인공 눈알에 대해 둘이 이야기하고 있을 것이라고.

스키너는 다우닝이 예상할 수 있을 만한, 비참한 장면에 대해서는 말을 삼간다. 리베카가 리처드를 마차에 태우자, 리처드는 그녀에게 사과도 하지 않고, 그녀에게 사랑한다는 말도 하지 않은 채, 그녀에게 앞으로 어떤 삶이 기다리고 있을지에 대해 자기만의 방식으로 이야기를 전했다. 리베카는 붕대를 감은 리처드의 머리를 한 팔로 끌어안고, 다 잘 될 거예요, 여보, 아무것도 걱정할 필요 없어요, 그리고, 쉿, 여보, 걱정 마요, 같은 말을 속삭였다. 그러나 스키너는 알 리가 없는, 그렇기 때문에 일부러 숨긴 것은 아닌 이야기가 있었는데, 리베카 오슬럿은 다우닝 없이 혼자 왕립 연구소에 가서 존 터틀 우드의 에페수스의 아르테미스 신전 유물에 관한 강의를 들었다는 사실이다.

거기서 그녀는 매력적이지는 않지만 재미있는 젊은 토목기사를 만났고, 매력적이지는 않지만 재미있는 토목기사와 종종 만남을 가졌으며, 그러다가 결혼까지 약속했고, 리베카는 사실 얼마 전에 임신을 했다—하지만 이제 전부 의미 없는 일이 되고 말았다. 영국의 이혼법은 예전보다는 나아졌다고 해도 여전히 여성에게 불리했고, 남자들은 동물에 영혼이 있느냐 없느냐를 두고 수 세기 동안 논쟁을 해오면서도, 여성의 영혼에는 일말의 관심도 두지 않는다는 사실을 리베카는 너무나도 잘 알고 있었다. 리베카가 리처드와 이혼하려면 그의 간음을 증명하는 방법밖에 없는데, 그의 간음은 일반적인 종류가 아니라고 할 수 있기 때문에—이 사실이 공개되면 모든 것이 파멸하리라는 것을 그녀는 안다—눈이 먼 남편과 브론테 자매들을 데리고 레밍턴 스파를 떠나면서, 그녀는 앞으로 자신의 남은 생을 어떻게 살아야 하는지를 분명하게 본다.

식물학자인 그녀가 알고 있는 식물성 약제로는 매자나 맥각, 관동, 감홍이 있다. 알로에와 셀러리, 승마, 헬레보어도 있고 범꼬리도 있지만, 가장 확실한 것은 아마도 페니로열이나 쑥국화, 연필향나무같이 약제사에게서 몰래 입수하는 낙태제인데, 그런 것들은 비첨 알약이나 패러 가톨릭 알약, 하디 여성 보조제, 리디아 핀컴의 채소 추출물 등으로 비밀스럽게 포장되어 있으며, 마담 드루네트의 루나 알약이나 노의사 고든의 건강 보조 환약도 있다. 이 약들 중에 듣는 것이 없으면—리베카 오슬릿이 이런 궁리를 하고 있다는 것을 스키너는 알 리가 없다—체포될 것을 각오하고 50기니에 "흘려보내기"를 하는 방법도 찾아볼 수 있다. 아니면 스스로 계단에서 굴러떨어질 수도 있고.

"알겠네." 티투스 다우닝은 이렇게 말하며 조용히 지갑을 꺼낸다. 그리고 해럴드 스키너에게 값을 지불한다. 시간을 내줘서 고맙다고 인사하고, 독일인이 지불한 금액이 적혀 있는 참담한 영수증을 건네받는다.

스키너는 오랜 친구의 얼굴을 바라보다가 문 앞에 멈춰 선다. "자네가 원한다면 오늘 밤에 같이 있어주겠네." 그가 말한다.

다우닝은 괜찮다고 그를 안심시킨다. 혼자 있고 싶다고, 하지만 거듭 "고맙네"라고 인사하며 스키너를 떠나보낸다. 그리고 극단원들에게도 값을 치른 다음, 그린 오터에서 들고 온 음식이 담긴 바구니를 팁으로 건넨다. 오리구이와 콩은 이미 굳어버렸지만 말벡 와인을 본 청년들은 환호하고, 다우닝은 잠시 가게 앞에 그대로 남아서 청년들이 의상을 벗어던진 다음 다시 팔짱을 끼고 림 강을 향해 깡충깡충 뛰어가면서 차례대로 와인을 들이켜는 모습을 지켜본다.

노랗던 태양이 주황빛으로 물들어간다. 강물이 세차게 흐른다. 청년들은 강으로 달려가며 춤추고 노래한다. "하지만 언제나 날 즐겁게 해주네, 하지만 언제나 날 즐겁게 해주네." 다우닝은 썰매 방울 소리를 내며 가게의 문을 닫는다. 그리고 자물쇠로 잠근다.

박제 동물들의 눈이 지켜보는 가운데, 그는 미완성된 스키퍼키의 검은 털가죽이 있는 곳을 지나 작업장으로 들어가 벵골 호랑이의 가죽 냄새를 천천히 들이마신다. 모든 것이 버려졌다. 모든 것이 조용하다. 뜨거운 방 안에 피어오른 진흙과 머스크와 식초와 비소가 함유된 비누와 붉은 고추와 타닌과 아황산수소칼륨의 냄새가 공기 중에 무겁게 가라앉는다. 그리고 그 모든 냄새들 위에 장뇌의 로즈메리 머스크 향이 감돈다.

티투스 다우닝은 땅돼지의 가죽을 박제했던 테이블로 걸어가 유리병 하나를 연다. 하얀 알약들이 작은 이빨처럼 그의 손바닥으로 굴러떨어지자, 그는 그걸 가지고 위층에 있는 자신의 침실로 올라가서, 뜨끈한 고기 누린내 같은 리처드 오슬릿의 체취가 망령처럼 남아 있는 침대에 눕는다.

***

관의 등장. 가림막 뒤편에 있는 고인과 대면하는 공간에는 아직 조명이 켜지지 않았다. 그러나 칸막이를 양쪽으로 열자 커다란 관이 반짝이며 나타나는데, 검고 네모진 모습이 단박에 당신의 타호를 연상시킨다. 당신은 두 손을 관에 댔다가 너무 차가워 깜짝 놀라며, 도대체 무슨 나무로 만들어진 것일까 궁금해진다. 얼음으로 된 나무를 막 잘라온 것만 같다. 이것이 "리드우드"라고 불리는, 지구에서 가장 단단한 나무 중 하나인 콤브레툼 임베르베라는 사실이나, 멀리 나미비아에서부터 들여온 목재라는 사실을 당신이 알 리가 없다. 이것이 무슨 나무인지는 모르지만 뚜껑을 열어보려고 했더니 너무 무거워서 양손을 다 써야 했고, 간신히 들어올리자 장례식장 안을 가득 채우고 있던 로즈메리 머스크 향이 관 안에서부터 피어오르는데, 그러자 당신의 의식 속에 장뇌라는 단어가 떠오른다. 당신이 장뇌를 아는 것은 슬라인 선생이 장뇌를 이용해 바퀴벌레를 죽이는 과학 숙제를 내주었기 때문인데, 당신(혹은 열 살 때의 당신)은 유리병 안에 바퀴벌레 다섯 마리를 넣고 양철 뚜껑에 구멍을 뚫어 하얀 장뇌를 하나 떨어뜨렸고, 그후로 이틀 동안 바퀴벌레들이 한 마리씩 벌러덩 배를 드러내고 가느다란 다리를 구부리며 죽어가는 모습을 관찰했다.

그때 보았던 바퀴벌레 외에는 죽은 생명체를 가까이에서 직접 본 적이 없는데, 그레그 탬피코의 몸은 확실히 죽었지만, 동시에 죽지 않은 듯한 뭔가 기묘한 모습이다.

그의 시신을 바라보며 당신은 더도 덜도 아닌 백화점에서 마네킹 나부랭이를 볼 때와 똑같은 기분을 느낀다.

그래도 다행히 얼굴은 가려져 있다. 두 눈을 붕대처럼 생긴 하얀 천으로 단단히 동여맸는데, 당신은 장의사들이 이런 조치를 취한 이유를 생각하고 싶지 않지만 어쩔 수 없이 생각하게 된다. 눈꺼풀의 가장자리에 접착제를 발라놓았는데 그게 아직 마르지 않아 번들거리는 상태로 있는 것이 아닐까. 그래서 일정이 미루어졌고, 3시 전에 눈꺼풀이 완전히 마르면 붕대는 벗길 거라고. 그렇게 생각하자 눈이 가려져 있는 것이, 붕대에 싸여 있는 것이 오히려 안심이 되었다. 그의 파란 눈을 보지 않아도 되니까. 당신이 그가 살고 있는 연립주택 계단을 오를 때마다, 당신을 내려다보던 그레그 탬피코의 눈은 크게 부풀어올랐다. 당신은 그 눈을 오랫동안, 헤아릴 수 없을 만큼 오랫동안 들여다보았기 때문에, 그것의 미묘한 색감과 유리 같은 광택에 관해서 이미 속속들이 알고 있다. 그 눈을 들여다보면 당신은 언제나 당신 자신보다 큰, 훨씬 커다란 무엇인가에 속해 있는 듯한 느낌을 받았고, 그레그 탬피코 역시 당신의 눈을 바라볼 때 똑같은 기분을 느꼈던 것이 분명한데, 어느 날 밤 그의 침대에서 서로의 팔에 기대 함께 담배를 피우며 박제 땅돼지를 감상하고 있을 때, 그가 당신을 바라보며 진지하게 말했기 때문이다. “신기하네. 이거 데자뷔 같아.” 그때 그의 목소리가 얼마나 멍청하게 들렸는지 기억난다. 그래서 당신이 손가락 끝으로 그의 배를 찌르며 얼빠진 소리 말라는 식으로 비웃자, 그는 "아니야. 정말 맹세컨대 우린 이렇게 누워 있던 적이 있어"라고 말했는데, 사실은 그때 당신도 같은 생각을 하고 있었다고, 지금 그의 시신 옆에 서서 생각한다.

최저임금에서 한 푼도 더 받지 못하는 것이 분명한 머피 앤드 밀리켄의 시신 방부 처리자는 얼마나 게으른지, 소독제로 시신을 닦아야 하는 최소한의 정해진 시간보다 1초도 더 닦지 않은 것 같다. 그런 다음 얼굴을 면도하고, 특수 철사 같은 것으로 턱을 고정시킨 후 혈액을 빼낸 다음, 이상한 포름알데히드 용액 같은 것을 채워넣었을 것이다. 머리는 감긴 다음에 한쪽으로 완전히 넘겼다(생전에 한번도 하지 않았던 스타일이다). 그리고 당신이 한때 "그레그 탬피코"라고 알고 지낸 차가운 고깃덩어리의 핏기 없는 손과 목, 얼굴에 황갈색 도료를 대충 발라서 모공을 가려놓았는데, 색을 영 잘못 골랐다. 나미비아의 햇살 아래에서 주름진 구릿빛 피부를 과시하던 남자답지 않게 너무 창백하다. 게다가 몸을 눕혀놓은 각도도 왠지 억지스러워서 뭔가 이상하게 느껴지는데, 시신이 편안하고 온화해 보이게 하려고 장의사들은 늘 이런 식으로 작업하리라고 추정되지만—베개도 같은 목적으로 놓았을 것이다—그레그 탬피코의 몸에는 그다워 보이는 면이 하나도 없다.

비록 그를 처음 만났을 때 그가 입고 있던 턱시도가 입혀져 있지만, 관 안에 있는 실크 쿠션들 사이로 넓은 어깨를 밀어 넣은 모습이라든지, 신앙을 배반하지 않은 독실한 사람인 양 왼손을 오른손 위에 올려 두 손을 포개고 있는 모습, 자신을 보러 온 손님들을 환영하듯이 고개를 아주 살짝 오른쪽으로 기울인 모습 등은 머리말에서 당신을 바라보던 진짜 그레그 탬피코와 **눈곱만큼**도 닮지 않아서, 아무리 "**지바**"라는 단어를 모르는—앞으로도 절대 알게 될 일이 없을—당신이라도 그것을 간절히 찾게 된다. 박제사가 완벽하게 포착해서 땅돼지에 담아낸 그것이 그레그 탬피코의 시신에는 **조금도** 들어 있지 않아서, 당신은 그레그 탬피코의 시신을 보면서도 이건 그가 아니라는 기이한 기분이 든다. 이건 악몽이다.

당신은 관 뚜껑을 닫는다.

울음이 터져나올 것 같아서 휴대전화를 꺼내든다. 그리고 긴 의자에 주저앉는다. 이제 읽지 않은 문자는 1만8,709통, 이메일은 2만4,002통이다. 당신 앞으로 소환장이 와 있다. 의회에서 곧 청문회를 구성한다고 한다.

이메일과 문자를 스크롤하다 보니 마음이 진정되었고, 묘하게 차분해져서 언론의 집중포화도 더 이상 괴롭지 않게 느껴진다. 오랜 세월 동안 고생한 끝에 마침내 시력을 얻었지만 볼 것이 없음을 깨달은 장님과도 같은 차분함이다. 혹은 나사로라는 사람처럼, 무덤에서 빠져나왔지만 예수님은 이미 그에게 볼일을 모두 마쳤다며 떠나고 계시지 않아서, 앞으로 자신에게 남겨진 것은 무료한 삶뿐이라고 깨닫게 된 것과 같은 기분이다. 기적의 시간이 끝나버리면, 그다음엔 무엇이 남지?

당신은 이런 기분으로 이메일 읽어 내려가다가, 당신을 조사하게 될 담당자의 이름이 언급된 부분을 보고 손에 쥔 휴대전화를—영화에서처럼—떨어뜨릴 뻔한다.

땅돼지를 조사해서 당신이 한 자금 유용과 파면 사유가 되는 수많은 불법 행위들을 앞으로 몇 주일 안에 밝혀낼 청문위원장은 다름 아닌 윌리엄 "빌리" 러틀리지(민주당) 의원이다.

***

"어떻게 된 거야?" 다우닝은 지난밤 오슬릿에게 물어보았다.

모든 일은 땅돼지에서 비롯되었다. 그날 밤, 잡은 땅돼지를 들고 야영지로 돌아온 사냥꾼은, 포획물의 피를 빼기 위해서 땅에 내려놓다가 리처드의 텐트에 불이 켜져 있는 것을 보았다. "그가 돌아온 것은 늦은 밤이었어." 오슬릿이 말했다. "그가 왔다는 것을 아무도 몰랐고, 나는 자리에 누워서 젖은 헝겊으로 두 눈을 누르고 있었지." 사냥꾼이 보여줄 것이 있다고 하자 오슬릿은 그에게 사과했다. 그리고 젖은 헝겊을 내리며 말했다. "지금은 안 되겠어요. 눈이 너무 아프네요."

몸은 말랐어도 체력만큼은 강한 사냥꾼은 그의 옆에 무릎을 꿇고 앉았다. "나는 의사예요." 그가 말했다.

오슬릿은 "난 괜찮아요"라고 하면서도, 사냥꾼이 젖은 헝겊을 치우고 자신의 눈에 손을 대는데도 저항하지 않았다.

그리고 오슬릿이 다우닝에게 해준 말에 따르면, 바로 그때, 사냥꾼이 그의 또다른 손을 오슬릿의 살집 좋은 몸에 갖다 대더니, 그의 바지를 벗기면서 자연은 부당한 일을 하지 않는다고 부드럽게 설명했다. 아프리카에서 탐험을 다니는 남자들에게는 "호혜적인 섹스"라는 것이 흔한 일이라고. 이런 남자들은 파트너가 남성일 때 더 큰 사랑을 베푼다고, 리처드 오슬릿 경도 그런 삶의 방식을 받아들이면 더 이상 괴로워하지 않아도 되는데 왜 그러지 않느냐고 사냥꾼은 물었다. 그 당시를 설명하며 오슬릿은, 자신이 다우닝을 사랑한다는 것을, 다우닝에게 항상 느껴왔던 감정이 사랑이었다는 것을 그제야 깨달았다고 말했다. 그러면서 다우닝에게 용서를 구했다. 하지만 그가 느끼는 감정을 설명할 언어가 없는데, 통용어가 없는데, 어떻게 더 일찍 알아차릴 수가 있었겠는가. 게다가 그런 자유는 자신에게 존재하지 않는다는 것을 오슬릿은 잘 알기에, 이런 감정을 말하려는 시도만으로도 저항감을, 아주 절망적인 저항감을 가져왔을 것이다. 왜냐하면 영국에서는 그와 같은 사람들을 아주 오랫동안 모호한 상태로 남겨두고 그들을 완벽하게 무시했다는 사실을 다우닝도 모르지 않으니까. 다우닝도 오슬릿처럼, 분명하게 서로를 사랑하려고 했던 수많은 사람들이 결국 체포되어 영국 전역의 순회 재판소나 지방 법원에서 판결을 받고 교수형을 당했다는 이야기를 수십 년 동안 들으면서 자랐으니까. 다우닝이 인신의 상해에 관한 법을 모를 만큼 어리석겠는가, "레딩 감옥의 노래"에 나오는 남자들처럼 두 사람 모두 수년간 옥살이를 해야 하는데 그 위험을 무릅쓰겠는가?

사냥꾼은 덜렁거리는 그의 음경을 병아리를 감싸듯이 조심스럽게 잡았다.

그리고 사냥꾼은 서서히 그를 도와주며 이렇게 설명했다고 오슬릿은 말했다. "자연은 인간과 달리 헛된 일을 하지 않아요. 신도 자연이죠. 신은 자연이기 때문에 헛된 것을 창조하지 않아요. 따라서 영혼은 결코 소멸하지 않죠. 그것은 불멸하며 끊임없이 돌고 돌아요."

오슬릿이 말을 이어갔다. "다음 날 아침에 사냥꾼이 내게 땅돼지를 보여줬는데, 정말 지독하게 못생긴 거야. 그날은 무지막지하게 더운 날이었어. 눈이 밖으로 튀어나올 것만 같았고, 그 고통은 정말이지 참을 수가 없었어." 그는 죽어 있는 커다란 땅돼지를 바라보며, 그 땅돼지 때문에, 자기 자신 때문에, 다우닝 때문에, 헛되이 보내버린 세월 때문에, 자기 안에 우울감이 차올랐다고, 하지만 거기에는 아름다움도 담겨 있었다고 털어놓았다. 그러자 전날 밤에 사냥꾼이 해준 말이 떠올랐고, 가능할지도 모르는 계획이 구체화되기 시작했다.

"그날 밤, 나는 잠들지 않고 장뇌와 위스키를 삼켰어— 죽지 않을 만큼만. 수술을 위해 내 몸이 마비될 정도만." 다음 날 새벽, 사냥꾼은 사람들에게 리처드 경이 죽었다는 소식을 알렸고, 모두가 슬퍼하는 동안 그는 영국인들의 텐트에서 멀리 떨어진 자신의 텐트로 돌아갔으며, 그곳에는 의식이 희미한 오슬릿 경이 그를 기다리고 있었다.

"사냥꾼은 작은 쇠막대를 불에 달군 다음, 내 시신경 다발을 자르고 그 부분을 지졌어." 오슬릿이 다우닝에게 말했다. "말 그대로 내 머리에서 눈을 꺼내 잘라주었지. 그리고 항아리에 든 일종의 글리세린과 포름알데히드—자신만의 '특제 보존 용액'인가 뭐, 그렇게 말했어—에 눈알을 담그고, 그 항아리를 내 표본함에 넣었어."

땅돼지는 오슬릿의 조수를 통해 티투스 다우닝에게 보내졌다. 표본함은 불행하게도 의도치 않게 리베카 오슬릿에게 보내졌다.

"나는 한동안 아프리카에 남아 사냥꾼과 함께 회복에 전념했어." 오슬릿이 말했다. 그는 사냥꾼에게 관을 하나 만들어달라고 부탁해서, 자신이 죽었다는 증거로 밀봉된 관을 런던으로 보냈다.

"그 안엔 뭐가 들어 있었어?" 다우닝이 물었다.

"그건 빈 관이었어. 하지만 관이 런던에 도착했을 때, 다들 그게 비어 있다고는 생각도 못했지." 오슬릿은 이렇게 말하며 그 관은 상당히 무거운 아프리카산 나무로 만들어졌는데, 아프리카 남부에만 존재하는 콤브레툼 임베르베라는 독특한 나무로, 흔히 리드우드라고 불린다고 설명해주었다. 사냥꾼이 알려준 바에 따르면 1,000년은 거뜬히 사는 나무라서, 헤레로와 나마쿠아 부족은 리드우드를 위대한 치유자로 숭배하며, 동물과 인간의 공통된 조상으로 여긴다고도 했다.

"건강을 충분히 회복하고 나서 처음에는 런던으로, 글로스터 워크로 돌아갔어. 리베카가 집을 비운 틈을 타서 안에 들어가고 싶었거든. 리베카가 표본함을 열어보고 그걸 찾게 되는 일은 막고 싶었으니까." 여기서 오슬릿는 잠시 말을 멈췄다. "하지만 그녀는 집 밖으로 한번도 나가지 않았어." 오슬릿은 그 아파트 앞을, 창문 앞을 몇 번이고 서성였다. 그도 과부들이 애도를 하느라 1년 내내 집을 떠나지 않는 경우도 있다는 것쯤은 잘 알고 있었다. 하지만 집 앞을 지날 때마다 브론테 자매들이 짖는 소리가 들리고, 실내를 가득 채운 장미꽃 향기가 풍겨서, 그녀가 다시 식물

공부를 시작했고, 장미를 재배하며 만족스러운 삶을 살고 있다고 생각했다고 말했다. 다우닝은 굳이 그의 오해를 바로잡아주지 않았다.

"하지만 왜?" 다우닝이 물었다. "왜 그렇게까지 한 거야?"

"너무 고통스러웠거든." 오슬릿이 말하며 다우닝의 가느다란 허리를 찾아 손을 더듬었다. "더는 견딜 수가 없었어—"

티투스는 "디키" 하고 속삭이며, 연인의 얼굴에 감긴 붕대를 어루만졌다.

"그래, 나야." 리처드가 말했고, 두 남자는 서로의 팔을 부여잡았다.

다우닝은 울먹이며 소리 없이 웃었고, 오슬릿도 입을 벌린 채 그만의 방식으로 눈물을 흘렸다. 이제 모두 오슬릿이 죽었다고 생각하므로, 두 사람은 마침내 진정한 삶을 살 수 있게 되었다. 다우닝이 꿈꿨던 대로 은퇴를 하고 함께 노섬벌랜드의 농장으로 갈 수 있게 된 것이다. 지금부터는 모든 것이 가능했다. 두 사람이 당장 해야 하는 일은 거대한 박제 땅돼지를 최대한 높은 가격에 파는 것이었다.

땅돼지는 퇴장하고, 저녁이 온다. 8월이다. 열린 창문으로 따스한 바람이 휘몰아쳐 들어오자 티투스 다우닝은 캐노피 커튼이 드리워진 침대에서 일어나 앉는다. 장뇌를 움켜쥔 손이 욱신거린다. 반쪽짜리 헤일로(구름이 태양이나 달의 표면을 가릴 때, 태양이나 달의 둘레에 생기는 불그스름한 빛의 둥근 테/옮긴이) 같은 자국이 생겼다. 그는 마흔한 살이다.

오슬릿에게 그동안의 자초지종을 들은 후, 다우닝은 우리가 죽더라도 영혼은 소멸하지 않는다는 생각에, 그저 창조되었다가 소멸하는 것이 아니라 끊임없이 돌고 돈다는 생각에 안심했고, 연인이 잠들기를 기다렸다가 아래층으로 내려가 작업장에 들어갔다. 잠옷 위에 가운을 걸친 차림으로, 탄산칼륨과 야자유가 든 유리병이 늘어선 낡은 소나무 작업대 앞에 섰다. 벽에 걸린 못에서 천 주머니를 꺼내 송곳을 골라 들었다. 그리고 땅돼지에게 다가갔다.

그는 땅돼지를 한쪽으로 기울여 리드우드로 만든 받침대 아래에 행운의 상징인 작은 갈고리 모양의 십자가를 나뭇결에 깊숙이, 조심스럽게 새겨넣었다. 우주라는 체제의 본성, 영원토록 평화롭게 순환하는 지바를 의미하는 힌두교의 상징이었다.

나는 지금까지 몇 번의 인생을 살았을까 하고 궁금해하며 다우닝은 옷을 벗는다. 그리고 마치 그 옷들이 한 생애 동안 입고 다음 생애에는 버리고 가는 육체라도 되는 것처럼 그것들을 정사각형으로 단정하게 접는다. 영혼이 결코 소멸되지 않는다면 다음 생에도 같은 삶이 계속될 거라고, 장뇌 알약을 하나씩 삼키며 박제사는 생각한다.

다음에 어떤 모습으로 태어나게 되든, 그건 자신의 살가죽을 새롭게 배열한 모습에 지나지 않을 것이다.

***

"빛을 보여줘도 보지 못한다면, 온기를 느끼게 하라." 로널드 레이건이 남긴 명언이자, 러틀리지가 당신의 커피 테이블을 장식하고 있는 『위대함의 형상』을 처음 보자마자 꺼낸 말이다.

러틀리지는 6개월 전, 당신의 타운하우스에 등장했다. 당신만큼이나 젊고 잘생긴 하원의원이, 근육질 몸매에 금발을 자랑하며 처음 만난 날부터 로널드 레이건의 말을 인용하자, 당신은 마음이 약해져서 그가 민주당원이라는 사실에도 불구하고 그를 신뢰하게 되었다. 한번은 러틀리지가 안되었다는 듯이 고개를 흔들며, 조지타운 대학에서부터 낸시 비버스와 알고 지냈는데, "피도 눈물도 없는 여자니까 조심하는 게 좋을 것"이라고 조언해주기도 했다.

당신은 러틀리지가 의회 휴지기 동안 부인과 다섯 아들이 있는 농장에서 휴가를 보내려고 3일 전에 떠났다고 생각했지만, 러틀리지는 빌어먹을 농장 따위에 가지 않은 것이 분명했다. 러틀리지는 애셔 플레이스 2486번지를 어슬렁거리며 당신이 감시당하고 있음을 알아차리지 못하게 당신을 감시했다. 아마 최근에, 지난주쯤, 러틀리지는 당신의 부엌에서 라이트 맥주와 땅콩버터 샌드위치를 먹으며 스크래블 게임을 하다가, 올리오크에게 지나가는 말로 가볍게, 당신이 알렉산드리아 킹 스트리트에 있는 어떤 집, "그레고리 탬피코" 명의의 주소지를 자주 방문한다는 이야기를 꺼냈다. 올리오크는 우연의 일치로 탬피코를 알고 있었을까?

당연히 올리오크는 그를 알고 있었다. 그레고리 탬피코와 솔로몬 올리오크(당신은 온 마음을 다해, 의심의 여지없이, 정말 지독하게도 올리오크를 증오한다) 사이에는 나미비아라는 공통점이 있었고, 올리오크는 해피니스 재단의 모금 행사에 자주 참석했다. 행사장 너머로, 영국제 고급 도자기로 장식된 테이블 너머로, 반짝이는 샹들리에와 촛불 너머로, 알맞게 식은 치킨 피카타와 뮌지모를 새우튀김이 서빙되는 동안, 올리오크가 한쪽 구석에서 옷걸이처럼 무표정하게 있는 모습을 당신이 얼마나 자주 목격했는가?

당신은 친구가 없다. 동료를 죄다 잃었다. 그레그 탬피코는 죽었다. 어머니는 당신을 좋아하지 않는다. 토비 캐슬도 당신을 좋아하지 않는다. 같은 공화당원인 올리오크조차 낸시 비버스 나부랭이와 한패인 러틀리지와 손을 잡고 당신을 배신했는데, 도대체 왜 그랬는지 짐작도 하지 못하고 있다가 당신은 땅돼지를 기억해낸다. 올리오크는 탬피코가 그걸 갖고 있다는 사실을 알고 있었다.

탬피코가 사직 의사를 전하고 재단 대표직에서 물러나자 올리오크는 그 땅돼지를 자기 민족에게 돌려주고 싶었던 것이 분명하고, 그렇다면 정말이지 당신은 그냥 내버려둔 채 땅돼지만 가지고 떠나도 되었을 텐데 그러지 않았다. 러틀리지가 올리오크에게 낸시 비버스가 "엄청나게 고마워할 것"이며, 결국에는 모두가 알고 있는, 결국에는 오게 될 그날이 오면, 그녀가 "로드아일랜드의 선량한 시민들을 잊지 않을 것"이라며 그에게 바람을 넣은 것이다. 이 모든 일들이 어떻게 전개되었는지 서서히 깨달으며, 당신은 머피 앤드 밀리켄 장례식장을 빠져나온다. 당신의 아이러니한 선거 구호인 "연합을 위해 갈라서자"가 당신에게는 별 효과가 없었다. 공화당원과 민주당원이 연합해, 러틀리지와 올리오크가 힘을 합해 당신과 그레그 탬피코를 감시했다는 사실이 너무나 분명해진다.

두 사람은 탬피코가 살던 연립주택 밖에 어두운색 차를 세워놓고 잠복했을 것이다. 그레그 탬피코를 마지막으로 본 날, 당신이 도망쳐나온 후에 집주인이 탬피코를 발견해 신고했고, 러틀리지와 올리오크는 구급차에서 내리는 요원들을 따라 집으로 들어갔을 것이다. 탬피코가 이송되고 나자 두 사람은 얼룩말 가죽으로 된 침대보 앞에서 이제 어떻게 할지를 논의했고, 러틀리지는 자신에게 좋은 계획이 있다고 이야기를 꺼냈다. 올리오크가 당신의 참모들에게 그레그 탬피코의 부고를 알렸고, 러틀리지는 그가 아는 변두리에 있는 페덱스 지점에서 두 명의 헤로인 중독자에게 현금 50달러를 주고 페덱스 유니폼과 페덱스 트럭, 서류철을 통째로 빌렸다. 그리고 올리오크는 탬피코가 늘 어지럽게 쌓아두던, 발신인이 표시된 금박을 입힌 편지지 한 장을 루이 14세풍의 프랑스식 화장대 위에서 슬쩍해서, 옆에 놓인 땅돼지와 메시지가 없는 카드를 커다란 갈색 골판지 상자에 함께 넣어 페덱스 트럭에 실었고, 당신이 거울을 볼 때 말고는 뭔가를 오래 혹은 자세히 보지 않는다는 것을 아는 러틀리지가 가짜 안경과 괴상한 가짜 수염을 착용한 후, 페덱스 유니폼 차림으로 어제 아침 애셔 플레이스 2486번지의 현관에서 땅돼지를 당신에게 직접 배달했다.

당신에게는 증거가 없다. 그러나 이 모든 것이 사실이라는 점을 뼛속 깊이 알고 있다. 그리고 지금으로부터 6주일 후, 다양한 범법 행위로 인해 의회 위원회 앞에 앉게 되었을 때, 당신은 러틀리지 의원의 눈을 똑바로 바라보며 사과한다. 땅돼지를 배달한 페덱스 직원에 대해서는 이미 진술한 사소한 특징 외에는 아무것도 기억나지 않는다고. 인상에 남은 것이 아무것도 없다고.

장례식장 밖은 찌는 듯이 더우면서도 화창한 전형적인 미국 날씨이다. 원형 진입로에 차량들이 들어서기 시작하고, 거기서 낯선 사람들이, 흑인과 백인, 청년과 노인들이, 그레그 탬피코가 알던 사람들, 그를 좋아하고 사랑했던 사람들이 간소하지만 예의를 갖춰 차려입은 검은색 양복과 검은색 드레스 차림으로 쏟아져나오는데, 그들끼리는 서로 잘 아는 눈치였고—함께 눈물을 흘리고 껴안는다—얼마 후에 꽃집 점원이 당신은 알지 못하는 노랗고 하얀 꽃을 한 무더기 갖고 오자, 그것을 다들 조금씩 나눠들고 안으로 들어간다. 뒤이어 더 많은 사람들이, 생긴 것과 냄새로 미루어 보았을 때 아프리카 요리가 담겼으리라고 짐작되는 커다란 접시를 들고 속속 도착하고, 누군가는 커다란 장례식 방명록과 입구에 붙일 싸구려 금박 표지판을 꺼내오는데, 거기에는 전혀 얼토당토않은 문구가 적혀 있다. **한 생애를 마감한 그레고리 앨런 탬피코를 축하하며.**

당신은 장례식에 참석하지 않는다. 조만간 당신 것이 아니게 될 타호에 올라탄다. 그리고 문을 닫는다.

차에 앉아 두 손으로 핸들을 붙잡고는 총 32분 동안 그 위에 이마를 대고 있는데, 이 정도면 파파라치와 앤더슨 경관과 브라이언 캐슬이 당신을 찾기에 충분한 시간으로, 당신은 버지니아주 알렉산드리아의 저렴한 장례식장에 딸린 주차장에서 자신의 타호에 혼자 앉아서 두 손에 고개를 파묻고 조용히 울고 있는 듯한 같은 자세로 발각되며, 이것이 당신의 파멸에 관한 뉴스에서 다루는 당신의 마지막 모습이 되고, 맙소사, 그런 상태의 자기 자신을 텔레비전으로 보게 되면, 아마도 틀림없이 보게 되겠지만, 당신은 어떤 생각을 하게 될까? 아니면 길거리에 놓인 벤치에서 점심을 먹는 키아누 리브스처럼 인터넷에 별의별 밈이 떠돌아다니는 것을 발견하게 되면? **불쌍한 파시스트는 불쌍하다**라든지, **불쌍한 키아누를 대신해서 불쌍한 키아누가 된 불쌍한 알렉산더 윌슨** 같은 말이 나돌고, 당신이 배구공을 껴안고 울고 있으며, 무릎쯤에는 **윌-슨!**이라는 글자가 박힌 합성 사진이 퍼져나가는 것을 보게 되면?

그러나 그들의 예상은 틀렸다. 당신은 지금 거기에 앉아 세상이 땅으로 꺼지기를 기다리며 울고 있는 것이 아니다. 그들이 땅돼지를 어떻게 했을지 궁금해하고 있다.

땅돼지를 마지막으로 보았을 때 그것은 당신의 타호에 있었다. 올리오크는 부엌에서 녹슨 과도로 땅콩버터 샌드위치를 만들며 당신이 위층에서 텔레비전을 켜기만을 기다리고 있다가, 텔레비전 소리가 들리자마자 칼을 내려놓고 당신의 거실을 가로질러 간 것이 틀림없다. 그는 차고 문을 열고 실내등을 켰을 것이고, 러틀리지는 타호의 트렁크 뒤에서 그를 기다리고 있었을 것이다.

그리고 러틀리지는 땅돼지의 받침대를 끌어안고 깃털처럼 가볍게 들어올린 다음(벤치프레스를 127킬로그램까지 드니까), 부억으로 가지고 올라가서 당신이 맞춤 제작한 이탈리아제 최고급 대리석 식탁(1만2,387달러) 아래에 숨겨두고는 들키지 않게 자신의 방으로 몰래 들어갔다. 부엌으로 돌아온 올리오크는 말 한마디 없이, 심지어 미동도 없이 자리에 앉아 있었다. 그러는 동안 위층에서 침실 문이 쾅 닫히는 소리가 들리고, 당신이 거실을 쌩하고 가로지르더니 차고로 뛰어 내려갔고, 차를 후진으로 빼서 그날 오후 탬피코의 장례식이 열리는 알렉산드리아로 출발했다. 올리오크는 그저 싱크대 앞에서 조용히 샌드위치를 먹으며, 당신이 머피 앤드 밀리켄을 향해 질주하고 하얀 밴에 꽉꽉 끼어 탄 기자들과 파파라치들이 당신을 따라가기를 기다렸고, 모두가 애셔 플레이스 2486번지 앞을 떠나자 러틀리지는 그제서야 자기 방에서 나오며 물었다. "그 친구 갔어요?"

올리오크는 자신의 휴대전화를 꺼내들었다.

그리고 당신 생각엔 아마 5분도 채 되지 않아서, 애버크롬비 탱크톱과 스키니진을 입은 젊은 여성 두 명이 현관 앞에 도착하고, 올리오크가 그들을 안으로 들였을 것이다. 그리고 나미비아계 미국인인 그의 첫째 딸 라인힐데와 둘째 딸 헤를린데를 꼭 안는다. 헤를린데가 "아빠, 서둘러요. 3시간 후면 비행기가 출발해요"라고 다그치지만 아무도 특별히 서두르는 기색 없이 땅돼지를 에어캡으로 감싸고 다시 커다란 골판지 상자에 넣은 다음 테이프로 밀봉해서 러틀리지가 "빌려온" 페덱스 트럭에 싣는데, 이 차는 지금까지 내내 여기서 한 블록 떨어진 길가에 세워져 있었던 것이 분명하며—사실이다—그렇게 땅돼지는 덜레스 공항에서 이륙하는 비행기의 화물칸으로 옮겨졌을 터였다.

땅돼지는 비행기에서 택시, 화물 수송 트럭, 그리고 또다른 화물 수송 트럭을 거쳐 4개국을 통과하고, 마침내 올리오크의 선조들이 살던 마을에 도착할 것이다. 1875년의 어느 날 밤, 땅돼지가 땅굴에서 끌려나왔던 지점에서 그리 멀지 않은 곳이다. 하지만 시기가 뭐 대수인가.

헤레로족은 땅돼지를 돌려받고도 흥분하거나 기쁨을 표하지 않고 자기들만의 방식으로 개조한 빅토리아풍 의상, 즉 원수의 가죽을 걸치고, 땅돼지를 어깨에 들쳐 맨 채, 그 지역에 있는 거대한 콤브레툼 임베르베, 아프리카어로는 하르데쿨이라고 하는 나무로 갈 것이다. 하르데쿨은 아주 단단하고 흰개미가 쉽게 번식하지 못하는 나무로, 헤레로족은 이 커다란 나무 그늘 아래에서 조용히, 요란스러운 의식 없이, 땅돼지의 새로운 생을 축하할 것이다. 그녀에게 새로운 삶을 줄 것이다.

그리고 당신에게도 조만간 새로운 삶이 주어진다.

몇 개월 후

"계속해서 이런 질문에 시달리다 보면 지역구를 위해 일할 힘이 남지 않을 겁니다." 청문회 첫째 날이 지나고 당신이 발표한 공식 성명인데, 몇 개월간 계속될 예정이었던 이 청문회는 당신이 의원직을 사퇴하면서 그대로 종결되었다. 「워싱턴포스트」의 보도에 따르면 연방 수사관들이 여전히 당신의 지출을 조사하고 있고 다음 달 대배심에 출석할 증인들도 이미 소환했지만, 당신이 사퇴하면서 더 이상의 심문은 불가능해졌다.

당국은 당신이 수집한 로널드 레이건의 물건들을 몰수했다. (레이건 가문에서는 아무런 입장 표명도 하지 않았지만, CNN에서는 이따금 이 수집품들을 언급했고 그것이 언급될 때마다 "소름 끼친다"는 평을 덧붙였다.) 그들은 당신의 의복을 몰수했다. 당신의 자산을 전부 몰수했다. 빅토리아풍의 샛노란색 벨벳 소파도 몰수했는데, 그 순간 당신은 가슴이 찢어지는 듯한 우울감에 빠져 어머니에게 연락을 했다. 당신은 어머니에게 금전적인 것과 그밖에 다른 부분들을 도와달라고 부탁했지만, 그녀는 평소에 입버릇처럼 하던 말을 반복할 뿐이었다. "너는 단 한번도 내 사랑을 원한 적이 없어." 그런 실수를 저지르고 나서야 당신은 정신을 차리고 실버스프링에 있는 방 두 개짜리 아파트를 구한다.

실내조명은 하나도 없다. 당신의 새로운 아파트는 1층에 자리하고 있으며, 맹세컨대, 머피 앤드 밀리켄에 있던 것과 똑같은 카펫이 바닥 전체에 깔려 있고, 창문은 거의 다 담장을 마주보고 있지만, 딱 한 곳에서는 흙으로 뒤덮인 마당을 내다볼 수 있다. 마당에는 물에 흠뻑 젖은 피크닉 테이블이 하나 놓여 있다. 부엌 찬장은 열 때마다 손에 쩍쩍 들러붙는데, 그 안은 처음부터 대용량 물품들로 가득 채워져 있었다. 새로운 집주인이 쾌활한 말투로 당신에게 알려준 바에 의하면 그것들을 밥스 피트에서 구매했다는데, 당신은 "밥스 피트"가 무슨 뜻인지 짐작도 못하겠으며, 인터넷으로 검색해볼 엄두도 나지 않는다.

욕실에 흰곰팡이가 피어 있는 싸구려 아파트이지만, 여기가 당신이 살 곳이다. 이제부터 어떻게 살아가면 좋을지 생각할 곳이다. 인시그니아 24인치 클래스 평면 텔레비전(69.99달러)와 무료 와이파이가 있는 곳이다.

비키는 「오프라 쇼」부터 「앨런 쇼」까지 섭렵하며, 텔레비전에 네 차례나 출연했다. 그리고 나중에 커서 의원이 되고 싶다고…… 아니면 광대가 되든지요! 하는데, 어찌나 과장되게 말하는지, 그가 아니면 광대가 되든지요!라고 할 때마다 다들 박장대소를 한다.

매일 밤, 저녁은 벽에 구멍이 나 있는 동네 중국 식당인 "포춘 팰리스"에서 사 온다. 추리닝 바지 차림으로 커피 테이블에서 식사를 하면서, 당신의 눈은 번쩍이는 텔레비전 스크린과 번쩍이는 노트북 화면 사이를 오가며 뉴스를 찾는다. 한때 텔레비전은 당신에 관한 뉴스로—5학년 때 당신과 같이 슬라인 부인의 반이었다는, 잘 기억도 나지 않는 남자가 빌 마허에게 "우린 그 친구를 '오드 퍽'이라고 불렀어요"라고 말해서 세간의 관심을 끌기도 했다—꽤 시끄러웠다. 하지만 이제는 한풀 꺾였다.

낸시 비버스 나부랭이는 당신을 언급조차 하지 않는다. 선거 유세를 위해 새로 마련한 버터색 바지 정장을 몸에 꼭 맞게 빼입고 나와서는, 자신은 이미 몇 달 전부터 새로운 걸음을 시작했다고 말한다. 그리고 "미국도 앞으로 나아가야 합니다"라면서 우리 조국은 불완전하다고, 그렇지만 자신은 다른 누구보다 불의와 싸우는 일에 능하기 때문에, 지역구를 위해 봉사하면서 우리 어린이들을 위해 불의에 맞서 싸울 것이라고 부르짖으며 옆에 있는 아이들을 꼭 붙든다! 중성적으로 생긴 남편 코디 비버스와 얼굴이 달덩이 같은 두 자녀 베일리와 알리시아가 그녀가 연설하는 내내 그녀의 양 옆에 붙어 있었던 것이다. 그렇게 그녀는 자신의 새로운 지지 기반인 '가족'을 내세우며, 그렇지만 '가족'의 모습은 저마다 다르다고, 사람은 제각각 다르다고, 그것이 미국을 미국답게 한다고 주장하고, 그러자 "미국을 미국답게"라는 그녀의 선거 음악이 흘러나온다. 그게 스바루 자동차의 슬로건이라는 점을 모르는구나 싶어서 당신은 웃음이 절로 나지만, 그런 상투적인 문구로 사람들을 사로잡고 78퍼센트의 선호도를 기록하다니, 그녀에게 항복할 수밖에 없다. 지금 당신이 받아들일 수 있는 것은 거기까지이다.

당신은 이미 2024년 민주당 대선 후보를 안다. 비버스와 러틀리지. 그것 때문에 러틀리지가 당신을 땅굴에서 끄집어낸 것이다. 불쌍도 하지.

당신은 텔레비전을 끈다. 새로운 뉴스가 발표되거나 무슨 일이 벌어지기를 기다리는 것은 이제 그만둬야 한다. 아무 일도 벌어지지 않을 거니까.

게다가 내일 출근도 해야 한다.

한 사람만은 아직 당신 곁에 있다. 한번도 당신을 떠나지 않았다. 당신의 보좌관이었던 바브 뉴버그가 이 아파트를 알아봐주고 의회 도서관에 일자리를 얻어준 덕분에 당신은 그곳에서 일하고 있다.

당신은 제퍼슨 빌딩에서 일한다. 소위 말하는 "보조 연구원"이다. 보통은 대학을 갓 졸업한 학생들에게 주어지는 일을 하고 있는데, 당신이 여기에서 본 몇 안 되는 성인 남자들은 이마선이 서로 다른 형태로 무너져 있고, 하나같이 아마존에서 주문한 반 호이젠의 형편없는 반팔 옥스퍼드 드레스 셔츠(18.99달러)를 입으며 허여멀건 팔뚝 위로 소매를 펄럭이고 다닌다.

이 남자들의 시간은 멈춰 있는 것인지, 그들은 앞쪽에 주름이 있는 카키색 바지 안에 셔츠를 단단히 쑤셔넣고, 가죽으로 된 꼬임 벨트를 맸는데, 그 위로는 물컹물컹한 뱃살이 툭 튀어나와 있다. 검은색 모직 양말을 신은 발은 싸구려 페니 로퍼에 구겨넣어져 있지만 페니는 들어 있지 않으며(깜빡한 것인지 게을러서 그런 것인지 당신으로서는 알 수 없지만), 신발을 하도 오래 신은 탓에 밑창이 비스듬하게 닳아 있어서 다들 안짱다리처럼 걸어 다닌다. 웅장한 제퍼슨 빌딩의 대리석 바닥을 발을 질질 끌며 미끄러지듯 걷는 모습이 마치 캐모마일 차를 끓여놓고 자기 집 거실을 돌아다니는 사람들 같다고 당신은 생각한다. 그들은 거의 말이 없으며, 어쩌다 말을 하게 되면 그야말로 속삭이고—숨을 헐떡이며 "남자화장실에 휴지 좀 채워주세요"라고 한다—절대 무례하게 굴지 않는다. 그들의 말에는 꾸밈이 없고, 잠자리를 하지 않은 지 10년은 된 것처럼 만사에 무관심하다.

여자들은 사방에 깔려 있다. 그들이 이곳을 지배하고 있다는 것은 누가 보아도 분명하다. 거만한 새들처럼 떠드는 그들의 목소리가 도서관 곳곳에서 쩌렁쩌렁 울리고, 열람실의 상태라든지 자녀의 보육 문제 같은 것을 권위적인 말투로 이야기하는 소리도 자주 들린다. 중년 여성의 고질병인 무릎 관절통 때문에 다들 하나같이 굽이 1인치인 투박한 메리제인 구두를 신고 다니며, 너무 꼭 끼는 슬랙스를 입어 허벅지 부분이 터질 것처럼 팽팽하고—이미 8년 전부터 사이즈가 맞지 않았지만, 아직 더 큰 바지를 살 마음의 준비가 되지 않아서—얇은 모조 실크 블라우스를 바지 안에 집어넣고, 사시사철 돌아가는 에어컨과 싸우기 위해 다양한 형태의 가벼운 카디건을 제각각 하나씩 걸친다. 그들의 등은 예외 없이 두툼하고 널찍하며, 오랜 세월 동안 누군가 어깨에 올라타 있었던 것처럼 굽어 있고, 자세도 심각하게 비뚤어져 있다. 싸구려 귀고리며 목걸이, 스카프로 아무리 치장해도 불룩한 살집은 가릴 수가 없는데, 당신은 그들을 관찰하다가, 남자들은 다 고만고만하게 비슷해 보이지만 여자들은 신기하게도 조금씩 다르다는 것을 알아챈다. 누구는 바가지를 엎어놓은 것처럼 배가 불룩하고, 누구는 엉덩이가 불룩해서 늘 스웨터로 가리지만 그렇게 해도 항상 길이가 모자라고, 심지어 누구는 옆구리가 불룩한데—지방 덩어리가 달리 갈 곳을 찾지 못하고 양옆으로 툭 삐져나온 것처럼—당신이 마치 오, 예쁜 자기야, 하는 듯한 눈길로 그들을 바라보면, 저쪽에서는 늘 연민과 경멸을 뒤섞은 듯한 복합적인 표정으로 되받아친다.

그리고 마지막으로 품평할 사람은 당신의 보스인 마저리 핑크워터로, 바브 뉴버그의 절친한 친구이다.

핑크워터는 비교적 잘빠진 편이다. 그녀의 머리는 짧은데, 당신은 여자가 그런 머리를 하는 것이 질색이지만 핑크워터와는 왠지 잘 어울린다. 깔끔하게 다린 슬랙스에 블라우스를 입고 타이를 매는 식으로 실용적인 옷차림에 확실한 포인트를 주어, 젊은 시절의 다이앤 키튼이나 메릴 스트리프를 연상하게 한다. 하지만 핑크워터는 바브 뉴버그 못지않게 진지한 사람이다. 자신의 일을 똑 부러지게 처리하며 빈정대는 것을 좋아하지 않고 모두에게 선택적 근로시간제를 허용한다.

사실 여기서 풀타임으로 근무하는 사람이 있기는 한지 확실하지 않은데, 남자든 여자든 주로 5시간씩 교대 근무를 하며, 핑크워터는 직원들의 생일 때마다 비누가 든 작고 알록달록한 봉투와 스타벅스나 "TJ 맥스"라고 불리는 불가사의한 곳의 기프트카드를 정기적으로 선물한다. 당신은 여기서 일한 지 아직 한 달밖에 되지 않았지만 지금까지 그녀는 매주 수요일 아침, 파네라 브레드의 커다란 비닐봉투에 베이글과 머핀, 데니쉬를 가득 담아 들고 와서는 모두가 먹을 수 있게 휴게실에 놓아두는데, 당신이 무슨 빵을 이렇게 많이 가져왔느냐고 묻자, 핑크워터는 천하의 얼간이를 보듯 당신을 바라보며 "가장 피곤한 수요일이잖아요!"라고 외쳤다.

오늘 오후, 핑크워터는 휴게실에서 베이글에 딸기잼을 바르면서 모두에게 의료보험에 관해 말하고 있다. 전부 뉴스에서 본 이야기이다. 그녀는 파트타임 직원들이 보험을 보장받을 수 있는 조건을 늘려주려고 노력 중이지만 약속하지는 못한다고 하는데, 당신은 평소에 이곳에서, 새 직장에서, 거의 말을 하지 않는 편이지만, 정부의 과도한 개입에 대해 열변을 토하는 그녀를 보자 참지 못하고 입을 연다.

"일곱 마디로 된 가장 끔찍한 문장은 '정부는 여러분을 돕기 위해 이곳에 나와 있습니다'이죠."

로널드 레이건이 한 말이다. 어쩌다 보니 당신의 입에서 저절로 튀어나왔다.

당신이 누군지 (혹은 누구였는지) 너무나 잘 아는 핑크워터는 잼을 바르던 손을 딱 멈춘다. 그리고 엉겨붙은 딸기 덩어리를 베이글에서 떼어내서 싱크대에 휙 던지고는, 무슨 이유에서인지, 당신으로서는 도무지 알 수 없지만, 대학 때 낙태를 했던 이야기를 꺼낸다. 자신은 전혀 후회하지 않는다고. 사실 그건 세상에서 가장 간단한 수술이고, 매달 하고 있는 생리가 낙태보다 훨씬 힘들다며, 큰 정부 얘기가 나왔으니 말인데 정부가 염병할 자궁까지 감시하는 마당에 도대체 얼마나 더 커져야, 얼마나 더 간섭하고 통제해야 직성이 풀리겠느냐고 말한다. 안전한 낙태는 여성의 완전한 해방을 위해 기본적으로 요구되는 권리라고, 알렉산더 윌슨, 당신 같은 남자들은 너무 오랫동안, 정말 너무나 오랫동안 여성의 권리를 억눌러왔다고 말하며, 다른 여성들도 이 이야기에 고개를 끄덕이도록 부추긴다. 그들은 우리도 전부 핑크워터처럼 낙태 경험이 있다며, 돌아가면서 각자의 경험을 이야기하기 시작한다.

"3분 만에 수술실에서 나왔어요." 한 사람이 이야기하자, 다른 여자들도 한마디씩 가세하고 다들 얼마나 사실적으로 묘사하는지 당신은 겁을 집어먹는다.

당신은 살짝 공황 상태에 빠져 방 안을 둘러본다. 무슨 일인가, 자신만 이해하지 못하는 무슨 일인가가 벌어지고 있는 것처럼. 그 모든 일들을 겪고도 당신은 여전히 진화하지 않았고, 아마도 영원히 진화하지 않을 것이기에.

그러나 당신에게도 희망은 있다.

어느 늦은 밤, 실버스프링에 있는 당신의 아파트에서 이상한 소리가 들려오고 있음을 알아차렸기 때문이다. 누군가 당신의 아파트 건물 주위를 서성이다가 당신의 창문 앞에 잠시 멈춰 서는 것 같다. 집이 1층이라 당신은 블라인드를 내리고 텔레비전을 보는데, 그럼에도 그 소리는 지포 라이터를 딸깍하는 소리라는 것을 확실하게 분간할 수 있었다.

당신은 거실에 앉아서도 담배가 타들어가는 냄새를 맡을 수 있고, 담뱃불이 작게 타닥거리는 소리와 담배를 피우는 사내가 메릴랜드 벽돌담에 기대어 뜨뜻한 숨을 길게 내뿜는 소리를 들을 수 있다. 그레그 탬피코는 언제나 지포 라이터를 사용했고, 첫 모금을 빤 후에는 언제나 저런 식으로 내뱉었다. 저 사람이 탬피코일 수 없다는 사실을 당신도 머리로는 이해하지만, 탬피코일 리가 없지만, 밤늦게 당신의 창밖에 나타나 담배를 피우기 시작한 사내는 당신의 상상력을 무서울 정도로 자극해서—당신은 이런 꿈같은 일들이 아직 낯설기만 하다—그런 밤이면 탬피코가 정말로 거기에 있는 것만 같고, 당신 곁에 없어도 함께 있는 것만 같다. 이 유령은, 말하자면, 하나의 출발점으로, 이제 당신에게도 일말의 여지가, 당신 안에 상상력이 뿌리내려서 당신 자신을 사로잡고, 그것이 더욱 크게 자라날 가능성이 생겨났다는 것이다—그리고 제퍼슨 빌딩의 휴게실에 앉아서 핑크워터의 말을 듣고 있는 지금, 압제자의 가죽을 뒤집어쓴 헤레로족도 당신의 마음속에 자리잡고 있다. 당신은 그저 여성용 스웨터들이 알록달록하게 놓여 있는 선반을, 코스트코 미니 냉장고와 맞춰서 산 전자레인지 세트를, 깨끗하게 씻고 꼼꼼하게 말려둔 커피 머그잔에 쓰인 **아무도 보지 않는 것처럼 춤춰라**라든가, **모두 잘될 고래**(거기에 고래 그림이 그려져 있다), 혹은 **여성의 고통은 남성의 자아 성찰에 필수적인 요소가 아니다** 같은 문구를, 싱크대 위의 벽에 붙은 토머스 제퍼슨의 낡아빠진 포스터와 그 밑에 쓰인 인용문—**오직 행동만이 당신을 설명하고 정의해준다**—을 무력하게 바라보다가, 휴게실에 있는, 당신을 제외한 유일한 남자와 눈이 마주친다.

그는 당신과 다른 여자들과 함께 테이블에 앉아 있지만, 당신은 지금까지 그가 거기에 있다는 것도 알아채지 못했다. 나이는 보기에 따라 마흔에서 예순 살까지로도 보이는데, 지금 나누는 대화를 아주 편안하게 듣고 있다. 그가 뜯어먹고 있는 레몬 양귀비씨 머핀은 작은 케이크라고 봐도 무방할 만큼 커다란 것으로, 핑크워터가 가져온 것 중에 가장 큰 빵이다. 그가 빵을 향해 손을 뻗자, 손가락 마디에까지 뻗어 있는 툭 튀어나온 파란 정맥들이 당신의 눈에 들어오고, 심장까지 천천히 오가는 혈액의 흐름이 느껴지는데, 그가 머핀에 손을 뻗는 것을 지켜보고 있던 순간, 당신 안에서 무엇인가가 불타오른다. 솔직히 머핀 같은 것은 원하지도 않는데 말이다.

갑자기 그걸 손에 넣는 것이 당신에게 너무나도 중요해진다.

당신은 빠르다. 그보다 훨씬 빠르다. 머핀을 원하기 때문에 빠를 수밖에 없다. 재빨리 움직여 단번에 머핀을 차지하는데(남자는 당신의 행동에 충격을 받았는지 와들와들 떤다), 아몬드 오일을 들이부은 빵은 생각보다 묵직하고, 당신은 유산지를 떼지도 않은 채 머핀을 얼굴 앞으로 치켜들고 당신의 적을 응시한다. 당신은 이 머핀을 원한다고, 배가 고프다고 생각하며, 오늘 밤에 아마존에서 페니 로퍼를 주문해야겠다고 마음먹는다. 일주일 동안 입을 반호이젠 셔츠도. 싸구려 꼬임 벨트도. 카키색 바지도.

이번 생이 처음은 아니고, 마지막도 아니리라고 생각하며, 당신은 머핀을 커다랗게 한 입 베어 먹고, 자신을 훔쳐보는 남자의 주름진 얼굴을 기분 좋게 바라본다. 당신은 그렇게 무한한 권태의 나락으로 걸어 들어간다.

감사의 말

솔직하고 실력 있는 짐 러트먼 씨가 없었다면 이 소설은 세상에 나오지 못했을 것이다. 놀라운 아량을 보여주고 예리한 질문을 던져준 훌륭한 편집자 진 가넷과 위대한 조력자 레이건 아서를 비롯한 리틀, 브라운 앤드 컴퍼니 출판사 분들, 특히 벳시 우리그, 다이애나 스티르페에게 깊은 감사를 드린다. 바다 건너에 계신 분들 중에는, 영국에 관한 자료 조사를 도와주신 펭귄 랜덤 하우스 UK의 편집자 커스티 던시스에게 감사한다. 에선 노소우스키와 데브 올린 언퍼스는 물론이고, 크리에이티브 캐피털 재단, 메인 예술위원회, 보글리아스코 재단, 앤더슨 예술 센터, 베이츠 대학, 그리고 로열 레밍턴 스파의 관광안내소에도 고마운 마음을 전한다. 2017년 여름, 미국의 정치적인 상황에서 탈출해 슬로바키아의 슈투로보와 헝가리의 에스테르곰을 잇는 마리아 발레리아 다리에서 교량 경비원으로 일하며 이 책을 마무리 지었다. 나를 고용해준 카롤 프뤼하우프와 죄르지 힘러 두 분께 감사하다. 브라이언 브로되르, 벤저민 채드윅, 트레이시 즈먼, 코트니 캠벨, 재커리 타일러 비커스, 폴 X. 루츠, 토머스 이즈리얼 홉킨스에게도 고맙다. 그밖에도 『실용 박제술』의 몬터구 브라운, 『아드바크 혹은 땅돼지』의 에밀 우스탈레트, 『땅돼지의 생태』의 요하임 크뇌티히, 『동물 윤리의 역사에 관한 반시대적 고찰』의 로드 프리스, 『벨의 '로라리우스', 라이프니츠와 동물의 영혼』의 리처드 프라이, 『의인관에 따른 박제와 자연의 죽음』의 미셸 헤닝, 『환생에 관한 세계의 사상』의 조지프 헤드와 S. L. 크랜스턴, 『위대함의 형상 : 로널드 레이건 대통령의 일상』의 피트 수자에게도 인사를 전한다. 그리고 마지막으로, 늘 나를 웃게 해주는 우리의 "소식통" 줄리에게 고맙고, 내 인생(다음 생에도)의 최고의 사랑인 JW에게 가장 큰 감사의 마음을 보낸다.

역자 후기

땅돼지를 아시나요? 땅돼지는 '아드바크'라는 이름으로도 불립니다. 아프리카 초원에만 서식해 우리에겐 이름조차 낯선 동물이지만, 무려 중생대부터 존재한 원시 동물이라 지구상에 출현한 순서로 보자면 인간에게는 대선배 격이죠. 한국에도 서울대공원에 한 쌍이 있다고 하니, 기회가 되면 눈으로 직접 확인해보실 수도 있습니다.

이런 땅돼지 한 마리가 1875년의 어느 날, 현재는 나미비아에 속하지만 당시에는 그저 카루 분지라고 불리던 땅에서 영국인 동물학자가 고용한 사냥꾼에게 포획됩니다. 그리고 이때부터 자신의 수명을 훌쩍 넘어선 땅돼지의 기나긴 모험이 시작되죠. 사체가 되어 영국으로 건너간 땅돼지는 박제 장인의 손에서 살아 있을 때의 영혼을 그대로 간직한 작품으로 되살아납니다. 빅토리아 시대 영국인들의 눈에는 그저 흉하고 비천해 보이기만 하던 동물이 자기 안의 가장 순수한 생명력을 드러내자, 사람들은 거기서 눈을 떼지 못하고 감탄합니다.

땅돼지를 박제한 티투스 다우닝에게는 리처드 오슬릿이라는 연인이 있습니다. 아프리카에서 땅돼지를 잡아 다우닝에게 보낸 장본인입니다. 시대적인 제약 때문에 맺어지지 못한 두 사람에게 땅돼지는 사랑의 상징이 됩니다. 하지만 결국 땅돼지는 독일인의 손에 팔려가고, 다우닝과 오슬릿은 비극적인 결말을 맞이합니다.

이때부터 땅돼지는 다시 긴 여행을 시작하고, 그로부터 100여 년이 지난 현재의 어느 날, 알렉산더 페인 윌슨이라는 미국 공화당 하원의원의 집으로 배달됩니다. 그리고 땅돼지를 받아든 순간, 제2의 로널드 레이건을 꿈꾸던 야심찬 정치가의 인생에 균열이 일어나기 시작하죠.

인간을 가리켜 흔히 정치적 동물이라고 말합니다. 본질적으로 공동체 안에서 살아가는 동물이고, 그 안에서 벌어지는 정치 행위를 통해 행복을 추구한다는 것입니다. 하지만 그래서 부작용도 나타납니다. 개인은 사회가 강요하는 인간상에 갇혀 자신의 참모습을 잃어버리고, 정치 행위에 중독된 정치인들은 일반인들의 무관심 속에 아귀다툼을 벌입니다.

저자인 제시카 앤서니는 트럼프 행정부가 들어선 직후 해외로 나가 이 책을 집필했다고 밝히고 있습니다. 그녀가 하고 싶은 이야기는 분명해 보입니다. 이분법적인 사고방식에 사로잡힌 정치인들을 땅돼지라는 동물로 한바탕 조롱하는 것입니다.

윌슨 의원의 정적들은 땅돼지를 이용해 그를 의원직에서 끌어내리고, 가식으로 쌓아올렸던 세상이 무너지자 윌슨은 드디어 진실에 눈을 뜹니다. 연인인 그레그 탬피코의 말대로 자신이 그야말로 '장님'이었다는 것을요.

이 책의 도입부에서는 지구의 탄생과 생물의 진화 과정을 한 편의 자연과학 다큐멘터리처럼 보여줍니다. 그 영원과도 같은 세월의 어느 지점에서인가 땅돼지가 탄생했고, 거기서 또 감히 상상도 할 수 없는 오랜 시간이 지나서야 인간이 이 땅에 등장했습니다. 땅돼지의 눈에, 혹은 태초부터 존재한 누군가의 눈에, 자신들이 세상의 중심인 줄 알고 아등바등하는 인간의 모습은 얼마나 하찮아 보일까 생각해봅니다.

인간은 몇 번을 다시 태어나도 똑같은 실수를 반복합니다. 진화하지 않습니다. 다우닝과 오슬릿을 막아섰던 내외부의 벽을 탬피코와 윌슨도 뛰어넘지 못합니다. 교만이 하늘을 찌르던 영국 신사들처럼 러틀리지는 자신의 출세에 방해가 되는 인간을 제거하는 데 주저함이 없습니다.

그러나 희망은 있습니다. 리베카 오슬릿은 당당한 여성 과학자이건만, 죽은 줄 알았던 남편이 돌아오자 뱃속의 아이를 지워야 하는 안타까운 상황에 처합니다. 하지만 현재의 토비 캐슬은 약혼 상대가 동성애자인 것을 알게 되는 순간 그를 산뜻하게 떠납니다. 의회 도서관의 직원들은 나도 낙태를 했노라고 당당하게 밝힙니다. 현실이라는 것은 결국 다수가 옳다고 밀어붙이는 체제일 뿐이라고, 새로운 꿈을 꾸면 세상을 바꿀 수 있다고 믿으면 됩니다. 그런 사람들이 늘어나면 인간의 진화도 시작될 것입니다. 우리가 가장 아름다워지는 순간은, 나를 핍박하는 원수의 가죽이 아닌, 내가 동경하는 영웅의 가죽이 아닌, 나 자신의 살가죽을 그대로 드러낼 때이니까요.

역자 최지원